GILBERT CESBRON

Notre prison est un royaume

ROMAN

ROBERT LAFFONT

POUR RENÉ

DONT J'AI PARTAGÉ

LES PRISONS

ET LES ROYAUMES

I

« CHATEAUBRIAND A, PRIMO... »

« LE premier marron qui tombe, pensa François, cette fois, c'est la Rentrée... »

De cette cime d'arbre où il jouait à la vigie, à l'aviateur, à l'ascension de l'Himalaya (Oh, François! à ton âge?), il regarda le marron qui venait de s'écraser dans l'allée. On distinguait dans la coque éclatée le précieux tissu blanc, culotte de maréchal d'Empire, et le fruit verni, ciré, tout neuf. « La Rentrée... Plus une minute à perdre! A terre! »

Ses pieds connaissaient bien les branches de descente, l'appui solide qu'offrait chacune et cet espace entre elles qui, de vacances en vacances, lui paraissait plus petit. C'était *son* arbre. Suspendu à bout de bras à la plus basse branche, on fermait les yeux, on s'imaginait au-dessus d'un abîme, on lâchait prise... Mais, cette année, plus besoin d'ouvrir les mains : les pieds touchaient déjà terre. Une date dans l'histoire des vacances!

Il faisait tiède au sortir de l'arbre obscur, et François frissonna de bien-être comme un chat. « La Rentrée... Quel dommage! » Deux minutes plus tôt, il pensait le contraire : que les vacances se fanaient, que Pascal Delange lui manquait et qu'au fond on ne riait bien qu'en classe... « Ce cochon de Pascal, il aurait tout de même pu m'écrire! Les autres, je m'en moque; mais Pascal... Pas même une carte ! »

Robert, son frère aîné, sortit du garage, l'air préoccupé, une mécanique entre ses mains noires de cambouis.

« Robert!
— Ho!
— Regarde. »
François lui montra le marron.
« Et alors?
— Et alors c'est la Rentrée, mon vieux!
— Tu es fou! Dans huit jours... »
Ah, c'est bête les Grands! Dans huit jours? Mais il n'y avait qu'à regarder l'hébétude des arbres, l'herbe vieillie, ce soleil de théâtre qui éclairait sans chauffer, ce ciel déjà distant : allons c'était l'automne! Et le vent, par instants... tiens, en ce moment même dans les cheveux de son frère! Mais les Grands ne comprennent rien. « Dans huit jours... » Robert avait-il donc déjà oublié que les vacances commencent une semaine avant la Sortie et se terminent une semaine avant la Rentrée?

François visa de l'œil gauche (méthode Pascal Delange) et lança le marron.
« Aïe!... Crétin! »
Mais quel dommage que Pascal n'eût pas une méthode aussi infaillible pour courir plus vite que les Grands! Robert avait lâché sa mécanique, Robert poursuivait François : ils avaient déjà fait deux fois le tour du potager, et le petit perdait de son avance à chaque virage. Il entendait le souffle de son frère se rapprocher dans son dos. Mauvais! très mauvais!...

L'angélus sonna.
« C'est... la trêve... de Dieu!... » haleta François, mais déjà l'autre l'avait rejoint et les deux garçons roulèrent sur l'herbe.
« Tu vas voir si Dieu est avec moi », dit l'aîné, et il supplicia François. Gentiment, d'ailleurs : avec les attentions d'un gros chien qui joue avec un plus petit.

Quand le garçon eut demandé grâce trois fois, Robert se releva en soupirant :
« Tu fais bien d'en profiter (« en profiter », quel culot !) parce que, dans huit jours, fini ! Tu seras de ton côté et moi du mien : tes vrais frères s'appelleront... comment déjà ? Pascal Belange...

— Delange.

— Jean-Jacques *Rouquinoff*...

— Hardrier.

— Hardrier dit *Rouquinoff,* et *Fauchier-des-masses*...

— Ah, c'est malin! Fauchier-Delmas.

— Et moi, ton vrai frère, tu ne me rencontreras plus que par hasard, aux cabinets, ou devant les petits pains au chocolat.

— Ou *en colle,* le jeudi! » (C'était arrivé une fois; et Robert, ce jour-là, avait vraiment perdu son droit d'aînesse.)

Secrètement vexé, Robert s'éloigna, au moment même où François commençait de s'attendrir sur eux deux; mais les Grands préfèrent la considération à la tendresse.

Comme il arrivait à mi-chemin du garage, le vent se rua dans le jardin, empoigna son monde en un tournemain, et aïe donc! De sa sieste d'été il s'éveillait de mauvaise humeur, le vent!

Les glaïeuls dociles s'inclinèrent, une poire tomba lourdement, trois grenouilles transies plongèrent dans la pièce d'eau soudain ridée. Une mitraille de marrons s'abattit autour de Robert, et François se sentit vengé.

« Tu avais raison, lui cria l'aîné : cette fois, c'est la Rentrée! »

Le facteur apparut au tournant du chemin, cape au vent, maintenant d'une main son képi et de l'autre le guidon tremblant de sa bicyclette. En rejoignant l'homme à la cuisine, François le Studieux songeait à l'automne et comment il le définirait dans une composition française. Cet abattement hautain... Désistement superbe... La reine répudiée qui sort, le front haut! L'automne, c'était... tiens, c'était Andromaque!

François poussa la porte de la cuisine d'un coup de pied qui fit trembler le vin rouge dans le verre du facteur et l'horloge hésiter.

« Salut! Rien pour moi, naturellement?

— Si, si, justement! »

François happa l'enveloppe comme un chat voleur et

courut d'une traite jusqu'à sa chambre, dont il barra la porte derrière lui : c'était une lettre de Pascal Delange. « Ah! tout de même, enfin!... »

Il l'ouvrit. Le papier portait ces seuls mots :

> *L'automne vaste et l'été fastueux*
> *L'un c'est* le Roi, *et l'autre :* Monsieur...

Sous ces deux vers Pascal avait écrit : « Es-tu d'accord? » et signé, comme d'habitude, d'une aile transpercée par une flèche.

François ne s'étonna pas que cette définition de l'automne lui parvînt au moment où lui-même... De Pascal Delange tout semblait naturel! Simplement, il relut plusieurs fois ce message qu'il comprenait mal. Ou plutôt, qu'il comprenait très bien mais sans pouvoir l'expliquer, ce qui lui paraissait une insulte à Descartes, à Boileau, un crime inexplicable! François le Studieux... Ce matin encore, il se promenait dans le potager en déclamant les RÊVERIES DU PROMENEUR SOLITAIRE, s'agenouillant à « Grand être! ô grand être!... » sous le regard surpris du jardinier que, dans son exaltation, il n'avait pas entendu s'approcher. François plaignait sincèrement Robert de ce qu'il préférât les moteurs à explosion aux auteurs classiques; ou ses parents qui vivaient comme si Catilina, Montaigne et Bérénice n'avaient pas existé. Tant pis pour eux! Mais Pascal Delange, Pascal...

> *L'automne vaste et l'été fastueux...*

François soupira. Sur la table, une lettre à son ami, commencée ce matin, parlait « d'automne roux et or », de « pampres », de « feuilles jaunissantes » et citait Virgile. Il la trouva ridicule et la déchira, mais avec une pointe de regret qui l'humilia davantage encore. « Enfin quoi, je ne suis pas plus gosse que lui! pas plus gosse que les autres! »

C'était son grand tourment. Il croyait s'apercevoir que, dans la vie, l'ENCYCLOPÉDIE, la *Querelle des Anciens et des Modernes* ou la Préface de CROMWELL n'avaient pas l'importance que les prof leur attribuaient. Quand il citait Cicéron, Jean-Jacques Hardrier *(Rouquinoff)* se désintéressait de la conversation, Alain Fauchier-Delmas faisait signe : « Oh! moi, tu sais! » et Pascal lui-même, Pascal, le premier de la classe, prenait son œil rieur. L'été dernier, François lui avait envoyé la description enthousiaste d'une nuit de juillet où la lune s'appelait « la Reine des Ténèbres » et « déroulait sa passerelle d'argent sur le fleuve ». Pascal avait répondu par cette seule phrase extraite de leur manuel de littérature : « Chateaubriand a, primo, restauré la cathédrale gothique; secundo, rouvert la grande nature fermée; tertio, inventé le mal du siècle... » Depuis, chaque fois que François mêlait les prof ou les auteurs à leurs jeux, les autres disaient :

« C'est ton petit côté *Chateaubriand a, primo* »... !

« Et leur petit côté *J'ai tout inventé,* leur petit côté *Je suis plus malin que Lamartine,* s'écria François soudain furieux. Zut, à la fin! » — et il alla s'accouder à la fenêtre.

Une mouche d'été se traînait moribonde sur la vitre; il la suivit d'un regard sans sympathie : « On dirait Mollard! » (Mollard, dit *Bouboule,* le troisième à gauche, au quatrième rang, sur la photo de leur classe.)

La mouche-Mollard avait atteint le haut de la croisée; elle débouchait à présent sur une plage rose que le garçon mit un moment à reconnaître pour le reflet de son propre visage. Il le regarda donc, ce visage : ses grosses lèvres toujours entrouvertes, ses joues de fille et cet épi dans ses cheveux qui le désespérait. Ah! oui, il avait bien toujours l'air d'un gosse! Une fois de plus il envia les lunettes de Hardrier, les cheveux collés d'Alain, les joues creuses de Pascal Delange. Eux devenaient des Grands, tout naturellement; tandis que lui, malgré les pantalons longs...

Soudain, l'épi dans ses cheveux frémit, la croisée se rabattit, la mouche s'envola, emportée : le vent repassait par là! Il en avait assez des soliloques, du temps perdu dans les chambres et des garçons de quatorze ans qui se noient dans leur reflet. Ce n'était pas son genre, à ce vent-là! Un vent pour marins, pas pour poètes. Le vent, François! Pas « l'orageux aquilon », le vent...

Le garçon se pencha : sous lui, le massif d'arbres frémissait, indécis, partagé comme une famille campagnarde aventurée au milieu d'une avenue pleine de voitures. Ce gros ballon roux jetait de tous côtés le lest de ses marrons d'Inde. François vit *son* arbre qui se balançait, trop raide, très digne, pareil à un gentleman ivre. Oh! monter là-haut, tout de suite!
— Mais non, d'abord répondre à la lettre de Pascal...
Presque sans y réfléchir, François prit une feuille blanche et écrivit :

> *L'Été dit à l'Automne :*
> *Quel bon vent vous amène?*

qu'il fit suivre de sa signature habituelle : une ancre sur un cœur. Il relut tout haut ces deux vers. Il en était ravi (Pauvre Boileau, pauvre Chateaubriand!) et se mit à les chantonner sur un air à lui qui n'en finissait pas. *L'Été dit à L'Automne...*
Il le chantait encore, assis sur la branche poisseuse; il le chantait en godillant à pleins poignets sur la rivière, en mordant à grandes dents les tomates fades, en luttant à bout de chaîne avec la chèvre obstinée à ne pas rentrer; il le chantait aux poules inquiètes, aux lapins sournois, aux oies méfiantes. Il le chantait sans plus savoir le sens d'aucun mot : c'était devenu une incantation, une formule inintelligible et barbare comme en répondent les enfants de chœur, une phrase de trois mots, trois mots de douze lettres...
Le charme ne se rompit que deux heures plus tard, comme François passait devant le garage. Il s'en échappait une odeur qui lui serra le ventre et figea le garçon sur place. Dans l'ombre, il aperçut Robert, un pot dans une main, un pinceau dans l'autre.
« Qu'est-ce que tu fais?
— Tu le vois, non? Je repeins les rames.
— Oh! dit François tout pâle, cette odeur de peinture, comment peux-tu la supporter?
— Mais...
— C'est toute la Rentrée : les classes repeintes... Ça me donne mal au cœur.

— Il n'y a tout de même pas de quoi tomber malade parce que c'est la fin des vacances ! » bougonna le grand.

« Heureux Robert, pensa François, en s'éloignant. Heureux — non ! pauvre Robert, pour qui la Rentrée c'est seulement la fin des vacances... »

*

Ceux qui rentrent de vacances, on les reconnaît moins à leurs valises, dans le métro, qu'à l'expression hagarde et conciliante de leur visage. Pareils à la très grosse dame qui vient de prendre la dernière place libre dans le compartiment, ils cherchent, heureux mais humbles, à se faire pardonner. L'homme des villes les considère froidement, le sourcil levé. François, à qui ces regards pesaient, s'éloigna insensiblement des cinq valises et du sac à dos dix fois comptés, perdus, retrouvés, recomptés depuis le départ. Robert s'essuyait le front, tirait de ses oreilles et de son nez de la crasse de charbon, contemplait son mouchoir en hochant la tête, se donnait en spectacle. Ou encore, tous ces gens plus pâles que leur journal et qui sortaient d'un bureau gris, il les regardait avec un air de dire : « Eh bien ! moi, pas plus tard qu'hier, j'ai pêché sept tanches grandes comme la main ! » A chaque station, François tombait en arrêt devant les affiches nouvelles et se sentait provincial. Mais quand, lents et lourds comme des scaphandriers, ils émergèrent du métro sur le terre-plein où tant de gens allaient et venaient sans leur prêter un seul regard, il se sentit, cette fois, un immigrant.

L'appartement s'était endormi depuis des mois, lassé d'attendre. François marchait sans bruit dans ce musée, ouvrait son armoire comme le placard de Barbe-Bleue, sursauta parce que sept heures sonnaient à l'église voisine. Derrière les persiennes closes, les lustres donnaient partout une lumière hautaine de gare. Indifférent, sournois et buté comme un cheval, l'appartement regardait ces étrangers s'agiter, étaler leur désordre, mettre de l'eau à chauffer (la première chose qu'en toute circonstance font les humains). Quand François ouvrit son secrétaire et vit ses livres et ses cahiers bien étagés, ses crayons alignés, ses trois gommes, il revécut l'instant où il avait fermé ce même secrétaire, la veille des vacances, et son cœur se serra. Deux mois et demi! et il en était au même point, au même geste... « Alors quoi, tout ce temps qui passe, à quoi sert-il? » Un grand doute l'effleura de l'utilité des actions humaines. Hier, c'était de l'importance de Chateaubriand : mauvaise semaine pour les idées toutes faites! Heureusement, se glissant sous les portes mieux qu'un souriceau d'un jour, rampant dans le couloir, flottant à hauteur de narines, l'odeur du repas rendait la vie à l'appartement et à François, le plaisir de vivre. Le garçon courut à la cuisine chaparder le croûton du pain et, d'un coup de dents, retrouva tout le goût de Paris.

La porte du lycée était surmontée d'un modeste fronton. On y avait marqué son nom, qui datait du dernier changement de régime en France. L'ancien nom, écrit d'une peinture plus tenace, transparaissait entre les lettres, et l'ensemble avait l'air d'une inscription russe. Au-dessus du fronton se voyaient, dans l'ordre : une rampe à gaz pour les illuminations officielles, un buste de la République derrière lequel habitait un couple de pigeons, un porte-drapeaux, une horloge, une famille de cloches qu'abritait un belvédère dentelé, enfin un paratonnerre.

Ayant ainsi accumulé en un même lieu ses merveilles, comme un pauvre qui s'endimanche porte sur lui tout ce qu'il possède, le lycée ne montrait plus, partout ailleurs, que des fenêtres grillagées et des murs noirs sur lesquels, pour comble de désolation, une loi de juillet 1881 interdisait d'afficher. « Notre prison! » pensa François avec attendrissement en poussant la lourde porte jamais fermée et jamais grande ouverte.

Dès l'entrée, un prodige le retint longtemps immobile derrière la porte vitrée du concierge : ses filles, ses filles étaient là... Ah! on voyait bien que c'était seulement la veille de la Rentrée. Dès ce soir, avant l'invasion, elles disparaîtraient, pareilles à ces enfants royaux qu'on habille tout somnolents parce que le peuple gronde aux grilles du palais. Dans quelle campagne se réfugiaient-elles alors, les filles du concierge, loin de tous ces terribles garçons? vivant à contretemps : l'été à Paris, l'hiver en vacances? François les examinait, retenant son souffle, avec une patience craintive d'entomologiste. Mais l'une des filles l'aperçut, et les deux disparurent comme des crevettes dans un trou de rocher.

En face, s'ouvrait la porte du réfectoire; plus loin, sous la voûte, le mur était couvert de ces grands tableaux administratifs que François était justement venu consulter.

« — Troisième A 1, Troisième A 2... Mais non, que je suis bête! C'est en Seconde que nous entrons. Seconde A 1... A 2... A 3... Ah! voilà. François Voisin... Pascal Delange... Jean-Jacques Hardrier... Tiens! ou alors j'ai mal lu?... Non! pas de Fauchier-Delmas. Alain serait dans une autre classe?... Ça alors!... »

Il restait devant le tableau, bras pendants, bouche ouverte, ne trouvant à répéter que : « Ça alors!... ça alors!... » *Ils* avaient séparé les quatre Mousquetaires! *Ils* l'avaient sûrement fait exprès. Oui, car Darseval, Vigerie, Cayrolle et Mollard, tiens! le gros Mollard — un tas de types sans intérêt — se retrouvaient dans cette même classe, mais pas Alain. Désarmé, déçu, François songea seulement à regarder le nom de ses professeurs :

« Bien... Bien... Pas mal... Zut! »

Tous bien, en somme, sauf le père Couderc. François, qui allait s'en réjouir, se reprit durement : « Crétin! c'est ton sale petit côté *Chateaubriand a, primo*... Mais il vaudrait mieux avoir n'importe quel prof et qu'Alain fût dans la classe! »

Au-dessus des tableaux se trouvait, là encore, un buste de la République. François qui cherchait des yeux une puissance à invoquer la trouva ridicule : « Ce chapeau idiot... »

Un bruit de savates traînées lui annonça le concierge. Ils se saluèrent d'un « Alors, c'est la Rentrée? — Faut bien, que voulez-vous! » échangé sans âme.

L'homme avait deux poils gris de plus dans ses moustaches : août et septembre, sans doute. Mais il parlait toujours de la même façon : pch pch pch pch... et son haleine sentait toujours le bœuf bourguignon. Dans ses gros doigts, que François n'avait jamais vus que pétrissant les baguettes du tambour, les plis qu'il portait aux professeurs (pch pch pch...) et les pains au chocolat de quatre heures, le concierge serrait cette fois un porte-plume et un encrier.

« Ch'est pour une rectificachion ! » pchipchitia-t-il.

François vit les gros doigts barrer un nom en Seconde A 3, sa classe. « Oh ! pensa-t-il, en fixant la nuque obstinée, écris celui d'Alain à la place ! Alain ! ALAIN ! A...L...A...I...N... » Le concierge souffla un peu plus fort et commença d'écrire docilement : A...L...A...I...N... avec des queues de cochon à chaque lettre.

« Fauchier-Delmas ? interrogea François vivement.

— Oui.

— Mais comment... ?

— Ch'est Fauchier-Delmache qui vient de le demander au churveillant général...

— Auquel ? (car il y en avait deux) A *Boule-de-b*... je veux dire à M. Chotard ou à M. Marion ?

— A *Boule-de-billard,* répondit le concierge avec simplicité. D'ailleurs il doit être encore là, Fauchier-Delmache... »

Il avait fini d'écrire. Il repartit ; ses savates qu'il traînait faisaient pch pch pch à sa place.

« Et Pascal Delange ? lui cria François tout joyeux, est-ce qu'il est venu ces jours-ci ?

— Pas vu.

— Et Jean-Jacques Hardrier ?

— Connais pas.

— Mais si ! un roux, avec des guêtres...

— Ah ! oui. Pas vu non plus... », et il claqua rapidement sa porte derrière lui.

Vous pensez ! il y avait mille huit cents élèves inscrits au lycée ; alors, ce genre d'interrogatoire, ça pouvait aller loin... Pch pch pch...

Resté seul, François se tourna vers la cour de récréation

et reçut un choc : qu'elle était petite! Désert poudreux, bordé d'asphalte, cerné de grilles et de bâtiments gris, avec son arbre unique dont les racines désespérées cherchaient, toujours plus profond, de quoi ne pas mourir — quoi! c'était là qu'il avait le plus ri, le mieux couru, discuté sans fin, connu Pascal Delange : passé, toujours entre deux roulements de tambour, les meilleures heures, non! quarts d'heure de sa vie?

Le garçon pénétra dans le gymnase; il sentait encore la sueur, depuis juillet! Ce sol fait de bouchon écrasé et de sciure de bois, ce sol aux mille empreintes, François y avançait avec défiance comme sur un sable mouvant. Les agrès pendaient, inutiles, et il les injuria à mi-voix : « Trapèze, voyou carré! Le 23 mai je suis tombé et tous les types ont rigolé de moi, voyou! Et les anneaux! Mais vous louchez, crétins, vous louchez! » Il enroula la corde lisse après la perche et donna un coup de pied au cul du cheval d'arçon. « Avec ton ventre ballonné et tes pattes raides de chien crevé! » S'étant vengé d'avance de cette gym qu'il exécrait, François traversa la cour, monta trois marches et poussa la porte de leur ancienne classe. Oh! quels petits bancs! quelles tables basses! Le lycée tout entier rétrécissait donc pendant les vacances? La chaleur, peut-être... Le garçon marcha jusqu'à la chaire à la manière de M. Jacob, s'assit comme M. Gautreau, se moucha avec le geste de M. Plâtrier, chaussa les lunettes de M. Giglio dit *Nez-Rouge* et parla avec le zozotement de M. Larive-Aymard :

« Dites donc, l'imbéfile, là-bas! »

Après avoir ainsi honoré ses anciens prof, il promena son regard sur les bancs qu'il peupla de tous les fantômes de ses camarades. Il les nomma tous de mémoire : « ... 28... 29... et le trentième? Qui donc était le trentième? Quoi, on était pourtant trente! » — Il n'oubliait que lui.

Il monta jusqu'au banc des *Sommeilleux :* les gars du fond, masse inerte que le tambour seul réveillait à la fin d'une classe dont ils demandaient alors : « C'était math ou géo cet après-m.? », à la grande indignation de Lévêque, le bon élève, qui ruminait ses leçons (au premier rang) en se bouchant les oreilles. Mais les Sommeilleux ne dormaient pas seulement : ils sculptaient aussi, avec une patience du Moyen Age, des scènes absurdes ou des phrases déplaisantes. Il y avait là, sur la table de Cayrolle, gravé en gothiques profondes : LÉVÊQUE EST UN... — affirmation que l'arrivée des vacances avait sans doute empêché l'artiste d'achever.

« Si Cayrolle devient maréchal de France, se dit François, on exposera cette table au Musée des Invalides, sous une vitre. » Il s'assit à la place de Pascal Delange, ferma les yeux en souriant et pensa à son ami. Comme il relevait la tête, il crut à une hallucination : sur le tableau noir, avec des craies de toutes les couleurs, quelqu'un avait inscrit : CHATEAUBRIAND A, PRIMO... Il se rappela le concierge écrivant tout à l'heure, comme sous sa dictée... Singulière journée !

Il effaça le tableau noir (Le chiffon rêche aux doigts, et cette poussière de craie, déjà... atchoum!) et sortit troublé.

Machinalement, il pressa le pas devant les bureaux des surveillants généraux; mais il se haussa sur la pointe des pieds pour jeter un œil chez le secrétaire, machinalement...

Le voici dans la cour des cadets dont il longe la colonnade. Les petites griffes ont laissé leurs traces sur chaque colonne. « J'ai grandi depuis la Cinquième, songe François. Si seulement chaque année... » Mais il ne peut achever cette pensée : une main invisible vient de saisir sa cheville gauche tandis qu'une voix d'outre-tombe monte des entrailles de la terre : « Chateaubriand a, primo restauré la cathédrale gothique... » puis un rire caverneux.

« Delmas! » crie François après une seconde; et il se met à rire un peu trop fort parce qu'il vient d'avoir peur.

La main lâche sa jambe, la voix fait : « Chut! »

« Mais où es-tu, vieux? souffle François.

— L'escalier du *proto*... Descends un étage et droit dans le noir.

— Mais...

— Chut! »

François, docile, gagne l'escalier qui monte chez le proviseur mais que personne n'a jamais songé à descendre, et le descend. Il marche en somnambule, les bras tendus dans le noir. Naturellement, il trouve d'abord une marche de plus qu'il ne croyait, puis une de moins. Il rit tout seul à la pensée de revoir Alain, ses cheveux collés, son air crâneur, sa façon provocante de regarder les autres de bas en haut, ce petit coq!

« Delmas! Hé, Delmas!... (Ses amis l'appellent : Delmas, ses ennemis : Fauchier, les prof seuls disent : Fauchier-Delmas.)

— Par ici! »

Une porte grince : une grande pièce sombre où le jour tombe par trois soupiraux. Mais l'un des rayons éclaire un vaste tapis, le second des bouteilles de vin, le troisième des paquets de cigarettes — François n'en croit pas ses yeux.

« Salut, ma vieille! »

Ils se serrent la main interminablement.

« Mais comment as-tu...?

— La boîte manquait de bar-fumoir, tu ne trouves pas? Alors je me suis débrouillé.

— Quand ça?

— Hier, j'ai suivi le chat du concierge. On a toujours intérêt à suivre les chats : c'est paresseux, ça aime son confort... et ça voit dans le noir!

— Comme toi! (Alain se vantait, entre autres mensonges, de voir clair la nuit.)

— Le chat descendait l'escalier, je l'ai suivi; je me suis battu avec dix-huit toiles d'araignées, trois piles de caisses vides et deux serrures, et j'ai découvert cette cave dont plus personne ne soupçonne l'existence, je te le jure!

— Mais le tapis?

— Ah! lui, je l'ai apporté tout à l'heure : c'est celui de ma chambre.

— Mais tes parents... commence François qui n'a que le « mais » à la bouche.

— Si tu crois que mes parents s'intéressent à ma chambre! dit Fauchier-Delmas avec amertume.

— Et ils ne comptent pas non plus les bouteilles de leur cave?

— Ne t'en fais pas, j'amènerai encore bien d'autres choses. On sera caïd, ici, tous les quatre! Mais personne d'autre, hein?

— Évidemment! »

Qu'est-ce qui compte au lycée, en dehors des quatre *Mousquetaires* : Delange, Hardrier, Fauchier-Delmas et lui?

« On prend un verre? Tiens, tu veux une cigarette turque?

— Turque! »

Pour François, c'était vaguement de l'opium. Ils s'allongèrent sur le tapis.

« Faudra des coussins!

— J'en ai deux vieux.

— Apporte-les. Hardrier aura sûrement un tas de trucs épatants.

— Oh! Hardrier, Hardrier! tu sais, il ne faut pas exagérer, dit François. Il fait des mystères à tout bout de champ, mais au fond...

— Sais pas », fit Alain.

Vieille discussion, jamais menée à terme : les mystères Hardrier... Comme les mensonges Fauchier-Delmas... D'ailleurs, c'était contraire au *Code* que de parler d'un absent. Ils se resservirent à boire en silence. Alain soufflait la fumée par le nez; François essaya et toussa.

« Quand la cave sera équipée, dit Alain, on lui donnera un nom. Mais lequel?

— *Bételgeuse.*

— *Bételgeuse?*

— Oui, et pas un autre! » affirma François.

L'année dernière, Pascal lui avait dit : « Quand j'aurai un bateau il s'appellera *Bételgeuse.* » Or, qu'est-ce qu'un bateau? Une petite maison équipée à son goût et dans laquelle on peut fuir les autres. La cave s'appellerait *Bételgeuse...* Au bout d'un instant :

« Mais qu'est-ce que tu venais faire au lycée hier? reprit François.

— Voir quels prof on avait, les faire changer au besoin.

— Tu es fou!

— Moi? Pas du tout! Tiens, on m'avait mis dans une autre classe que vous. Je suis allé voir Boule-de-billard et toc! ça n'a pas traîné... J'ai barre sur B. D. B., tu comprends.

Sans ça, mon vieux, il y a belle lurette que j'aurais été fichu à la porte!

— Le fait est... Mais comment...? »

Fauchier-Delmas baissa la voix, bien qu'ils fussent seuls dans la cave oubliée d'un lycée désert.

« Tu me jures sur la tête de Delange de ne jamais te servir de ce que je vais te dire?

— Non, mais je te le jure sur ma tête.

— Eh bien, l'année dernière, j'ai surpris B. D. B. en train d'essayer d'embrasser la secrétaire.

— Quelle blague! »

Pour François, on faisait ces choses-là entre vingt et trente ans, pour rien; puis entre trente et quarante, pour avoir des enfants; et puis après, fini! voyons...

« Je frappe à la porte : pas de réponse. J'entre : le bureau vide; je continue chez la secrétaire : toc! Elle devient toute rouge et lui tout blanc. « M. Fauchier-Delmas, veuillez m'at- « tendre dans mon bureau! » Là, il a commencé par me faire sauter la *colle* pour laquelle je venais le trouver, puis il m'a dit : « Je compte sur votre discrétion, n'est-ce pas? — Et moi, « sur votre... protection spéciale! — Je... Je... (Tu sais comment il est quand il commence à bafouiller!) Oui... Euh... « Enfin... Bon... Bon... C'est entendu! » On s'est serré la main — et voilà!

— Je te parie cent millions que ça n'est pas vrai, dit François sans conviction.

— Est-ce que j'ai été collé une seule fois depuis février?

— Attends!... Si, deux fois : le jour de l'orgue de Barbarie et le jour des petits pois! On était ensemble.

— C'est vrai. B.D.B. m'avait supplié d'accepter : « Sans quoi, ça finirait par se remarquer, comprenez-vous? »

— Et tu avais « accepté », grande âme? Eh bien, je ne crois pas un mot de ton histoire!

— Bon, dit le garçon vexé. Au fond j'aime mieux ça : tu ne parleras pas à tort et à travers!

— Non mais est-ce que j'ai l'habitude...?

— Je blaguais, je blaguais! Dis donc, on rentre ensemble?

— Non, vieux, je ne rentre pas chez moi. »

C'était faux; mais, d'instinct, François refusait de reprendre *dès aujourd'hui* le chemin quotidien. D'abord ils rentraient toujours à trois, avec Pascal Delange; et puis... et puis quoi! c'était encore vacances jusqu'à demain!

« Tu retrouveras ton chemin pour sortir d'ici?

— Tu sais bien que « je vois plus clair la nuit que le jour », moi!

— Crétin! »

François s'était déjà engagé dans le couloir obscur; il revint sur ses pas :

« Dis donc, Delmas, la phrase sur le tableau noir, c'était toi? demanda-t-il avec anxiété.

— Tu parles! Quand je vais au tableau je sèche toujours. Rien à écrire, jamais! Alors je me suis payé, pour une fois, un petit festival craies de couleur.. Mon rêve!

— Mais pourquoi « Chateaubriand a, primo... »?

— C'est la seule phrase de littérature que j'ai retenue. Grâce à toi, Voisin! Allez, à demain, vieux. Qu'est-ce qu'on va se marrer avec les Nouveaux!

— A demain », dit François sans joie.

Il pensait, lui, à l'appel, aux cahiers de texte et de brouillon, à l'odeur de colle des livres neufs, à l'odeur de peinture, à l'horloge qui avançait toujours, au tambour qui le faisait sursauter... Mais, comme il remontait l'escalier du *proto* avec des précautions d'assassin, il songea que, demain et chaque jour désormais, il serait assis à côté de Pascal Delange, il rirait avec lui, discuterait avec lui à Bételgeuse, rentrerait avec lui; et c'est tout joyeux qu'en passant devant le soupirail il feignit de renouer son lacet pour murmurer à l'invisible :

« A demain, *d'Artagnan!* »

Cette fois il s'arrêta longuement devant la fenêtre de la secrétaire. On ne sait jamais. Si, comme Fauchier-Delmas, il avait la chance de la surprendre en train de... Une « protection spéciale », ça peut servir!

« Si Pascal te voyait... » Cette seule pensée le remit en marche, rouge de honte. Comme il passait devant sa loge, le concierge l'arrêta — pch pch pch...

« Votre ami que vous réclamiez tout à l'heure...

« — Hardrier?

— Le roux. Il vient de pacher : il chort à la minute.

— Merci. »

François vola jusqu'à la rue. Hardrier, *Porthos!* Avec un peu de chance il allait pouvoir le retrouver. La porte passée, trois directions s'offraient à lui. Laquelle choisir? Celle de la gare Saint-Lazare, bien sûr! puisque Porthos habitait la banlieue. (Premiers mystères Hardrier, ce pays d'arbres, d'eaux, de « pavillons », ce vrai train dont il débarquait chaque matin...)

François, qui fendait adroitement la foule des passants, redoubla soudain de vitesse et se mit à les bousculer carrément : il venait d'apercevoir, dansant comme un feu follet sur la mare triste des chapeaux, une tignasse rousse, un arbre d'automne dans un bois de sapins, Hardrier.

« Hardrier! Ho — hop! Har-dri-er! »

L'appel se perdit dans le fracas du carrefour, mais François gagnait du terrain. Il riait tout seul, se demandant s'il allait tomber sur le gars : « Oh! pardon, monsieur! », ou lui donner un croc-en-jambe, ou bien lui faire le coup : « Police! Au nom de la loi, je vous arrête... » — quand il se figea sur place. Hardrier n'était pas seul. Hardrier tenait le bras d'une fille trop blonde dont François sentait le sillage odorant. Il crut que ce parfum violent lui donnait la nausée — mais non! il lui serrait le cœur, simplement.

Au tour des passants, de bousculer ce garçon immobile dans le courant comme une souche! François regardait s'éloigner le couple. Hardrier portait ses guêtres, naturellement! Il faisait l'avantageux, avec des gestes que François connaissait trop bien et qui l'énervèrent soudain. La fille se déhanchait un peu en marchant. Elle se tourna vers la droite et le garçon vit se profiler sa poitrine.

Alors, il pivota subitement et traversa la rue devant trois autos dont les chauffeurs firent bien de ne pas le prendre à partie. Bon sang! il leur aurait répondu. Les colères d'*Athos* étaient connues des Quatre, et François se vit dans une devanture : blanc de rage.

Place Saint-Augustin, il était toujours aussi furieux et

croyait sincèrement que c'était contre Hardrier. Une fille
très brune, qui marchait, elle aussi, en tortillant ses hanches,
le dépassa en le frôlant. Elle chantonnait. Il se mit à la suivre
(la première fois de sa vie!) en détaillant grossièrement les
parties de son corps. La fille s'arrêta trop longtemps devant
une devanture et leurs regards se croisèrent dans le reflet
de la vitre. Elle sourit; François se sentit devenir rouge,
passa très vite, puis traversa l'avenue en sifflotant — très
faux d'ailleurs. Il imagina des choses absurdes : que la fille
haussait les épaules, le désignait du doigt, crachait dans sa
direction, je ne sais pas, moi!

Cette grande tempête d'amour-propre tomba d'un seul
coup au coin de la rue de Naples. C'est là que, deux fois par
jour, Pascal Delange et lui se séparaient; c'est pourtant là
qu'aujourd'hui le souvenir de Pascal le rejoignit enfin, balayant
tout. « Avait-on jamais rencontré Pascal avec une fille?
S'était-il jamais vanté de... ceci ou de cela? Hardrier avait
un an de plus qu'eux : qu'il agisse à son gré! Mais on n'était
pas un gosse parce que... parce qu'on imitait Pascal et pas
Hardrier! »

Il s'engouffra dans le parc Monceau comme un navire
dans un port. Dieu! on respirait là un autre air... C'était
peut-être la dernière enclave de vacances dans cette ville
d'octobre. Les arbres étaient roux et blonds : roux comme
Hardrier, blonds comme... — non! dorés, fauves, graves,
les arbres! pas blonds. Par instants, les feuilles tombaient
en pluie continue : l'été payait comptant le droit de se survivre quelques jours encore. Les oiseaux chantaient, orphe-
lins trop petits pour comprendre, chantaient, couraient dans
la maison en deuil — mais quel deuil royal!

L'Automne vaste et l'Été fastueux...

Il s'élevait du sol une senteur humide, un parfum de mousse.
Voilà, l'eau montait doucement du fond de la terre; et quand
elle affleurerait, ce serait l'hiver.

Et tout d'un coup le vent vivant s'en mêla! Il tourbil-
lonnait, il faisait remonter les feuilles à leurs branches; et le

soleil, voyant cela, s'enhardit : se mit à briller comme autrefois, du temps de sa jeunesse, du temps du muguet...

Ce fut le printemps, l'éclair d'un instant, et le cœur de
François commença de battre sans raison. « Chateaubriand
a, primo, rouvert la grande nature fermée... » Mais non,
garçon! ce n'est pas l'esprit qui compte, mais le cœur. Et
ce n'est pas Chateaubriand, c'est le printemps qui, chaque
année, rouvre à ton cœur la grande nature fermée!

II

DISPARITION D'ARAMIS

Chacun des garçons qui entraient au lycée, ce matin de
1er octobre, jetait des coups d'œil de souris à sa gauche et
à sa droite, avec l'espoir de reconnaître un camarade dans
le flot qui s'engouffrait avec lui. S'il en retrouvait un, ce
n'étaient ni cris ni grands gestes mais le clin d'œil des conjurés :
« A tout à l'heure! » Arrivé au seuil de la cour, il s'orientait
un instant, taureau ébloui, avant de foncer vers l'un des
groupes d'Anciens qui grossissaient de minute en minute.
On y parlait mer et montagne, on y mentait déjà ; et les garçons qui, depuis deux mois, n'avaient appelé personne « mon
vieux » rattrapaient le temps perdu.

8 heures 24. Les Nouveaux promènent sur les bâtiments
pâles un regard qui les trahit, demandent trop de renseigne-
ments, font les aimables ou se renfrognent, au contraire,
tournés contre les barreaux de la grille. Certains se joignent
timidement aux Anciens, livrent déjà leur nom. Mais la plupart recherchent les autres Nouveaux et lient hâtivement
connaissance afin de faire front.

8 heures 25. Les prof aussi arrivent peu à peu et se com-
plimentent mutuellement sur leur mine qui, d'ailleurs, est
mauvaise. Il s'échange dans leur groupe autant de « mon
cher » que, dans les autres, de « mon vieux »; et ce sont les
mêmes conversations et les mêmes vantardises : poissons
pêchés, montagnes gravies, omelette et lait gratuits dans

des fermes. Simplement, on rit ici des devoirs non corrigés, là des devoirs non faits.

A 8 heures 26, deux Nouveaux ont déjà vomi et un autre s'est ouvert le genou. Le premier local qu'ils connaîtront du lycée sera l'infirmerie.

A 8 heures 27 on fait queue aux « lieux » où les Nouveaux se rhabillent en tremblant, l'oreille douloureusement tendue vers la cloche. La cloche ou le tambour? ils ne savent pas, justement!

8 heures 28 : la première bagarre de l'année éclate aux cris de « Sale juif! » et de « T'as pas changé! » et B. D. B. sort de son bureau, le melon sur les yeux et un papier vert à la main — pas assez vite, toutefois, pour surprendre les coupables et les saisir par l'oreille, comme autrefois. « Je vieillis », pense B.D.B. et il regarde sa montre : 8 heures 29.

On voit le concierge gagner lentement la cour, son tambour sur le ventre. Il tire de son baudrier les baguettes, les tourne un moment dans ses gros doigts, en laisse tomber une qu'il ramasse péniblement — pch pch pch... — enfin se tourne vers l'horloge. Face à face solennel! Ils se ressemblent, d'ailleurs, le gros visage et ce cadran; surtout quand celui-ci marque 8 heures 18 : les deux aiguilles formant moustaches un peu tombantes. Il se produit alors une seconde de silence, seconde solennelle, comblée d'attente (comme au concert quand le chef lève sa baguette et regarde son monde) et puis une grêlée de tambour, confuse, pressée, informe — ce que les chansons et les livres traduisent par « rataplan plan plan », mais qui n'y ressemble point. Quand ses grosses joues ont assez tremblé, le concierge arrête net la dégelée, renfile ses baguettes, raffermit sa casquette plate et, après un second regard à l'horloge, rentre poser le tambour dans un coin du réfectoire.

Ce matin, les groupes se dirigèrent lentement vers les classes : encore dix, neuf, huit, sept pas et ce serait, sans recours, la fin des vacances.

Il y avait des garçons déjà installés à *leur* place : Lévêque, au premier rang; Cayrolle, le Toulousain, Mollard dit Bou-

boule et deux autres Sommeilleux, là-haut, contre les portemanteaux; Vigerie, le nègre, près du radiateur, et Darseval,
le royaliste, à l'extrême droite. Au troisième rang, François Voisin, Jean-Jacques Hardrier et Alain Fauchier-Delmas
délogèrent quelques isolés pour reprendre leurs bancs de
l'an dernier. Pascal Delange n'était pas encore arrivé; ils gar-
dèrent sa place entre Alain et François. Près de la porte,
l'élève *guetteur* assurait sa première faction de l'année
scolaire.

« Alors?

— *Ils* sont toujours en train de parler... Voilà le proto...
Ils enlèvent leur chapeau... Il commence à serrer les
mains...

— Alors, j'ai le temps! » fit une voix, et l'on vit cette fouine
de Morel, le banliousard, descendre des hauts en quatre
enjambées jusqu'au tableau noir où il commença de dessiner
un bonhomme (craie jaune) avec un nez en tomate (craie
rouge) et un seul cheveu (craie blanche). Il inscrivit dessous :
« Bonjour, Nimbus! », et se retourna vers les autres, l'air
satisfait. Il y eut des rires mais qui s'arrêtèrent net : Alain
Fauchier-Delmas parlait d'une voix froide.

« Efface ça.

— T'es pas fou? dit Morel sans assurance.

— Efface ça, répéta Alain en se levant.

— Y'a pas de raison, c'est marrant!

— Non, dit Alain calmement, le premier jour, c'est mal
élevé.

— Attention, les gars! fit le guetteur sans se détourner,
attention, ils regardent l'horloge! »

Il s'ensuivit une certaine confusion. Les Sommeilleux
firent disparaître leur arsenal : couteaux sculpteurs, sifflets,
photos de filles; les « batailles navales » s'achevèrent en
déroute; les « morpions » tournèrent court. Morel effaça
le tableau noir, la rage au cœur, sans insister.

« Il parle encore avec Gautreau et Jacob, annonçait le
guetteur. Gautreau n'a plus son chapeau vert... Jacob boite,
les gars, Jacob boite! Oh! Oh! Oh!... »

A ces « Oh! » une vague de curiosité porta cinq ou six

garçons vers la croisée. Ils eurent le privilège de voir M. Plâtrier *(Nimbus)*, 1 mètre 92, faire une démonstration de nage
à M. Jacob : cela valait le risque.

« A vos places! à vos places! cria le guetteur vexé. Cette
fois, il vient... »

Il s'établit un surprenant silence où les Nouveaux enten-
dirent crier leur ventre angoissé.

« Non mais, qu'est-ce que Pascal peut bien faire? » chu-
chota François contrarié.

Et Alain *fit passer* à Hardrier :

« Qu'est-ce que Delange fabrique, sans blague!

— Comment veux-tu que je le sache? » dit l'autre avec
humeur.

« Porthos est nerveux. Pourtant qu'est-ce que ça peut
bien lui faire, la Rentrée? pensa Alain-d'Artagnan avec
plus d'admiration que d'amertume : il possède toujours tous
les prof... »

On entendit marcher dans le couloir. Nimbus? — Sûrement non! C'était un pas léger, rapide et pourtant mesuré.
Pascal alors?

François entendit son cœur battre au rythme exact de ces
pas.

« Pascal... », souffla-t-il, et il voyait déjà le rire de son ami
et son regard le cherchant en premier parmi tous les garçons.

Mais le garçon qui entra n'était pas Pascal : très brun,
au contraire, cheveux bouclés court, lèvres luisantes, mais
le même air tranquille et sûr. De ses yeux couleur de marron
tout neuf, il chercha un banc vide et, voyant cette place
libre entre Athos et d'Artagnan, marcha sur elle calmement.
Alain, de loin, fit signe : non! mais l'autre n'en tint aucun
compte.

« Hé! C'est la place de Delange, dit François.

— Connais pas! (Une drôle de voix : *liquide* comme celle
du rossignol.)

— Elle est réservée, quoi!

— Je ne vois personne. »

Et il posa ses cahiers.

La colère saisit François, colère mêlée d'inquiétude pour

Pascal et de crainte que Nimbus n'entre soudain : une bonne vraie colère d'octobre!

« Tu vas les ôter tes cahiers, non? »

Il allait les jeter par terre. Alain arrêta son geste, cueillit les cahiers au vol, les rendit au Nouveau presque gracieusement (mauvais signe!) sans une seule parole, les dents serrées.

« Nimbus! » annonça le guetteur d'une voix sifflante et, le premier, il se mit hypocritement au garde-à-vous.

« On réglera ça tout à l'heure », dit l'inconnu sans colère apparente, et il prit l'une des places du haut sans même regarder ses voisins.

M. Plâtrier entra, salua machinalement les élèves et marcha vers sa table. Sûrement, M. Plâtrier ne voyait pas la classe, la chaire, le tableau, mais encore cette petite auberge aux trois tilleuls, le pont moussu qui divisait l'eau en chantant, et cet oiseau qui s'adressait souvent à lui vers la tombée du jour...

Il entra donc, titubant de vacances, traînant ses gros pieds pitoyables — le martyre de sa vie — emmaillotés dans des chaussures ballonnées aux semelles informes, pantoufles d'éléphant. C'était si pénible qu'aucun élève jamais ne s'en était moqué : de sa taille, de son crâne chauve — *Double-mètre, Nimbus* — oui! mais de ses pieds — *Gazelle, Danseuse* — jamais!

Parvenu à sa table, M. Plâtrier y déchargea avec fracas sa serviette bourrée de livres, et cette détonation retentit dans l'esprit de tous les garçons comme le coup de grâce porté aux vacances. Puis il déposa son chapeau sur cette serviette, aussi respectueusement qu'un bicorne de maréchal sur son catafalque. Son crâne apparut, désert rose avec son oasis de cheveux. Un vague sourire flottait sur ses lèvres et dans ses yeux : manifestement, les trente élèves debout, immobiles, étaient pour lui un champ de pommiers, un port de pêche ou un cloître du XIIIᵉ. Il s'assit, glissant ses pieds sous la table avec autant de précaution que s'il les eût avancés vers le feu. Après avoir tâté trois de ses poches, il trouva ses lunettes de travail dans une quatrième et les échangea avec ses lunettes de ville; pas assez vivement, toutefois, que son visage n'apparût désarmé, enfantin, pareil à un derrière nu entre deux chemises. A travers ses nouveaux lorgnons, M. Plâtrier sembla prendre conscience pour la première fois de cette classe, de la saison grise, de toute cette année scolaire devant lui. Son visage s'assombrit d'un seul coup; ne s'éclairerait-il à nouveau que le 12 juillet de l'an prochain?

Il fit signe aux garçons de s'asseoir et promena lentement son regard désolé sur les bancs, avec un petit hochement de tête pour les visages connus, un léger haussement de sourcils pour les nouveaux. Un instant avant que les yeux du professeur se posassent sur lui, chacun rectifiait sa position et choisissait l'air qu'il voulait que Nimbus crût être le sien : avisé, ou neutre, attentif, pétillant d'esprit, plein de bonne volonté, etc. C'était déjà un bel assaut d'hypocrisie; mais comme la plupart, par inexpérience, se donnaient un tout autre air que celui qu'ils se fussent souhaité, la classe présentait un complet parterre de fausseté. Bah! qu'importait à M. Plâtrier? L'homme de juillet, en lui, continuait à ne s'intéresser, sur tous ces visages, qu'aux coups de soleil, aux rides de hâle, aux cheveux blondis par la mer.

Quand il eut achevé cette inspection, il respira fortement, mouilla ses lèvres et inclina spirituellement la tête vers le coin gauche de la classe comme pour y chercher une belle phrase qui ouvrît solennellement l'année scolaire. Mais il ne trouva là que la réserve aux balais, aux cartes murales, aux craies de couleur; alors il ne dit rien. Il fouilla dans deux de ses poches et sortit d'une troisième un très gros mouchoir.

Il est 8 heures 34 et pas un mot n'a encore été prononcé de part et d'autre (excepté le « Ta gueule! » de Cayrolle à Mollard qui lui réclamait déjà son couteau pour sculpter la table). Regardons M. Plâtrier se moucher. Prenons tout notre temps, comme lui-même.

Il s'attarde un instant à contempler ses belles mains, son seul attrait, sur ce fond de tissu blanc. Il rectifie précieusement un coin d'angle mal poli. Dans le coin du mou-

choir, un fil rouge dessine une vague initiale : c'est la marque
de la blanchisseuse, grossière et vive comme elle-même.
« Ah ! la blanchisseuse... » (Soupir.) Et, tout près, le chiffre
flatteur que broda sa mère, il y a... douze ans. « Mon Dieu,
comme le temps passe ! » (Soupir, d'une autre qualité.)
M. Plâtrier est célibataire. Jusqu'à la mort de sa mère, il a vécu
comme un enfant ; depuis, il croit avoir changé. Il déplie son
mouchoir comme un paquet de Noël, comme une carte d'état-
major, mouchoir plus vaste encore qu'on ne pensait ; il le
tourne avec une minutie de prêtre pour le disposer comme
il faut, puis il retire ses lunettes. Le visage rose et nu contre
cette grande toile blanche a quelque chose d'indécent — non !
d'indiscret seulement : c'est M. Plâtrier dans son lit. Il tous-
sote et se racle la gorge afin d'alerter tout son corps et de le
préparer à cette grande secousse, la plus importante de la
journée. Il choisit lentement son endroit, son nez tourné
comme l'épervier, puis fond sur le centre du mouchoir. Et
alors c'est *la chose*... Si formidable, si tumultueuse que les
élèves ont hésité longtemps entre « Nimbus » et « Jéricho »
pour surnommer M. Plâtrier. Lui-même, comme étonné,
attend un long moment après la chose. Qu'attend-il ? Que
les murailles s'écroulent ? Il sort enfin son nez, dévoilant
une moue enfantine de la lèvre, et replie géométriquement
le mouchoir avec la prestesse et les regards furtifs d'un mar-
chand à la sauvette qui boucle son éventaire parce qu'un
agent s'approche. Ouf, ça y est ! Le mouchoir n'est plus
qu'une petite brique d'albâtre qu'il tourne un moment entre
ses mains. (« Les beaux doigts : longs, carrés du bout et si
blancs... Ceux de Sénèque ! ») Puis il essuie méticuleusement
sa lèvre supérieure en hommage aux défuntes moustaches de
ses dix-huit ans, et son menton, comme du temps où il portait la barbe. (Le service militaire à Joigny... Il y avait retrouvé
deux collègues... On récitait de l'Horace en nettoyant les
abords... — Soupir.) M. Plâtrier remet son mouchoir dans
une poche autre que celle où il l'a pris. Ses mains tâtonnent
sur la table à la recherche de ses lunettes qu'il chausse réso-
lument : « Allons ! au travail ! » Il est 8 heures 36.

M. Plâtrier ouvre sa serviette et en retire des livres et des livres avec le calme menaçant du médecin qui étale ses instruments. Les Nouveaux entendent leur ventre crier; les Sommeilleux sont mal à l'aise; les bons élèves se raniment, poissons dans l'eau. Il sort aussi de cette serviette de grandes feuilles de papier blanc que sa main gauche caresse tendrement, tandis que la droite explore plusieurs poches avant de trouver un stylo d'un modèle ancien. « Voilà, ces feuilles sont encore vierges... Tout à l'heure, elles porteront des noms, des horaires, des décisions... Et ce n'est jamais que cela, de la naissance à la mort d'un homme ou d'un peuple : des feuilles qu'on remplit. Pour condamner, marier, séparer, déclarer la guerre... Des mains aveugles choisissent une feuille blanche, trempent le porte-plume, hésitent encore un instant; et puis le fil d'encre se déroule, le fil noir du Destin aux mains des indifférents... » Qui pense ainsi? M. Plâtrier? (Il s'est arrêté un moment, l'œil perdu.) — Peut-être. Pascal Delange, s'il était là? — Sûrement. François Voisin? — Non. Athos est seulement hypnotisé par ces mains de Grandes Personnes : ces mains qui n'ont plus de devoirs à écrire, de feuilles d'examen à remettre, de pages de dictionnaire à tourner : QUOAD, QUOD, QUOT... « Ah, grandir! pense François, vieillir, passer le cap! » et il considère les mains de Jean-Jacques Hardrier, à sa gauche; elles ne sont pas comme les siennes. (Les guêtres... La fille blonde...) — « Mais qu'est-ce que Pascal peut bien fabriquer, bon sang de bonsoir? »

« Messieurs, dit Nimbus (et ce seul mot rend à la vie la classe au bois dormant), messieurs, veuillez me donner vos noms, je vous prie... »

*

Le tambour fait sursauter tout le monde : bons élèves et Sommeilleux n'ont pas encore retrouvé leur mesure instinctive du temps. M. Plâtrier lui-même est désemparé, tire sa montre — que fait-on à 10 heures 25? — va dire un mot, ne dit rien, prend son chapeau, ne le met pas, et sort. Aussitôt, c'est une ruée des Anciens vers la boutique où pch pch pch vend des pains au chocolat ruisselant de graisse et qui fument encore.

Les Nouveaux, indécis, vont suivre; Alain Fauchier-Delmas les arrête :

« Restez à vos places, les Nouveaux! »

Il s'avance, suivi de François, de Jean-Jacques, de Morel (le banlieusard) qui rit de travers, de Keim (le juif) qui a subi cette inspection l'an passé et ne veut pas rater celle-là, de Mollard (dit Bouboule) déjà revenu avec trois pains au chocolat, et de plusieurs autres Anciens.

« Il faut bien faire connaissance, explique aimablement Alain. Ton nom, toi?

— Chapard, répond le garçon qui porte des lunettes à gros verres : deux hublots sur un nez en étrave de navire.

— Eh bien, ce sera... *Bigloteux,* dit Alain qui distribue souverainement les surnoms à chaque rentrée.

— M'en fous, murmure Chapard.

— Faut pas, mon vieux, faut pas, intervient Hardrier gravement. Moi c'est *Rouquinoff.* Eh bien, j'en suis fier! »

Le Nouveau se détend; il tend la main aux autres.

« Minute! De quelle boîte viens-tu? Nous ne serrons que les mains que nous connaissons, dit Alain avec hauteur.

— Sainte-Croix.

— Alors, ricane Morel (le banlieusard), ce sera le révérend père Bigloteux...

— Non! tranche Alain sans même se retourner; puis au Nouveau : Ils t'ont renvoyé?

— Pensez-vous!

— Pas de quoi rougir! J'ai bien été renvoyé sept fois, moi.

— Et moi, onze, fait Mollard, la bouche pleine.

— Remarque, on ne t'en veut pas », conclut Alain royal.

Il tend la main à « Bigloteux » ébloui qui, pour un peu, l'appellerait « Monsieur », et il passe au suivant :

« Et toi? Non, ne te lève pas! (L'autre se rassied, plus rouge qu'un timbre de dix sous.)

— Mais, dis donc, tu portes encore des culottes courtes! Tu ne t'es pas trompé de classe? demande cruellement Morel. Le petit lycée, c'est rue d'Amsterdam.

— Oh! ça va, Morel! »

François a pris la défense du Nouveau qui vire au violet. C'est qu'il flaire une histoire de parents dans ces culottes courtes : son père l'obligeait bien à coiffer une petite casquette anglaise ridicule...

« Ton nom?

— Auranche.

— Ce sera *Gros Genoux*. Mais ne rougis pas comme ça, ajoute Alain, sans quoi ce sera *Tomate* ! »

Auranche paraît si malheureux que François lui tend la main. (C'est sa faiblesse à lui : il ne peut pas voir les autres dans l'embarras...)

« Ça m'aurait bien épaté, remarque aigrement Morel.

— Qu'est-ce qui t'aurait épaté?

— Que tu ne sympathises pas avec un type du genre fille », répond l'autre lentement. (Il est deux fois plus fort que François Voisin, et François le sait bien.)

Deux secondes lourdes. On entend les garçons qui crient dans la cour. Les Nouveaux se regardent, gênés. Morel ébauche un sourire victorieux. C'est long, deux secondes...

« Ta gueule, Morel! » dit enfin Alain négligemment mais en serrant les poings. (« S'il ne me boxe pas *tout de suite,* il est fichu! »)

Encore une seconde de silence : c'est tout le prestige d'Alain qui est en jeu. Il le défendrait jusqu'au sang.

« Oh! ça va! » capitule Morel.

Les Nouveaux ne comprennent pas : Morel a une tête de plus que l'autre! D'une voix à peine altérée, Alain surnomme le suivant.

« ...Toi, ce sera *Brèche-Dent.* »

Mais tous lèvent la tête : qui donc ose descendre, sans permission, des places hautes? C'est le bouclé de tout à l'heure, celui qui prétendait s'asseoir sur le banc de Pascal Delange. Il se plante en face d'Alain Fauchier-Delmas (son sourire luisant...) :

« Moi, c'est Fieschi. *Et ce sera Fieschi!* »

Le voici qui gagne la cour à grandes enjambées.

« C'est encore pire qu'un surnom! » lui crie François, voiant au secours d'Alain déconcerté.

Mais les trois Mousquetaires ont échangé un regard qui signifie : Nous devrons compter avec celui-là, il est de notre race...

Il a fallu l'absence d'esprit, puis la tolérance de M. Plâtrier, puis son profond désir de ne pas soumettre son grand corps à l'épreuve de la colère pour que Max Cayrolle demeure en classe jusqu'à onze heures. Depuis dix minutes, il a parié avec Mollard six bonbons *noyaux* (douze sous) qu'il attraperait au lasso chacun des portemanteaux qui se trouvent derrière eux.

A onze heures sonnant, il y parvient enfin. Et c'est le moment que choisit Nimbus pour tonner. Il n'y a pas de justice !

« Cayrolle, sortez !

— Mais, monsieur... »

Cayrolle se défend : seuls les innocents ne s'accrochent pas, se laissent couler au fond de l'injustice comme une pierre. M. Plâtrier s'anime ; il parle de « trublion ». Cayrolle comprend « ludion » et se révolte à tout hasard. M. Plâtrier se lève, désigne la porte d'un geste immense et s'immobilise dans cette attitude. C'est Michel-Ange, c'est Danton, c'est Clemenceau ! Les Nouveaux frémissent ; Cayrolle obéit ; Mollard, affalé sur son banc telle une méduse à sec, rigole : il ne paiera pas les *noyaux*.

Ici se place « l'épisode Cayrolle » dont le récit va circuler demain dans toutes les grandes classes et assurer à Nimbus, jusqu'à la fin de l'année scolaire, une paix respectueuse qui le surprendra le premier.

M. Plâtrier s'est rassis. Il doit se moucher de nouveau, s'essuyer le front, assurer sa cravate, tirer ses manchettes. Il sent tout son corps agité, hors de contrôle — tout ce qu'il déteste ! A cause de ce « trublion » ! Enfin... Où en étions-nous ?...

Il reprend son cours ; mais voici que le trublion entrouvre la porte et passe sa tête bouclée de taureau toulousain que l'angoisse rend comique.

« Qu'est-ce qu'il y a encore ?

— Monsieur... (Il parle en tordant sa bouche de côté,

comme quand il bavarde en plein cours avec Mollard.) Monsieur, est-ce que je peux rentrer?

— Et pourquoi?

— J'entends le pas du censeur! »

Merveilles de l'ancienneté! Un Nouveau se serait seulement dit : « Tiens, voici quelqu'un... » et fait prendre au piège.

« Le censeur? (Une sorte de crainte enfantine a passé sur le visage de Nimbus.) Rentrez! »

Déjà Cayrolle a fondu parmi les autres, poisson qu'on rejette à l'eau. Alain-d'Artagnan rédige hâtivement une proclamation qui va circuler sous toutes les tables : « Nimbus est chic. Interdiction de le chahuter jusqu'à nouvel ordre! » Signé : deux épées croisées. Mais le censeur entre, un papier à la main. Tout le monde se lève; courtoisement, M. Plâtrier descend les deux marches qui le grandissent encore, afin de ne pas humilier le censeur qui est tout petit. Pour cette même raison, celui-ci conserve toujours sur sa tête un gigantesque chapeau melon : de mémoire d'élève, personne n'a jamais vu le crâne du censeur.

Il parle bas à M. Plâtrier qui fait : Non? et reste tout songeur. Puis il se tourne vers la classe. Sa voix a deux degrés d'autorité de plus que celle du professeur le plus assuré, un de plus que celles des surveillants généraux : c'est la hiérarchie.

« Quels sont, parmi vous, les meilleurs amis de... (consultant son papier) Delange Pascal? »

Les trois se lèvent; leur cœur bat, mais pas de la même émotion. D'Artagnan voit Pascal-Aramis en danger, en prison peut-être : « A cheval, messieurs, à cheval! » Athos-François pense, avec la terreur joyeuse du martyr, qu'on va les choisir comme otages à la place de Pascal. Hardrier-Porthos... — mais à quoi pense-t-il, blanc comme neige?

« Dans le bureau du proviseur, à 11 heures 25, tous les trois. »

Le petit homme est sorti; on se rassied; la classe continue, sauf pour les trois Mousquetaires : statues d'élèves, les poings aux tempes, le regard fixe. Les autres chuchotent, se posent des questions à propos de Delange — pas eux! Dans un attroupement, on reconnaît à leur silence les acteurs du fait divers, et les badauds à leur faconde. Et soudain, Hardrier se dresse sans même lever le doigt.

« Monsieur, qu'est-il arrivé à Delange? »

M. Plâtrier demeure saisi. Il était en train de régenter cahiers de textes et cahiers de brouillon; il paraît tomber de haut et se raccroche bien faiblement :

« Hardrier, vous... Je ne sais pas, voyons! M. le proviseur vous le dira... Continuons! »

Cayrolle, trublion mais honnête, propose d'aller à la porte de nouveau. Nimbus l'en blâme presque : « Ah non! restez! *Ça suffit comme ça...* » et il a un grand geste presque maternel comme pour rassembler sa couvée autour de lui. Étranges paroles, geste singulier! M. Plâtrier paraît bien troublé. Moins que François...

A 11 heures 20 les trois sortent de classe. La porte à peine refermée :

« Il est sûrement en prison, dit Alain.

— Il a peut-être tué quelqu'un », hasarde François.

Tous deux se tournent vers Hardrier qui se contente de hausser les épaules :

« Dépêchons-nous! »

Les voici, après des escaliers de mieux en mieux cirés et des couloirs de moins en moins gris, derrière la porte vitrée « Cabinet de M. le proviseur — Frappez avant d'entrer ».

Il est assis à son bureau, penché sur des papiers. (« Des papiers, toujours des papiers! La vie, c'est donc seulement des papiers?... ») On ne voit que son crâne de marbre, et sa barbe blanche sur ces feuilles moins blanches qu'elle.

Alain va frapper. Hardrier l'en empêche et, des deux mains, fait signe : le tambour! attendre 11 heures 25 (le tambour) avant d'entrer. Ils retiennent leur souffle; sans aucune raison car le proto, derrière sa porte, ne les entendrait même pas parler.

François regarde ce vieux monsieur qui sait, lui. Le sort

de Pascal Delange est entre ces mains pâles qui grattent un front, sortent un mouchoir, essuient un lorgnon tandis que rêve le regard bleu. Ces deux yeux bleus conduisent l'élève Delange...

Alors François *envoûte* le proviseur : « Pascal va bien, n'est-ce pas ? Pascal va revenir... Pascal sera en classe demain... » Il le veut si fort qu'il en tremble. Il le fixe, il hypnotise le regard bleu. Mais le retour de Pascal dépend de ces papiers-ci, sûrement ! Alors François envoûte les feuilles blanches; et il ne serait pas étonné de voir le proto reprendre son porte-plume et barrer ce qui est écrit. Mais non ! les mains blanches replacent le pince-nez et le regard bleu disparaît, pris sous les glaces.

Vingt-cinq ! Le tambour roule. Fauchier-Delmas frappe à la porte; le proviseur ne lève même pas les yeux; frappe plus fort — rien ! Le tumulte du tambour assourdit tout. Et ce sacré pch pch pch n'en finit pas de battre sa caisse. Jamais il n'a été aussi long... Ah ! tout de même !

« Entrez. Vous êtes... ? Ah oui ! les meilleurs amis de Pascal Delange... Vous vous appelez ?

— Alain Fauchier-Delmas.

— Jean-Jacques Hardrier, monsieur le proviseur.

— Voisin François.

— Prenez des sièges. »

Elles sont lourdes, ces chaises; ou bien les garçons se sentent-ils faibles tout à coup ? Le proviseur s'assied, lui aussi, derrière son bureau. Tic-tac, tic-tac, tic-tac — il y a une horloge quelque part.

« Mes enfants, votre ami Delange (tic-tac, tic-tac...) est mort. »

Ah ! il a bien fait de dresser ce décor dérisoire de chaises, de table. Qui sait si François aurait pu rester debout ? s'il ne se serait pas jeté contre la redingote noire et la barbe blanche en sanglotant ? Tandis qu'il reste assis, aussi impassible qu'une ruine... Tic-tac, tic-tac, tic-tac...

« Un accident absurde : en voulant ranger le haut d'un meuble... L'escabeau s'est effondré... Pascal Delange est tombé de tout son poids sur le coin de la cheminée... Le crâne défoncé... Vous ne vous sentez pas bien, Voisin? »

Voisin ne se sent ni bien ni mal : il ne se sent plus. « Pas devant le proto! » Alain Fauchier-Delmas lui saisit le poignet qu'il serre à le briser. Il est fort, Alain! Mais c'est qu'il ne ressent pas encore sa propre blessure. Pour la première fois il se heurte au mur inexpugnable; mais il n'y croit pas : il cherche encore par où foncer, forcer, tenter quelque chose. Son esprit galope, galope... — Inutile, d'Artagnan! le mot « impossible » est français...

« On l'enterre après-demain matin. Vous représenterez le lycée aux obsèques. (Tic-tac, tic-tac...) Ah, nous perdons là un brillant sujet! et d'une façon bien... stupide. Ses pauvres parents... »

Jean-Jacques Hardrier n'a pas bougé. C'est pour lui que le proviseur parle encore, car les autres ne l'écoutent plus, il le sent bien. Tandis que ce grand garçon-là paraît plus... — Hein? Le proto s'arrête dans ses considérations car il vient de s'apercevoir qu'Hardrier tremble, tremble, tremble à présent de tous ses membres.

« Mes enfants, je comprends combien... (Il se lève.) Vous allez passer par l'infirmerie et demander un cordial, n'est-ce pas? Allons, au revoir, mes petits. »

Ils sortent; chacun marche sans un mot, attentif seulement à ne pas pleurer devant les autres. Mais en bas de l'escalier, l'image enfin est la plus forte : elle perce les brumes, l'image! pareille à ce soleil indifférent qui les attend dans la cour vide. François voit l'image, ne voit plus qu'elle : *le crâne défoncé...* Oh, la tête blonde de Pascal! Oh, le trou par où la vie s'écoule! Oh, le sang!

Il n'a que le temps de se détourner : il vomit, il vomit d'horreur sur les marches obscures qui mènent au palais souterrain, *Bételgeuse* où Pascal le Prince Charmant ne viendra jamais...

*

Il y avait branlebas de combat, là-haut, grande marée d'équinoxe, et François, debout sur le trottoir luisant, regar-

dait dériver les nuages dans le ciel profond. Le vent y dis-
loquait des archipels, revenait sur ses pas, colosse invisible,
coursait ses moutons gris, s'étirait, faisant s'écrouler des
colonnes. Il avait plu toute la nuit; François aussi avait pleuré,
toute la nuit (il le croyait de bonne foi) et il lui paraissait
naturel que le ciel fût à l'unisson de son cœur. Maintenant,
les yeux secs, il tendait son visage vers cette pluie aussi rare
et capricieuse que des embruns, cette pluie qui sentait le naufrage. Des feuilles mortes et des branches brisées gisaient en
épaves à ses pieds sur le reflet livide du ciel. Noyés tranquilles,
les passants marchaient au fond de l'océan, attentifs à retenir
leur chapeau et à éviter les flaques. C'était leur seul souci, le
jour de l'enterrement de Pascal! Et peut-être même s'éton-
naient-ils de cette tempête : ils auraient préféré le temps
résigné d'hier, ce soleil avec son sourire de malade, le jour
de l'enterrement de Pascal!

Une de ses fureurs d'Athos saisit François. Il continua
son chemin vers l'église, de flaque en flaque, prenant grand
soin d'éclabousser tout ce qui passait à sa portée de vieilles
dames portant petits paquets et d'officiers de la légion d'honneur.

En débouchant sur la place il vit l'église, les tentures et
l'écusson marqué D. C'était donc vrai! Les papiers blancs
du proviseur, les tentures noires de l'église : les Grandes
Personnes étaient entrées en jeu — plus rien à espérer...
Répondant à son cœur, le vent se mit à tourner furieusement : François vit les tentures du portail se gonfler comme
les voiles noires des vaisseaux pirates, et les petits hommes
haler sur des cordes, faire grincer des poulies. Qu'ils étaient
laids, les marins de la Mort!

Il s'attendait à ne trouver dans l'église que des garçons
de son âge. Tout surpris de la voir pleine de gens en noir et
pareils à ceux qu'il éclaboussait tout à l'heure, il voulut
s'asseoir dans le fond. Un homme vêtu de deuil jusqu'au
bout des gants le raccrocha :

« Votre nom, s'il vous plaît! »

Il tendait un crayon (très noir). « Les papiers, toujours
les papiers! » Le garçon écrivit : *Voisin François, 2ᵉ A 3* comme

sur ses copies au collège. La main noire reprit le crayon, mais
le garçon ne bougeait pas, fasciné par la montagne de fleurs et
de lumières qu'il venait seulement d'apercevoir devant le
chœur. Pascal ! Pascal là-dessous ?...

« Vous regardez le catafalque », murmura l'homme pour dire
quelque chose.

Mais ce mot délivra François. « Le catafalque »... Il confondait avec *cénotaphe* : Pascal n'était donc pas ici ! Tout cela
était une cérémonie très belle, mais Pascal se trouvait ailleurs :
on pouvait donc écouter la musique, le cœur libre; on pouvait pleurer tranquillement...

Avant la fin du service, les assistants se ruèrent brusquement dans les avenues de l'église. François vit de très nombreux officiers de toutes les couleurs qui tenaient leur képi
au-dessus de la foule, et il se rappela que M. Delange, le
père, était colonel. Alain et Jean-Jacques aperçurent leur
ami, seul, assis dans le fond de l'église, fendirent la foule,
vinrent à lui :

« Pourquoi n'es-tu pas venu avec nous, devant ? »

François ne répondit pas. L'orgue jouait : une sorte de
triomphe triste...

« Devant, près de lui, insista Alain à mi-voix.

— Tu es fou, dit François vivement, il n'est pas là ! »

Jean-Jacques Hardrier le regarda d'un air si surpris que
toute explication devint inutile. François blêmit. Ses imagi-
nations de la nuit l'assaillirent de nouveau : Pascal allongé,
absent, vide... Avec un sourire dont il n'était plus le maître... Et ce pansement autour de la tête... Une tache, peut-
être, sur le pansement... Blanc, blanc, Pascal : si blanc que
les draps paraissent douteux. De mort, François n'avait
jamais vu que Gambetta (cliché Nadar) dans son livre d'histoire, et son imagination lui épargnait la vérité. Car l'enfant
était mort depuis cinq jours; et, après cinq jours... (L'orgue
jouait, déchirant.) François se leva :

« Il faut que je sorte à l'air... Je ne peux pas rester... Je
ne peux pas ! »

Les autres se rappelèrent l'escalier du proviseur et n'in-
sistèrent point. L'orgue jouait à vide, pour lui seul : qui

l'écoutait encore? Là-bas, le colonel Delange, entouré de femmes voilées, serrait des mains, des mains, des mains, sans un mot.

François se retrouva sur la place, sous le ciel marin, parmi tous ces passants plus âgés que Pascal et qui vivaient pourtant. Il les détesta, ces vivants inutiles! Heureusement, la pluie se mit à tomber; et ces gouttes sur les joues de François, on pouvait aussi bien croire que c'était la pluie, n'est-ce pas?

Pascal!... Pascal, qui adorait la pluie, ne marchait-il pas, lui aussi, en ce moment même, dans le dédale de ses fraîches colonnades? N'allait-il pas à sa rencontre sous les portiques luisants de l'averse? Mais non, François s'éloignait de lui à grands pas, lâchement! Aimer Pascal, c'était donc serrer des grosses mains, hocher la tête, suivre une voiture grotesque?

Le garçon savait bien où le menait son corps; mais, comme il n'y voyait aucune explication *raisonnable,* il ne voulait pas y penser. Il arriva pourtant devant la maison que Pascal Delange habitait. La porte sur la rue était drapée de noir et lui parut nouvelle. Il monta l'escalier, pour la dernière fois. Chaque détail bien connu (une usure du tapis, cette tache sur le mur, deux initiales sur un paillasson) le blessait : il aurait voulu qu'aujourd'hui tout fût méconnaissable, comme l'entrée de l'immeuble. Il s'attendait à trouver porte close là-haut, à demeurer sur le palier, définitivement chassé, « mis à la porte » de la vie de Pascal : bien obligé de repartir tout seul. Mais tout était ouvert, au contraire, et il pénétra dans l'appartement sur la pointe des pieds. Il évitait de respirer; son instinct en savait plus long que lui : l'odeur des cierges, la fade senteur de larmes et d'insomnie n'étaient pas seules dans l'air. François alla droit à la chambre, droit à la cheminée, se planta devant le coin de marbre sur lequel Pascal s'était fracassé la tête...

« Non! »

Il posa, il osa poser sa main sur le marbre.

« Non! répéta-t-il à voix haute. Non, ce n'est pas vrai. »

Il sortit sans émotion de cette pièce où tout mentait. L'ordre de Pascal n'y régnait plus; les objets étaient à leur place, la table nue, l'armoire fermée : les Grandes Personnes avaient installé là leur musée, comme partout où elles passent.

Dans l'antichambre il se heurta presque à la *petite Marie,* car l'un et l'autre marchaient aveuglément comme des navires. C'était la vieille bonne qui avait élevé Pascal. Elle l'accompagnait même au petit lycée, jusqu'au jour où la taille du garçon avait dépassé la sienne. Jour néfaste! la *petite Marie* avait alors perdu ses privilèges et beaucoup de son autorité... François reconnut à peine ce visage dont le sang s'était retiré, traqué par le chagrin, et ne formait plus que deux cratères rouges autour des yeux.

« Monsieur François...

— Vous n'êtes pas restée là-bas jusqu'à la fin?

— Serrer la main du colonel? Jamais! » dit-elle.

Son visage s'empourpra et François le reconnut mieux.

« Le colonel, reprit-il, vous croyez donc qu'il n'a pas de chagrin, lui aussi?

— Il est bien temps! »

Et, l'écartant, elle marcha vivement vers le couloir, la cuisine, son domaine.

« Où allez-vous? » dit François avec une sorte d'angoisse.

Elle se retourna, surprise :

« Faire mes paquets! répondit-elle comme si c'était vraiment la seule chose à faire, après vingt ans de service, que de quitter cette famille consternée.

— Partir? »

Elle revint sur ses pas, s'arrêta tout contre François qui la trouva presque grande, soudain.

« Rester ici, après ce qui s'est passé?... Tant qu'il était là, lui aussi, bon! Mais maintenant nous partons, cria-t-elle comme pour s'empêcher, en parlant trop haut, d'éclater en sanglots — nous partons tous les deux, chacun de son côté.

— Quoi! à cause de cet accident? Mais si Pascal est tombé...

— *Pacou* n'est pas tombé! *Pacou* s'est tué.

— Le coin de la cheminée, dit François faiblement.

— Avec le revolver d'ordonnance de son père, continua-t-elle sans l'entendre. De son père, vous entendez? »

François pensa à l'église, à l'orgue, à l'homme aux gants noirs. Mais, comme si elle eût deviné cette pensée :

« Bien sûr, on n'a pas été le raconter aux prêtres ! ni à personne ! Mais moi, il fallait que je le dise à quelqu'un... »

Elle parut réfléchir, son regard se fit étroit et fixe :

« Oui, répéta-t-elle enfin d'une autre voix, il le fallait. »

Et elle repartit vers son domaine. François cria :

« Mais, pourquoi, Marie, pourquoi ? »

Elle se retourna encore une fois :

« Allez le demander à son père ! »

Puis la petite silhouette noire se fondit dans le couloir plus noir encore.

III

LOI DU 29 JUILLET 1881

Couderc, le fils du prof de français, entre dans la classe en courant si vite qu'il s'étale par terre.

« Attention, tu vas tomber! remarque Mollard (dit Bouboule); c'est le genre de plaisanteries qu'il aime.

— Dites donc, crie Couderc en se frottant les genoux, mon père est malade! »

Et il fait claquer ses doigts en signe de jubilation.

S'élève une clameur de joie. Seul, Lévêque (le bon élève) demande :

« Gravement?

— Gravement quoi?

— Malade?

— Euh... quelques jours seulement. »

« Ah bon! » pense Lévêque. « Zut! » fait toute la classe.

« C'est à l'enterrement de Delange, ce matin, qu'il a pris mal. Il est revenu en claquant des dents.

— Ton père est allé à l'enterrement de Delange? s'écrie Morel qui ne manque jamais une méchanceté.

— Et pourquoi pas? » demande l'autre en rougissant. (Son père détestait Pascal.)

« Dis donc! émet soudain une masse informe : Mollard, affalé sur sa table, le dos rond, la tête dormant sur l'avant-bras — dis donc, tu n'as pas prévenu B. D. B. au moins, que ton père était...

« — Si. Pourquoi? »

Vingt regards haineux convergent sur Couderc : « Deux heures sans pion ni prof! Et il a raté ça... »

« Ils ne sont pas tous morts », conclut Mollard en levant vers le ciel ce que la graisse lui laisse d'yeux.

Le tambour a roulé, la cour est vide, silence. C'est le silence qui sépare l'instant où la rampe s'allume de celui où le rideau se lève.

François Voisin entre en coup de vent, hors de souffle.

« Te presse pas! Couderc est malade... »

Il s'agit bien de Couderc! « Rendez-vous à Bételgeuse à quatre heures », griffonne-t-il sur un papier qu'il plie en huit et glisse sous la table à Fauchier-Delmas. Pour Hardrier, le message exige un plan puisque Porthos n'est pas encore dans le secret de la cave. Pas fâché de le stupéfier, d'ailleurs! « A quatre heures, rends-toi *seul* au pied de l'escalier du proto. Regarde si personne ne te voit. Descends..., etc » Signé : une ancre, un cœur.

Derrière, les Sommeilleux s'installent pour leur après-midi. Ils vont s'ennuyer, bien sûr (comment faire autrement en classe?) mais s'ennuyer sans inquiétude. Cayrolle — que les autres envient de s'appeler Max, prénom moderne — Cayrolle, le Toulousain, commence par chanter à pleine voix l'air de Figaro : « A la fortune, à la fortune, en peu d'instants tu vas voler! » Puis il sort de sa poche un petit paquet jaune qui fut le journal *L'Auto*. Il en dévore la rubrique de boxe avec des « Ah! dis donc! » et des sifflements d'enthousiasme. « Groggy, surclassé par le punch du Marseillais, son adversaire, va au tapis. Mais voici le gong : dopé, ayant ressaisi la forme, le noir va feinter du droit au corps et puis la détente!... » Pour Cayrolle, c'est l'ILIADE et l'ODYSSÉE. « Ah! dis donc! »

Près de lui, Couderc (le fils du prof) s'attaque à son chef-d'œuvre : un paquebot transatlantique gravé dans la table. Grand pavois, trois cheminées, des ancres grosses comme ça! Formidable! Il lui faudra deux trimestres pour mener l'œuvre à bien.

Malheureusement, Lindberg va traverser l'Atlantique en

mai, et Couderc abandonnera sur l'océan rugueux de la table un navire sans mâts pour s'attaquer à un avion à deux moteurs — formidable!

Couderc sculpte en silence, car son voisin Mollard (dit Bouboule) sommeille, les yeux entrouverts. Il a pris la « position Mollard », mi-hérisson, mi-méduse, et déjà il pénètre dans la « région Mollard », celle où il fait bon vivre. Par exemple, aujourd'hui Mollard se voit dans une guinguette au bord d'une rivière. On est assis sous des parasols orange. L'eau affleure la rive : on peut se baigner sans plonger, se laisser glisser dans le bonheur... L'eau, c'est le bonheur : plus de maigres ni de gros dans l'eau! On avance tout seul; personne ne vous voit, ne se moque de vous... Car, dans sa nuit, Mollard l'Ancien, qui souffrait d'être obèse et jeûnait pour maigrir et serrait sa ceinture, Mollard l'Ancien se réveille. Pourtant, c'est Mollard le Nouveau qui commande à la servante une glace « supertriple » : de celles qu'il dessine minutieusement pendant les cours, avec plusieurs couleurs et une véritable légende de carte géographique : pistache, noix, sirop de chocolat, crème Chantilly.

Parmi les Sommeilleux, voici encore Duquesnoy. Il faut bien le regarder car nous ne le verrons plus longtemps... Il a dessiné des petits visages sur ses ongles et il fait la conversation avec eux. Il est simple, Duquesnoy! simple et fidèle comme un chien; mais ce ne sont pas des qualités qui intéressent les gens du lycée. Depuis des années, Duquesnoy ne peut pas suivre, malgré tous ses efforts. Vraiment, il ne demanderait pas mieux que de décliner *vulnus, vulneris,* ou de conjuguer *voluissem, voluisses, voluisset* — mais à quoi bon? En français, on n'a déjà pas si souvent l'occasion de dire « blessure » ou « j'aurais voulu »... Et l'algèbre? $ax^2 + bx + c$, $1/2\,mv^2$ — ces pages entières couvertes de fourmis... Et ces conversations entre princes et princesses d'autrefois, ces dialogues qu'il faut répéter à une virgule près sous prétexte de pieds ou de rime... « Quoi, madame, en ce jour les flambeaux de l'hymen... » Duquesnoy bute contre les mots. Parfois même, tout se brouille, les lettres dansent : il ne sait plus ce que veulent dire SUFFIRE, LIVRAISON, PASTEUR... Les mots les plus simples sont passés à l'ennemi, devenus méconnaissables. La vue d'un livre ayant le format d'un dictionnaire suffit à serrer le cœur de Duquesnoy. Il oppose aux professeurs son silence, sa face si bonne. Ils ne lui en veulent plus : on ne peut pas en vouloir à une porte d'être fermée à clef, n'est-ce pas? Mais, par dignité, Duquesnoy est monté au clan des Sommeilleux : la mort dans l'âme, il préfère paraître paresseux. Personne n'a compris cela. Mais personne ne comprend jamais rien; et c'est pourquoi Duquesnoy dessine à l'encre sur ses ongles des petites figures avec qui faire la conversation...

Voilà pour les Sommeilleux. Mais le reste de la classe tient son regard fixé sur la porte : quel pion remplacera Couderc cet après-midi? Les garçons l'attendent avec une curiosité cruelle.

« Si c'est *Belle Gueule,* on lui fera réciter des tragédies!

— Et si c'est *Barberousse?*

— Si c'est *Barberousse...* Euh...

— On lui demandera de nous raconter ses histoires de guerre.

— La barbe!

— Alors, des histoires de son chien.

— Dites donc, ce sera peut-être Meunier!

— Alors, on dormira. »

Des pas résonnent dans la cour; les Anciens ont déjà reconnu Meunier : « On vous l'avait dit! »

« Vos gueules! dit le guetteur. Voilà Meunier... »

Il entre. Il n'a pas changé. Son chapeau rond, sa lavallière, son gilet boutonné haut, son *impériale* et ce regard bleu.

« Bonjour, mes enfants. »

Il s'assoit, bâille (la barbiche grise caresse la lavallière), se frotte les yeux. Les Anciens échangent des clins d'œil et ricanent, sans daigner dire aux Nouveaux pourquoi. « Attendez donc! vous allez voir... »

« Quelle classe deviez-vous...? Aaaah... (Il bâille.) Pardon! Quelle classe...?

— Français, monsieur. Jean-Jacques Rousseau : l'ÉMILE... »

M. Meunier fait la moue; l'impériale s'étale d'une façon comique :

« Oui... bon... Eh bien, je vais vous faire brûler quelques étapes. »

De la poche contre son cœur il a sorti un petit livre jaune.

« Sylvie, de Gérard de Nerval. Mais, plus tard, vous vous rappellerez que c'est moi qui, le premier, vous l'ai fait lire... n'est-ce pas ? demande-t-il avec une insistance anxieuse.

— Oui, monsieur! (« Tu penses! tout ce qu'il voudra, le père Meunier, pourvu qu'on ait lecture et pas classe! »)

— Je commence. « Une nuit perdue »... Aaah! (Bâillement) Pardon! Euh... Qui d'entre vous lit le mieux?

— Lévêque, crie Morel qui sait ce qu'il fait.

— Eh bien, Lévêque... (L'autre se lève, ravi.) Vous allez lire à ma place : j'ai... j'ai la gorge un peu fatiguée. »

Un concert de raclements de gosiers accueille cette excuse : la compassion, sans doute. Lévêque remonte ses lunettes sur son nez trop étroit et commence :

« Une Nuit perdue. *Je sortais d'un théâtre où, tous les soirs, je paraissais...* »

Sereins, les Sommeilleux reprennent leurs occupations : deux heures tranquilles devant eux! Ici et là, des jeux de « morpion » s'organisent; on copie les devoirs du lendemain; on se passe des photos de vacances. Darseval (le royaliste) dessine une couronne et une fleur de lys sur la page de garde de ses livres; Vigerie (le nègre) mâche du papier. Jean-Jacques Hardrier veut demander à mi-voix des explications sur Bételgeuse; François Voisin le foudroie du regard :

« Tu es fou? Si les autres entendaient!... »

Mais il s'aperçoit que cela lui serait bien égal, après tout, que les autres connaissent le secret, envahissent la cave. Une seule image compte à ses yeux : cette petite femme noire, au visage rongé de chagrin, disparue dans son couloir obscur; une seule voix à ses oreilles : « Allez le demander à son père! »

De la poche de son pantalon, M. Meunier a sorti un portefeuille bourré que ligotent trois élastiques. Il penche la tête et commence l'inventaire : papiers officiels de toutes les couleurs, photos, lettres, billets de banque... Il porte sur lui sa fortune entière. Il reclasse longuement son trésor, ferme le portefeuille qui a gonflé comme un pied qu'on déchausse, glisse à grand-peine le corset des trois élastiques. Bon! Il relève la tête; son regard a changé de couleur : la mer monte dans ses yeux bleus, vague après vague...

« ... *et des jeunes filles dansaient en rond sur la pelouse...* » Lévêque continue sa lecture en remontant ses lunettes à chaque page.

« Aaah! »

M. Meunier bâille et cache dans ses mains son visage. Au bout d'un instant, un chœur d'Anciens entame à bouche fermée : « Meunier, tu dors... » — Trop tôt! M. Meunier émerge de sa nuit; le bourdonnement s'arrête net.

« Lévêque, lisez un peu moins fort : ce n'est pas du Rousseau. Dieu merci! ajoute-t-il à voix basse. Reprenez : « *Quand je revins près de Sylvie, je m'aperçus qu'elle pleurait...* » Aaah!... (Il bâille.)

« *Quand je revins près de Sylvie...* » murmure Lévêque en remontant ses lunettes.

Après quelques minutes, le chœur reprend : « Meunier, tu dors... » Mais cette fois sans péril : Meunier dort. Les Nouveaux comprennent enfin pourquoi ce pion-là n'a pas reçu de surnom : son nom lui en tient lieu. Dès qu'il s'assoit, M. Meunier s'endort; et cela aurait compromis son étroite carrière, s'il n'était l'ami personnel du censeur.

M. Meunier ronfle, à présent, comme un moteur d'avion tournant à bon régime; et il vole, en effet : il plane dans un azur serein de la couleur même de son regard.

Cayrolle descend des hauteurs sommeilleuses et arrache le livre des mains de Lévêque.

« Mais quoi?

— Sans blague, tu ne penses pas qu'on va écouter ton petit roman pendant deux heures?

— Vous êtes idiots, dit François Voisin que « Sylvie » commençait d'enchanter, c'est une jolie histoire...

— Une histoire pour les prof!

— Crétin Morel! »

C'est pour le plaisir d'injurier Morel que d'Artagnan prend

ainsi le parti d'Athos, car il serait plutôt de l'avis du banlieusard.

Morel s'est levé, serrant les poings.

« Tuez-vous mais ne vous battez pas! » conseille Mollard.

Et il est vrai que le sommeil de M. Meunier ne résisterait
pas à un pugilat. Morel se rassied.

« *Sérieusement,* reprend Cayrolle, qu'est-ce que je vous lis :
Les Pieds Nickelés ou Nick Carter ? »

On vote à main levée : Nick Carter.

« Toi, passe-moi Sylvie », ordonne François.

Lévêque, affolé, lunettes en détresse, lui remet le petit
livre jaune.

« *A cette heure, que fait-elle? Elle dort... Non, elle ne dort
pas...* »

François replonge dans l'histoire fragile comme dans un
bain tiède. Mais l'autre crétin, là, le Max, avec son accent
et ses gestes de Toulouse, mime des poursuites sur l'arête
des gratte-ciel, le long du métro aérien...

« *Une heure du matin. Il y avait encore sur la place du Palais-
Royal cinq ou six fiacres.*

« *— A Loisy! dis-je au plus apparent.*

« *— Où cela est-il?*

« *— Près de Senlis, à huit lieues.* »

François roule en pleine nuit dans la forêt brumeuse puis
le long des collines bleuâtres de Montmorency. Mais Cay-
rolle-Nick Carter poursuit des autos rouges dans les rues de
la basse ville, stoppe devant un « saloon mal fréquenté »,
y pénètre, revolver au poing, suivi de son cousin Chick Carter,
de Patsy, d'Ida et de Ten-Itchi, le dévoué Chinois : « Haut
les mains! »

Quels idiots! François se bouche les oreilles si fort qu'il a
l'impression de descendre sous la mer. Et n'est-ce pas justement cela? Il ne voit Sylvie qu'à travers une glace dépolie,
ondine entre deux eaux. Le charmant visage le fuit. Heureux
M. Meunier, qui rêve d'elle, peut-être, loin du quartier chinois
et des saloons mal fréquentés! — « Pan! Pan! » Voilà
Cayrolle qui mime la bagarre maintenant : « Bzzz! Bzzz!
Ta-ta-ta-ta-ta... »

« *— Sylvie, dis-je, arrêtons-nous ici... Sauvez-moi! Je reviens à vous pour toujours...* »

« Il est 20 ! » annonce soudain le guetteur.

Cayrolle laisse les gangsters à trois pages du châtiment, les voitures de police en panne sur la route, Nick Carter ligoté et bâillonné au fond d'une officine louche, Cayrolle se retrouve assis à son banc.

« Le bouquin! passe-moi le bouquin! » implore Lévêque.

François le lui rend à regret; il s'arrête au seuil d'une fin qu'il pressent désolante — moins désolante, pourtant, que de l'ignorer!

Lévêque reprend sa lecture au hasard... *Les étangs, creusés à si grands frais, étalent en vain leur eau morte que le cygne dédaigne...*

Le tambour roule. M. Meunier sort du sommeil avec une dignité d'évêque.

« Eh bien, mes enfants, avez-vous aimé cette histoire?
— Oh! beaucoup, monsieur, beaucoup! »

Seul à le penser, François est le seul à se taire. M. Meunier parle en bâillant de « blessures délicates »... aaah!... de « parfum fané », « d'inguérissable nostalgie »... (Pan! Pan! Bzzz! Bzzz! Bzzz! Ta-ta-ta-ta-ta!...) M. Meunier s'en va, ravi d'avoir « semé cette graine dans de jeunes cœurs où elle germera quelque jour! Aaah!... pardon! » François envie ce regard plus bleu que tout à l'heure qui, dans sa nuit, vient sûrement de contempler Sylvie face à face.

Hardrier eut beau s'être composé, dans les ténébreuses galeries, le plus blasé des visages, il ne put s'empêcher de marquer une seconde d'arrêt et de lever ses sourcils roux en apercevant les deux Mousquetaires allongés sur un tapis, le verre à la main et la cigarette aux lèvres. Mais ce sourcillement les paya largement de trois ans de supériorité et de mystères Hardrier. D'ailleurs, n'était-ce pas uniquement pour étonner Porthos que François avait accepté le verre et la cigarette? Son humeur était plutôt celle d'un condamné à mort.

Jean-Jacques allait demander des explications hautaines sur la cave. François l'arrêta d'un geste :

« Plus tard! on t'expliquera plus tard. Pour l'instant, parlons de Delange. »

Alain posa son verre et éteignit sa cigarette : Pascal, ce n'était plus du jeu.

« Delange n'est pas mort, il s'est tué. »

Porthos se laissa tomber sur le tapis.

« Quoi?

— Delange s'est tué avec le revolver d'ordonnance de son père.

— *Le revolver d'ordonnance?* murmura d'Artagnan. (Il le voyait comme un personnage : serviteur cruel et sourd, exécuteur des basses œuvres...)

— Qui te l'a dit? » fit Hardrier faiblement.

François le regarda : pâle sous la lumière froide qui tombait du soupirail.

« La petite Marie.

— Pascal s'est tué... »

D'Artagnan se leva et arpenta la cave. Il marchait, comme pour rattraper Pascal; mais Pascal le mort s'éloignait à grands pas, montait, montait... « Déjà, mourir à notre âge! Mais se tuer... » pensait Alain. Les murs gris lui renvoyaient l'écho de ses pas, lui montraient son ombre, personnage de film. Murs sales, soupiraux, alcool, fumée de tabac... Était-ce une cave, ou un « saloon mal fréquenté »? Des amis, ou des conjurés? Voisin, Hardrier, ou bien Chitk Carter et Patsy? Et n'y avait-il pas un meurtre à venger?

La voix tremblante d'Hardrier le ramena au vrai.

« Mais pourquoi, enfin?... pourquoi?

— La petite Marie m'a dit : « Demandez-le donc à son « père! »

— Hé, son père, bien sûr! s'écria Alain.

— Quoi, bien sûr? »

François qui, en parlant, s'était tourné vers son ami, demeura saisi du changement de son visage : deux plis encadraient sa bouche que marquait une moue amère, et ses yeux s'étaient chargés de rancune : il ressemblait à un homme. Une fois de plus, François eut peur de rester un enfant, lui seul, avec son épi dans les cheveux et ses grosses joues, un enfant...

« Son père est un salaud, dit Alain. Il vaut encore mieux avoir des parents indifférents. »

Il était si clair qu'il parlait pour les siens que les autres garçons se turent. On n'entendit plus que le tumulte des Petits qui jouaient dans leur cour, là-haut. Les chaussures à clous venaient racler contre les soupiraux, des ombres interceptaient le jour, et les voix enrouées par le jeu se mêlaient au bruit sourd des coups : « Tu y es!... Tricheur, tu m'as pas touché!... Sale brute!... » François qui, l'instant d'avant, se désolait de n'être pas un homme, envia ces gosses. Hardrier avait sorti son énorme trousseau de clefs et les tâtait l'une après l'autre, ces clefs dont chacune, à l'entendre, cachait un mystère et aurait pu porter un nom, comme les cloches : Jeannine, Andrée, la rousse... Alain faisait tourner son couteau au bout de sa chaîne.

« Un salaud! reprit-il. Vous vous rappelez, certains soirs, quand il venait chercher Delange, la façon dont il lui prenait le bras? Et il marchait toujours d'un pas en avance. Et sans dire un mot, le colonel... Le colonel! répétat-il avec fureur. Salaud!

— Tout de même! dit François.

— Bon, fit d'Artagnan vexé : tu le sais mieux que la petite Marie, peut-être? N'en parlons plus.

— D'ailleurs, dit Jean-Jacques, le colonel ne pleurait même pas ce matin, à l'église.

— Est-ce que ça pleure, un colonel? hasarda François.

— Même mon père pleurerait si on m'enterrait! Enfin... je le crois », ajouta Alain en faisant tourner son couteau plus vite.

« Voilà, comprit soudain François : on cesse d'être un enfant le jour où vos parents ne comptent plus pour vous... »

Hardrier, qui passait en revue la septième clef aux formes bizarres (la blonde?) s'arrêta tout à coup :

« Que t'a dit la petite Marie e-xac-te-ment?

— Que Delange s'était tué avec...

— Je sais, mais sa dernière phrase?

— « Allez le demander à son père! »

— Eh bien, reprit Porthos en rangeant le trousseau dans sa poche, allez-y!

— Le demander à son père?

— Oui.

— T'es pas fou?

— Si vous préférez discuter toute votre vie dans une cave... » dit l'autre en se levant.

Il y eut une seconde d'incertitude. Là-haut, les gosses couraient moins fort : le tambour allait rouler.

« J'irai, décida d'Artagnan. Voisin, tu ne me laisseras pas tomber?

— N... non, dit Athos, mais c'est toi qui parleras au colonel, hein, mon vieux? »

*

Quand ils sortirent du métro, à *Clignancourt,* c'était en plein pays invisible : une brume immobile et froide traînait dans les rues. Elle venait du fleuve, lentement, lourdement, pareille aux mariniers du samedi soir qui montent voir ce qui se passe en ville.

« Eh bien, mon vieux, si jamais on se retrouve...

— Mais si, mais si.

— C'est vrai que tu vois clair, la nuit, toi!

— D'abord, fit d'Artagnan très sérieusement. Et puis j'ai le sens de l'orientation. »

François Voisin sentit se rouvrir l'une de ses blessures secrètes : il ne comprenait rien à ces histoires de nord magnétique et d'aiguille bleue. Il confondait la Grande Ourse et la Petite, la Polaire et l'Etoile du berger, parfois même la Lune et le Soleil (et il faut avouer que, certains jours, ils y mettent bien de la mauvaise volonté). D'ailleurs, au fond, il n'*admettait* pas que la Terre tournât. Alors, vous pensez, l'orientation!... La nuit, il s'éveillait, ne sachant plus où se trouvait la fenêtre par rapport à son lit.

« Eh bien, dirige-nous, dit-il à Alain non sans amertume.

— Viens! »

Ils foncèrent dans la jungle du brouillard, frôlant des passants mystérieux, voyant fondre sur eux des monstres méca-
niques.

« C'est comme si nous étions en patrouille », murmura
d'Artagnan.

François ne répondit pas : il se faisait une autre idée, aussi
fausse d'ailleurs, des patrouilles.

Il se croyait déjà assez loin de Paris et commençait à craindre qu'Alain ne les fît tourner en rond dans la brume, quand
ils butèrent contre une paroi nue qui s'élevait plus haut
que le regard pouvait atteindre.

« Le mur de la caserne, dit Alain soulagé, car lui aussi
se croyait bien perdu. D'ailleurs, il y a une inscription —
regarde! »

Ils s'attendaient à quelque chose comme INFANTERIE-
CAVALERIE-ARTILLERIE (qui est le LIBERTÉ-ÉGALITÉ-FRATERNITÉ
des militaires); mais ils ne lurent, lettre par lettre, que :
« DÉFENSE D'AFFICHER, LOI DU 29 JUILLET 1881. » Cela prenait
bien vingt-cinq mètres de muraille.

« Il y a la même chose sur le mur du lycée, c'est drôle! »

Cette fois encore, Athos ne répondit pas : il ne jugeait
pas cela drôle et le trouvait même plutôt triste, sans pouvoir
se l'expliquer.

Ils longèrent le mur en silence, DÉFENSE D'AFFICHER...
L'inscription se répétait régulièrement, après un répit de
pierres grises couvertes d'injures et de dessins à la craie.

... JUILLET 1881, troisième fois!... quatrième fois! Cela
servait à mesurer le chemin parcouru.

« On finira bien par trouver l'entrée! »

Ce qu'ils trouvèrent, après cinq LOI DU 29 JUILLET, fut
une grossière porte de ferme entrebâillée.

« On y va?

— Allons-y.

— Oh! »

Une odeur ignoble les arrêta net. Elle montait de cinq

hautes poubelles auxquelles la brume donnait des airs de
sorcières accroupies. Ils obliquèrent vers la droite : un immense tas de fumier leur barrait la route; le parfum leur en
parut exquis, par comparaison. Mais enfin ils ne pouvaient
pas l'escalader! Ils poussèrent donc droit devant eux et se
heurtèrent alors à une sorte de tribune fantomatique. Des poubelles étaient alignées, là encore. Ah! le lycée, Pascal, la petite
Marie étaient loin!

« N'approche pas! » fit instinctivement Alain.

Et François recula de deux pas. Il était temps! Une matière
flasque s'abattit de haut dans la poubelle, puis un liquide
éclaboussant. Cette odeur, ces bruits...

« Mais, dis donc, c'est des cabinets?

— Viens! »

Ils firent le tour, rapidement, s'éloignant des portes rabat-
tues, des *floc,* des soupirs, de l'odeur surtout.

« C'est drôle, une caserne », murmura d'Artagnan désenchanté.

Ils écarquillaient leurs yeux pour distinguer autre chose
que les trois ampoules nues qui, seules, surnageaient sur
cet océan de brume et lui donnaient hauteur, largeur et pro-
fondeur, pareilles aux trois points a, b, c de tous les pro-
blèmes de math.

« Pardonnez-moi », dit Athos qui venait de se cogner à un
arbre.

L'autre allait rire de lui, mais il s'immobilisa soudain,
pareil à l'arbre : des cris sauvages éclataient là-bas, au plus
épais du brouillard

« Arrête-le!... Acrrré!... Bon sang de merde!... Le v'là!...
Ho!... »

En même temps, un martèlement serré montait du fond de
l'espace, une galopade feutrée. Avant qu'ils aient eu le temps
de se concerter, les garçons virent des étincelles jaillir au ras
du sol puis, soudain, une forme à quatre pattes, échevelée,
fumeuse, tout entourée d'un liséré roux, d'un halo jaune, et
qui grandissait vertigineusement vite. Un hennissement terrible
acheva de les renseigner.

Ils se retrouvèrent, sans savoir comment, dans le couloir

d'un bâtiment, derrière une porte de bois contre laquelle le
cheval échappé donna des coups de pied en passant — cauchemar et corrida...

« Fait pas chaud! » dit seulement Alain pour faire croire
que c'était de froid qu'il tremblait.

Ce corridor était si grossièrement bâti qu'on l'aurait dit
creusé dans le roc; il n'avait plus de formes à force d'avoir
été passé et repassé à la chaux : *culotté* comme le fourneau
d'une pipe. Les fils nus couraient le long du plafond, ali-
mentant çà et là de simples ampoules; c'était l'électricité à
l'état brut. Autour de chaque lampe, une auréole jaunâtre
indiquait que la brume avait pénétré dans le bâtiment malgré
ces murs aveugles. Un courant d'air étrangement vivant passa
près des garçons et monta précipiter quelques portes dans les
hauteurs, avec un fracas plus ou moins sourd selon la distance.

« Maintenant, dit François, s'agit de trouver le colonel.

— C'est sûrement dans les étages! »

Alain disait cela à cause du proto, dont le bureau se trouvait au second.

Ils montèrent un escalier usé et résonnant *(Défense de
cracher)* et trouvèrent une autre grotte-couloir avec des portes,
des portes... Ils s'approchèrent de la première : MAITRE TAIL-
LEUR — *Défense de fumer*. La porte s'ouvrait par un loquet
de fer, comme à la campagne.

« Oh! pardon. »

Ils avaient eu le temps d'apercevoir une assemblée de
vieillards, assis à la turque sur des comptoirs, cousant et
coupant sans un mot, pas même « Entrez! » ou « Qu'est-ce
que vous voulez? » Ils présentaient toutes les tailles de moustaches des généraux de 14-18 : on aurait dit une carte postale
de la victoire.

Les garçons pressèrent le pas avec la mauvaise hâte des
galopins qui viennent de tirer un cordon de sonnette.

MAITRE SELLIER — qu'est-ce qu'on risque? Ils entrou-
vrirent aussi cette porte.

« Oh! pardon. »

Un gigantesque cheval, éblouissant de mors, de gourmettes.

de cuir verni fut tout ce qu'ils aperçurent. Empaillé, bien sûr!
Mais tout de même, depuis le fou de tout à l'heure, ils n'ai-
maient pas trop ces rencontres...

MAITRE BOTTIER. Quelle idée de pousser cette porte! Ce
n'était évidemment pas celle du colonel, n'est-ce pas? Ils
virent des murs couverts de bottes, de bottes, de bottes
noires, jaunes, brunes et de jambes de bois alignées sur des
rayons. Illusion stupide : il sembla aux deux Mousquetaires
que toutes ces bottes se tournaient vers eux.

« Oh! pardon.

— Qu'est-ce que vous faites là? »

L'homme portait les cheveux en brosse, des lunettes de
fer, un tablier de cuir, un vaste ruban de la médaille militaire,
un tranchet à la main. Les garçons battirent en retraite.

« Rien... Simplement, heu... nous... »

Le petit vieux marcha sur eux.

« Dites donc voir... Venez un peu... »

Ah oui? Ils avaient déjà tourne le coin du couloir, per-
suadés que le régiment des bottes les talonnait et bien déci-
dés à ne plus ouvrir de portes au hasard — sauf celle-ci, leur
refuge : MAGASIN, *Défense d'entrer.*

Ah! quelle sécurité, cette serre tiède, son silence, la pénom-
bre... Les vitres, aveuglées d'un badigeon bleu, filtraient une
lumière épuisée d'avoir déjà dû percer la brume. Cette chambre de malade, où l'air était saturé de naphtaline, une seule
respiration s'y élevait, mais vigoureuse. Les garçons contour-
nèrent des piles de capotes *(Défense de toucher),* des blocs de
vareuses *(Défense de fumer)* et prirent une ruelle entre deux
immeubles de bourgerons; au loin se profilait tout un quartier de brodequins *(Défense de dépareiller).* Au carrefour des
chemises et des caleçons, à l'ombre d'un obélisque de casques
empilés, ils virent l'homme qui dormait sur un tas de couver-
tures neuves. Mais, comme ils le fixaient, sa respiration si
forte *se dédoubla :* on entendit l'écho s'en détacher et s'élever,
autonome, lointain. Laissant ce vigoureux moribond, les
deux garçons traversèrent la chambre mortuaire entre une
double haie de chaussettes grises à gauche, marron à droite.
L'écho ronflant prenait de la force : un autre homme respirait

par là; leur intrusion avait seulement rompu l'accord des
deux dormeurs. Ils se perdirent, un moment, dans une
forêt de bandes molletières, traversèrent une clairière de
ceintures de flanelle et débouchèrent soudain dans un second
musée bleu. L'odeur de graisse avait remplacé celle de
naphtaline, ou plutôt l'épousait de façon écœurante. Les
garçons virent là, dans une lumière glauque, des centaines
de fusils couchés au tombeau, de revolvers noyés dans la
graisse, et tout un tas d'armes qu'ils ne connaissaient pas et
qui reposaient dans un bain gluant. Et puis des cylindres,
des tubes, des rouages, des boutons, des *poussoirs, tirettes de
poussoirs, butées de tirettes de poussoirs, arrêts de butées de
tirettes de poussoirs,* etc., que leur désignaient des pancartes.
Tout cela était étiqueté « modèle 86, 7 ou 8, modifié K-31 ou
M-32 », c'était presque aussi compliqué que les inscriptions
des wagons.

D'Artagnan tomba en arrêt devant une famille de coutelas
enlisés dans de la vaseline. De sa poche, il tira son célèbre
couteau à neuf lames, le plus gros du lycée : un nain à côté des
autres! Franchement, il pouvait bien en prendre un! un seul
sur les — je ne sais pas, moi! deux mille, peut-être, qui se trouvaient là... Son regard interrogeait Athos. Mais l'autre lui désigna du menton la pancarte : *Equipement individuel portatif com-
plémentaire 26-V. Modèle moyen (Mm) modifié 30.* Voilà qui
donnait à réfléchir! S'il y avait eu simplement « Coutelas »,
je ne dis pas! mais... — Enfin, n'en parlons plus! Ils décou-
vrirent, plus loin, le veilleur dormant sur une chaise sous le
regard de mille appareils d'optique qui leur parurent monstrueux. Ils se doutaient bien qu'on ne gagnait plus la guerre
avec une seule longue-vue à main, comme le grand Napoléon,
mais tout de même... Cela tenait de l'observatoire, de l'atelier
de photographe et de la réserve de M. Gautreau, le prof de
physique et chimie. De toutes les gaines de cuir fleurait une
odeur de cire proprette : il avait bon goût, le garde-magasin!
de dormir là plutôt que dans le graisseux sous-marin à l'autre
bout... Il respirait si profondément qu'Alain osa rompre le
silence visqueux et, désignant parmi cent autres une paire de
lunettes géantes :

« On la prend pour Bigloteux ? »

Ce rappel du lycée fut une bouffée d'air frais; ils commençaient à étouffer dans ces serres bleues! Comme ils rejoignaient l'autre magasin :

« Naphtaline et Vaseline, commença François gravement, sont les deux mamelles... » mais la phrase s'acheva en un éternuement : Naphtaline se vengeait.

« Vingt-deux! »

Ils se planquèrent entre treillis et bourgerons *(Défense de toucher)* en pleine naphtaline.

Les deux respirations s'étaient suspendues. Les gardes-magasins reprirent pied lourdement, sabotèrent à la rencontre l'un de l'autre en bâillant.

« Rien de neuf?

— Rien de neuf! Tu dormais?

— Non, je... Et toi?

— Moi aussi. »

« J'ai rêvé », pensa chacun d'eux en retournant dormir dans son musée. Leur respiration s'éleva bientôt, paisible, ample, une seule pour eux deux : l'incident était clos.

Les garçons sortirent sur la pointe des pieds et prirent un escalier où des écriteaux défendaient non seulement de cracher, mais encore de chanter à voix forte. « Et qui aurait envie de chanter ici? » songea François. Il devait se tromper, car, malgré les pancartes, une chanson éclata sous eux, braillée à plusieurs voix dans le corridor-caverne.

Les Mousquetaires se tapirent dans un angle de l'escalier et guettèrent. Quatre types en blouse et pantalon de toile, mi-peintres, mi-paysans, passèrent devant les premières marches en traînant leurs sabots. Ils tenaient, deux à deux, d'immenses marmites fumantes.

« Hé! Arrêtez, bon Dieu! »

Ils s'arrêtèrent là, en pleine lumière, devant nos clandestins qui se faisaient tout petits. Un cinquième blouseux, mais traîne-savates, celui-là, armé d'un couteau et d'une louche d'ogre les rejoignit.

« Qu'est-ce qui se passe, cuistot?

— Il se passe, il se passe que vous emporrrtez ma bidoche!

— De quoi, ta bidoche? demanda un grand à l'accent
traînard.

— Et alorrrs, tu crrrois que c'est pourrr vos gueules, ces
morrrceaux-là? »

En parlant, il piquait du couteau dans l'une des marmites
et en retirait les plus belles tranches de viande qu'il recueil-
lait dans sa louche.

« Non, mais sans blague? fit le grand, furieux.

— Hé, visez un peu le match Paris-Toulouse ! » dit un autre.

Mais le grand ne se mesura pas au cuistot, se contentant
de l'injurier à mi-voix : une sorte de litanie ordurière.

« Il se dégonfle, souffla d'Artagnan déçu.

— Oui, murmura François, c'est le Morel de l'endroit. »

Le Morel de l'endroit en était à « Cuistot de mes fesses »
quand l'autre parut s'en apercevoir :

« Cause toujours, c'est moi qui boufferrrai ! »

Et il disparut avec sa louche pleine.

Les gars repartirent, sans chanter cette fois. L'autre mar-
mite débordait de nouilles grises. « La soupe des chevaux,
pensa François. Non! que je suis bête : celle des chiens. »
Il s'en ouvrit à Alain.

« Quels chiens?

— Ceux qui sauvent les blessés entre les lignes...

— Tu es fou? c'est le dîner des soldats!

— Quelle heure est-il donc? (Avec cette brume on ne
savait plus.)

— Cinq heures et demie.

— C'est pas une heure pour dîner !

— Oh! tu sais, ici !...

— Oui, c'est drôle, une caserne », fit tristement Athos après
un moment.

Il aurait bien aimé être chez lui, tout à coup. Qu'est-ce
que Pascal avait à voir avec tout ça?

Ils repartirent dans la brume, à la recherche du bureau
du colonel. Ils marchaient aux lueurs, comme le Petit Poucet,
longèrent une jolie petite maison, mais dont les fenêtres
portaient des barreaux énormes.

« Ce n'est pas là : il y aurait des plantes grimpantes »,

dit très sérieusement François qui confondait un peu colonel et chef de gare.

Ils s'éloignèrent donc de la prison, sans se douter que la sentinelle, baïonnette au canon, ne les avait pas quittés du regard; ni que, derrière les murs de cette petite maison — la première qui leur plût ici — il y avait deux hommes ivres morts, un autre qui tournait comme une bête, un quatrième qui pleurait et un qui s'était pendu avec son ceinturon (voir les journaux du 6 octobre de l'année).

Alain, qui marchait dans le brouillard à la gauche de François, s'arrêta sans rien dire pour renouer son lacet. François l'entendit soudain qui marchait lourdement à sa droite.

« Qu'est-ce qui te prend de souffler comme ça? »

L'autre ne répondit que par un hennissement : c'était le cheval échappé... Voyant ce haut fantôme à ses côtés, Athos poussa un hurlement d'outre-monde; la bête s'enfuit.

« Fallait lui sauter dessus! » conseilla Alain qui l'avait rejoint.

« Lui sauter dessus! » Autant saisir le diable par les cornes, non? François devint furieux : il en avait assez, à la fin, d'errer dans le brouillard entre des poubelles et des chevaux emballés, de jouer les passagers clandestins sur ce navire puant! D'Artagnan, qui respectait les colères d'Athos, dit :

« T'excite pas, Voisin, on va se renseigner pour voir le colonel. Tiens, voici de la lumière... »

La porte grinça : quelques ampoules, embusquées dans les coins du plafond comme autant d'araignées, éclairaient cent culs de chevaux et un pavé ruisselant de pissat — les écuries!

François fut très contrarié de voir que les bêtes n'étaient pas tournées le dos au mur et la tête vers les visiteurs, comme au cirque. Ici, chaque derrière était une menace de ruade : en avançant, le garçon comptait malgré lui. « quatre... six... huit... dix... », les coups de pied mortels auxquels il n'échappait que par miracle. D'autant que ce crétin de Fauchier-Delmas caressait les croupes au passage, histoire de faire le malin, de montrer que, lui, n'avait pas peur... « Fallait lui sauter dessus! » Et cette odeur sauvage qui vous prenait à la gorge! Et pas une âme, naturellement, dans ces écuries...

« Toi y'en a pas toucher li chevaux! »

Cent bêtes et deux garçons tournèrent la tête vers cette voix qui montait des enfers. L'homme surgit peu après : un Arabe aussi maigre que son fouet, avec des moustaches toutes raides et des yeux ronds et rapprochés.

« Quoi toi c'en est faire ici, hein? hein? »

François faillit se jeter sur lui; la colère lui donnait du courage, la colère seule. Alain, qui détestait la familiarité, s'avança aussi vers ce type : il leur avait fait peur et, de surcroît, les tutoyait!

L'autre brandit son fouet et releva la lèvre supérieure, comme font les chiens, sur des dents qui paraissaient toutes pointues.

« Nous voulons seulement voir le colonel, dit le garçon en s'arrêtant.

— Seulement voir le colonel », répéta François, conciliant.

L'Arabe devint tout blanc, puis tout rouge :

« Quoi c'est toi y'en a dire au colonel rapport les écuries, hein encore? Y'en a pas ma faute li chevaux dans la cour que c'est pas moi! Si ti parles au colonel, moi y'en a d'abord, tiens, pan sur la gueule! »

Il continua de les injurier mais surtout de les tutoyer; d'Artagnan serrait les poings.

« Oh! ça va! ça va!

— Quoi c'est, « ça va! ça va! » (Il l'imitait, ma parole!) ça va pas du tout, oui! Y'en a merde et merde et pis encore merde! »

L'un des chevaux hennit, comme de rire; cela exaspéra l'homme qui se précipita sur les garçons en faisant claquer son fouet — ce qui exaspéra les chevaux. Il y eut une poursuite sur le pavé glissant, parmi les ruades dans les bat-flanc, les hennissements, les injures en arabe, les bruits de chaîne, les claquements de fouet. Le cheval échappé qui rentrait, l'encolure basse, flaira le jeu et s'en mêla. Un autre réussit à rompre son licol et se mit à tourner en sens contraire, ne s'arrêtant que pour mordre ses ennemis personnels. Un grand chien, surgi d'où? prit le parti de l'Arabe et débusqua François qui s'était tassé entre deux coffres à avoine : il le remit en jeu, à contre-courant, comme une boule sur la roulette. Cette fois, plus d'espoir! Athos aurait bien aimé savoir au moins qui il devait le plus obstinément fuir de l'Arabe, du chien ou des chevaux... Les hasards de la course le mirent nez à nez avec d'Artagnan.

« Monte-leur donc dessus, maintenant! » lui cria-t-il avec l'amertume du désespoir.

Cette partie de cache-cache ne se termina qu'avec l'irruption d'un piquet de la garde, alerté par la sentinelle de la prison et que le vacarme avait attiré là. On emmena tous les joueurs, sauf les chevaux qui repartirent dans la brume et le chien qui avait disparu, tel Satan.

« Vous vous expliquerez avec l'adjudant! »

C'était la première fois qu'ils circulaient entre des soldats en armes. Le pas cadencé, le cliquetis des porte-baïonnette contre les boutons des capotes, ce morne brouillard leur évoquaient le boulevard Arago ou les fossés de Vincennes, le petit matin... Heureusement, l'un des hommes péta et les autres rigolèrent. Cela réchauffa le cœur des garçons : les circonstances n'étaient donc pas si graves! Tout de même, ils prenaient soin de ne pas marcher au même pas que les autres, pour se désolidariser de leurs bourreaux...

En arrivant au poste de garde, François pensa : « Des hommes, enfin! on va pouvoir s'expliquer. » C'étaient des militaires, on ne s'expliqua pas. Voir le colonel? Vous vous rendez compte! On ne voyait pas le colonel comme ça. Ah là là! Il n'y avait pas de « Mais enfin! » qui tienne... « Ben, mon vieux! Le colonel! Ah là là!... » Le brigadier-chef répétait chacune de ses phrases trois ou quatre fois sans y changer un seul mot. Puis un autre la reprenait telle quelle et on l'écoutait attentivement, comme s'il se fût agi d'une nouveauté bien difficile à comprendre. D'Artagnan bouillait.

« Je suis le descendant du maréchal Delmas, dit-il.
— Ça tombe bien, répondit l'un des jobards, moi je suis le petit-cousin à Napoléon! »

Il entra un nouveau militaire que les autres appelèrent « Maréchal des logis-chef ». François en conclut qu'il s'agissait d'un haut dignitaire et lui expliqua leur cas. « Voir le colonel? Ah là là! » — ce fut la même litanie. D'ailleurs, l'adjudant allait revenir de la soupe et on verrait avec lui. Le dignitaire en revenait sans doute lui-même, car il curait chacune de ses dents avec sa langue, très bruyamment. Trente... trente et une... trente-deux... Il avait toutes ses dents. Un soldat, qui se roulait une cigarette depuis cinq minutes, fit jaillir d'un briquet une flamme d'incendie et l'alluma en projetant partout des brindilles. Quand il étouffa enfin la flamme du briquet, la cigarette avait diminué de moitié. Il en tira une bouffée et dit : « Voir le colonel! Ben, mon vieux... » Le concert reprit alors, ponctué de « Ah là là! » et de « Tu te rends compte? » jusqu'à l'arrivée de l'adjudant. On lui fit part du...

« Voir le colonel? Eh bien, mes gaillards, vous n'y allez pas par quatre chemins! »

Lui, au moins, introduisit un élément nouveau dans la discussion : le rire. Voir le colonel! comme ça! c'était irrésistible! Franchement, il y avait de quoi se tordre — et il se tordait. Et les autres aussi, puisque l'adjudant avait commencé. Remarquez, jusqu'alors ils n'y avaient pas pensé : ils avaient plutôt vu le côté abusif de la chose. Mais maintenant que l'adjudant en dévoilait le côté comique, ah! ils s'en payaient... « Voir le colonel! comme ça! J'en ai mal au ventre, tiens! Et moi j'en pleure! Ben, mes gaillards... »

Les gaillards demandèrent sèchement ce qu'il allait advenir. Eh bien, mais on attendrait l'adjudant-chef, voyons! Ah, si le capitaine adjudant-major avait été là, ç'aurait simplifié les choses! Seulement voilà, à cette heure-ci le capitaine adjudant-major... On n'acheva la phrase que par des clins d'yeux, des « hum! hum! » caverneux, des rires entendus. D'Artagnan, qui lisait trop de romans médiocres, en déduisit qu'à ce moment de chaque journée le capitaine adjudant-major visitait une maîtresse mulâtre ou un fils naturel. En fait, c'était l'heure de son onzième pernod.

Ayant assez ri comme ça, l'adjudant se mit au travail et les garçons, qui n'osaient même plus parler entre eux, observèrent le décor, chacun pour son compte. Alain s'aperçut alors que tout, dans cette pièce, était cassé. On aurait dit l'effet d'un enchantement : il suffisait qu'il portât les yeux

sur un objet pour que celui-ci lui apparût branlant, ébréché,
rapiécé, recollé, écorné, fendu, troué, creusé ou taché.
Comme il faisait un mouvement, sa chaise craqua, intacte
jusqu'alors... François, lui, collectionnait les DÉFENSE DE.
Depuis le mur gris de la caverne jusqu'à cette cloison sale, il lui
semblait n'avoir vu que cela : Défense d'afficher, de fumer,
d'entrer, de toucher, de dépareiller, de chanter, de cracher. Ici
même, toutes les *notes de service* affichées à sa portée interdisaient, empêchaient, rappelaient qu'il était défendu... — et
François, hébété, oubliant le lycée, Pascal et le colonel, sentait
s'échafauder une grande théorie dans sa tête douloureuse.

Le travail de l'adjudant consistait à recevoir, viser et rendre
des petits cahiers d'écolier quadrillés et crasseux, et à faire
appeler par le trompette le « margis » de la 2, le brigadier de
la 7, le « margis-chef » de la 3. C'était assez distrayant — au
début, du moins. On cognait à la vitre; le trompette entrait,
tout brumeux : « Appelle-moi donc voir le margis de semaine
de la 4, en vitesse ! »

Le gars ressortait, sonnait avec quelques fausses notes
qui faisaient rire; peu après, l'appelé entrait en disant : « Quel
temps, merde alors ! » Il tendait ou prenait son petit cahier
et repartait.

Cela dura jusqu'à l'arrivée de l'adjudant-chef, qui remontait sans cesse son ceinturon comme un homme qui vient
de faire un fameux repas. François pensa aux nouilles grises
et son cœur se souleva. L'adjudant-chef portait, au coin des
lèvres, un mégot éteint qui faisait absolument partie de son
visage : s'il l'avait rallumé, il aurait sursauté de douleur,
certainement! Les autres lui racontèrent le coup du colonel,
prêts à s'indigner ou à se tordre avec lui, selon qu'il paraî-
trait s'attacher au côté abusif ou au comique de l'histoire;
mais seul son aspect administratif sembla le frapper. « On ne
pouvait voir le colonel que, premièrement (je cite, bien
entendu, dans l'ordre chronologique) à l'occasion de la
présentation collective des vœux de Nouvel An; deuxième-
ment, etc. » Or, les garçons n'entraient dans aucun des cas.
« Bien sûr, pensa François amèrement, *défense de* voir le
colonel... »

« Mais nous sommes... nous étions des amis de son fils Pascal », dit enfin Alain.

On les considéra d'un autre œil.

« Écoutez, dit l'adjudant-chef, rien à faire avant le retour du capitaine adjudant-major. Venez donc à la cantine avec moi : nous y serons mieux qu'ici. Vous m'y préviendrez, Simonetti, dès que...

— Bien, mon lieutenant.

— Comment, demanda Alain, vous êtes officier ? Je suis le descendant...

— Mais non, fit l'adjudant-chef en rougissant et il sortit le premier.

— Tu y comprends quelque chose, toi ? » souffla d'Artagnan.

Son compagnon ne répondit même pas; depuis une heure, que comprenait-il ? — *Défense de* comprendre...

C'était tout de même satisfaisant de traverser à nouveau cette cour autrement qu'entre des sentinelles armées et casquées. Ils croisèrent les deux chevaux libres dont personne ne semblait plus se soucier.

Qu'il faisait bon chaud dans la cantine ! Huit ou dix soldats buvaient ou mangeaient, parlant haut aux servantes et fumant. Les garçons passèrent tout à fait inaperçus. L'adjudant-chef leur offrit un bouillon bien chaud; lui, buvait un alcool sans retirer son mégot fossile.

« Te voilà en famille, Thominet ? lui dit un autre sous-officier.

— Content de te voir, ma vieille ! Je voulais te causer rapport à cette histoire de permutation... »

Thominet tourna le dos aux garçons et fit glisser son verre jusqu'à celui du collègue. Quelques minutes plus tard, il galopait à cent lieues des deux inconnus qui prétendaient voir le colonel. Son collègue et lui avaient fait basculer le képi sur l'arrière-crâne pour mieux calculer cette histoire de permutation, à grand renfort de « Mais, mon vieux », « Une supposition que », « De deux choses l'une » (et il y en avait toujours trois), etc.

« On est bien ici, murmura d'Artagnan.

— Oui, et je sais pourquoi : c'est le premier endroit où rien n'est défendu.

— Tu crois ? Mais non ! c'est surtout le premier endroit où il y ait des femmes.

— Des femmes ! »

François n'y avait pas pensé; il n'y pensait jamais. Il se rappela en un éclair la fille blonde au bras de Jean-Jacques Hardrier, et cette autre qu'il avait suivie à titre de « représailles », la veille de la Rentrée. Quelle mômerie! Jean-Jacques, d'accord; mais si Alain s'en mêlait à présent, lui qui méprisait tant les filles! « Des femmes... » Est-ce que Pascal, lui aussi... ?

« Et si on s'en allait, fit-il brusquement. On ne le verra jamais, ce colonel ! »

Alain fut bien soulagé : depuis vingt minutes il y pensait, mais attendait, par dignité, que l'autre le proposât.

« Tu as raison. Foutons le camp ! »

Ils gagnèrent la porte tout doucement, ne sachant pas encore que, dans un endroit où chacun entrait et sortait brusquement, c'était le meilleur moyen d'attirer l'attention. La voix de l'adjudant-chef leur parvint une dernière fois : « ... une supposition que je permute le 3 avec Grosbety... » — et puis le courant d'air frais, le silence, la brume. La cour était tout obscure à présent, car la nuit tombait.

« Il faut sortir par où l'on est entré. Sans ça... ! »

Retrouver la porte aux poubelles sans rencontrer d'Arabes, de chevaux ni de maîtres bottiers, tel était le problème. Ils crurent y parvenir, mais le grand vantail rustique auquel ils aboutirent portait l'inscription : PARC.

« Chic ! dit François, la caserne donne sur un jardin. Sortons par là ! »

Ils tombèrent seulement sur un alignement de canons, de caissons, de voitures bâchées et de vieux camions, tout cela peint de vert triste, et à peine éclairé.

« Il est joli ton *jardin!*

— Elle est jolie *ta* caserne! riposta François, furieux donc injuste.

— Chut, chut! fit d'Artagnan qui craignait ses éclats, il

y a sûrement une sentinelle quelque part! Mais comment va-t-on retrouver la vraie porte?

— A l'odeur... »

C'est ce qu'ils firent : en se guidant *au pire* ils atteignirent les tinettes, le tas de fumier, les poubelles, la porte entrouverte. D'instinct, ils se mirent alors à courir avec une grande jubilation intérieure; Alain chantait. Ah! Pascal était loin...

« Au fond, c'était plutôt amusant cet avant-goût de la caserne, non?

— Pourquoi « avant-goût »?

— Mais, dit d'Artagnan, parce qu'à vingt ans nous y passerons tous! »

Athos n'eut même pas la force de dire « Quoi? » Tout son système militaire s'effondrait. Pour lui, les soldats formaient une race à part, tous volontaires et à vie : c'étaient toujours les mêmes qui vivaient dans les casernes et défilaient le 11 novembre. En temps de guerre, simplement, on partait comme officier, on revenait avec des décorations. Et voici qu'il faudrait, dans six ans, vivre au fond de ces cavernes-écuries, parmi les poubelles et les chevaux emballés, manger des nouilles qui paraissaient déjà vomies, rire avec ces paysans qui pétaient et disaient « merde » tous les trois mots, obéir à Simonetti, à Thominet, accourir avec son petit cahier d'écolier quand le trompette vous appellerait dans le froid... Son désespoir, heureusement, se changea comme toujours en fureur :

« Regarde ce mur! *Défense d'afficher, loi du 29 juillet 1881...* Eh bien, c'est partout et tout le temps comme ça! Défense de ceci, défense de cela, défense de tout! Zut à la fin! Lorsqu'on était gosse, bon! on disait : « Quand je serai grand... » mais je t'en fiche! Maintenant, il y aura toujours une loi du 29 juillet pour t'empêcher de faire ce que tu veux! Tiens, Pascal a bien fait de se tuer...

— Voisin!

— Oui, continua François un peu confus, il a eu raison : le reste ne vaut pas le coup!

— Personne ne sait pourquoi Delange s'est... pourquoi Delange a fait ça, et ce n'est pas aujourd'hui que le colonel nous renseignera. Mais, en tout cas, tu exagères avec ta loi du

29 juillet : c'est écrit aussi sur le mur du lycée; eh bien, ça ne nous empêche pas de rigoler, hein ? »

La colère de François se retira comme la mer, ne laissant plus qu'une grande plage de tristesse et la certitude que Pascal, lui aussi, avait, un soir, ressenti ce désespoir de la loi du 29 juillet 1881... « Pascal à la caserne ? — c'était inimaginable. Alors, il avait trouvé une autre solution; il n'y en avait pas trente-six ! Une autre solution... »

« A quoi penses-tu ?

— A des crétineries ! »

Ils ne retrouvèrent jamais le métro mais tombèrent sur l'arrêt d'un omnibus qui, par un de ces hasards fréquents à Paris, les ramenait justement dans leur quartier. La voiture arriva bientôt, avec ses feux de navire et sa sirène de brume. Les garçons s'installèrent en première classe, au plus loin de la nuit, mais ne se sentirent en sûreté que lorsque la voiture eut démarré avec un gémissement de bête épuisée.

A l'arrêt suivant, monta un officier dont la manche portait un large brassard noir. Il vint s'asseoir devant eux, leur tournant le dos.

« Le colonel ! murmura François d'une voix tremblante.

— Il faut que j'aille lui parler, décida Alain après un instant de lutte intérieure fort pénible. Tu viens, Voisin ?

— Regarde ! » souffla l'autre en lui montrant la vitre.

On y voyait, sur l'écran de la nuit, le reflet gris du colonel : il avait sorti de sa poche une photo, qui était celle de Pascal, et la regardait fixement. Mais déjà les garçons ne distinguaient plus les traits de la photo, car la main qui la tenait s'était mise à trembler. Ils reportèrent leurs regards sur la figure terrible dans la vitre et, elle non plus, ils ne la reconnurent pas. Un visage de vieillard avait pris sa place, et ils cherchèrent un instant quel était l'autre voyageur dont, par un jeu de glace... Mais non ! c'était bien le colonel inaccessible, le colonel loin de ses hommes, le colonel seul, seul avec Pascal : un visage effacé, navré, penché sur la mort si proche, si prochaine et qui la reflétait déjà. Mais ce qu'ils virent très distinctement, comme une lente goutte de pluie sur la vitre, fut cette larme sur son visage, seule vivante, qui effaçait tout.

IV

BIGLOTEUX ET LES FRÈRES ENNEMIS

L'UN de ces petits garçons qui, dans la cour du lycée, se poursuivaient à coups de cache-nez, s'il était tombé au ras de la colonnade contre le soupirail, serait demeuré là, pétrifié d'étonnement car, par la fente étroite, il aurait aperçu quelque chose comme le grenier du khalife de Bagdad. Des lambeaux d'étoffes transformaient le mur gris de la cave en veste d'arlequin; la terre battue avait disparu sous plusieurs épaisseurs de tapis, et des entassements de coussins formaient sofa. Il ne manquait, au mur, que des armes incrustées de nacre, pour faire de *Bételgeuse* le boudoir à la Loti dont rêvait Jean-Jacques Hardrier; il manquait une vaste verrière donnant sur le fond de la mer pour en faire, aux yeux d'Alain Fauchier-Delmas, le salon du capitaine Nemo à bord du *Nautilus;* pour François Voisin il manquait d'abord Pascal à Bételgeuse.

Sur une caisse recouverte d'un vieux drapeau, ils avaient disposé des bouteilles et trois verres; sur une autre, une boîte de petits cigares *patriotas,* don d'Alain, des livres et une plante verte. Le décor de Bételgeuse avait été fabriqué, bribe par bribe, comme un nid. Mais trop heureux oiseaux qui ne portent qu'une plume, un flocon, un fétu! qui n'ont pas à subir le « François, tu ne sais pas où a disparu le vieux coussin rouge? » ni le « Dis donc, Hardrier, qu'est-ce que tu balades de si gros dans ton cartable? »

Pourtant, le plus périlleux transport avait été celui du

narguilé. Alain Fauchier-Delmas le passa, un soir vers six heures et demie, tandis que François occupait le concierge avec une question stupide. — « Pch pch pch, qu'est-che que vous me demandez là? »

Plus décoratif que pratique, d'ailleurs, ce narguilé! On aspirait une fumée qui barbotait d'abord dans une vieille essence de roses — à vomir. N'importe! le coup avait porté : le lendemain, pour n'être pas en reste, Hardrier avait apporté une vieille fourrure, trouée comme une carte de la lune et qu'on avait « jetée » sur le divan. Quoique, pour lui, Bételgeuse sans Pascal fût un lieu mort, François crut se devoir d'y introduire à son tour un bouclier en peau de buffle, deux sagaies et quelques flèches que, chez lui, on cachait dans un débarras depuis huit ans sous prétexte que les armes étaient empoisonnées et qu'avec les enfants on ne sait jamais!

Cette panoplie sous le bras, François Voisin se heurta presque à Boule-de-billard (le surveillant général), son melon sur les yeux, son papier vert à la main.

« Hep, là! Votre nom?

— Morel, Seconde A 3, monsieur. (B. D. B. était myope comme une fente de guetteur : on pouvait y aller!)

— Et qu'est-ce que c'est que ce fourbi-là?

— Je... J'ai apporté ces objets pour la classe d'histoire de l'art, monsieur!

— Ah! bien! Bon point, bon point! fit B. D. B. en prenant note sur son papier vert. Comment épelez-vous votre nom?

— V...O...I...S...I...N. Voisin, de Seconde A 3! ajouta précipitamment François, car l'autre sourcillait.

— J'avais cru entendre... Bien. Bonsoir »

Et il tourna les talons.

Le bouclier, les sagaies et les flèches empoisonnées descendirent enrichir Bételgeuse. Ils auraient achevé de stupéfier le petit garçon risquant un regard par le soupirail : comme il eût envié ces trois Grands qui fumaient des cigares, allongés sur une peau de bête dont ils ne bougeaient que pour se verser à boire! Et pourtant... — Retourne jouer, petit garçon! ce sont les Grands qui t'envieraient.

« Non, dit enfin Alain, n'insiste pas, Hardrier : il n'y a plus à parler du colonel.

— Mais la petite Marie...

— ... s'était fait une idée fausse, voilà tout!

— Dommage... commença Jean-Jacques, mais il s'arrêta net.

— Quoi, dommage? Qu'est-ce que ça peut te faire?

— Rien, bien sûr! que ce soit à cause de son père ou... ou bien pour autre chose... (Il s'embarrassait.) Simplement j'aurais été content de savoir... Pas vous? Enfin quoi, on ne se tue pas sans raison! »

Cette véhémence même sonnait faux. Un peu étrange, Rouquinoff, cette année!

« De raison, il y en a une, bien sûr! Simplement, ce n'est pas celle-là.

— À quoi bon chercher, alors? dit Hardrier à voix basse.

— Tu disais le contraire, il n'y a pas une minute!

— Ah! et puis non, non! ce serait du propre, cria presque François. Delange est mort, Delange s'est tué et nous continuerions tranquillement, math et français le matin, gym et géo l'après-midi, les petits chahuts, la récré, le tambour, et on recommence? Avec, comme seuls drames, la compo de latin, ou d'être *collés* le jeudi, ou de se fendre le sourcil en bagarrant contre Morel? Sans blague, ce serait du propre! Je n'en suis pas.

— Alors?

— Alors je chercherai, moi! » dit François.

*

Quand ils entrèrent en classe de physique, ce même jour à deux heures après midi, ils virent Chapart dit Bigloteux assis à son banc (premier rang, face au prof) et qui avait déjà achevé de dessiner tous les appareils installés sur la longue table de démonstration. Ce n'était pas la première fois; n'y avait-il pas quelque mystère Bigloteux?

Mais, deux jours plus tard, on vit le contraire : tous les

élèves à leur place, sauf lui. Soudain, la porte de la *sacristie* s'ouvrit. M. Gautreau et le garçon parurent sur le seuil, surpris, gênés : semblables.

« Ah! pensa François Voisin, ils sont de la même race. »

Il venait, sans la chercher, de découvrir la clef du mystère Bigloteux.

Dès la Rentrée, le garçon s'était pris de passion pour le briquet à air, la machine pneumatique et tous ces instruments ténus et précieux, faits de bois verni, de verre et de cuivre, et qui servaient, en classe de physique, à démontrer des évidences. Sa vocation fut foudroyante : il serait professeur comme M. Gautreau... Ah! vivre parmi ces ballons, ces éprouvettes, ces balances! Être le magicien qui, d'une goutte, fait virer au rouge un liquide incolore et, d'une seconde goutte, déposée du bout d'une baguette de cristal, le précipite au violet... *Prouver* la pesanteur des objets, la chaleur de l'eau bouillante, la fraîcheur de la glace... Poser, après mille préparatifs, un objet sur un plan incliné et le voir rouler *comme prévu*... C'était dit : il serait professeur de sciences physiques.

Malheureusement, sa mauvaise vue lui faisait, au tableau noir, une écriture mesquine. Pour s'exercer au maniement des craies, il prit l'habitude d'arriver en classe vingt minutes avant les autres et de dessiner inlassablement au tableau les figures du manuel. M. Gautreau le surprit ainsi; Bigloteux lui avoua tout; le cœur du professeur battit. M. Gautreau dut essuyer ses lorgnons que l'émotion avait embués et fit pénétrer le disciple dans la réserve aux instruments, le Saint des Saints... Bigloteux pensa s'évanouir. M. Gautreau sortit pour lui la balance qu'il conservait sous globe, si précise qu'un souffle humain l'eût déréglée; l'électro-aimant qui affolait les montres au fond du gousset; une maquette au centième du ballon sphérique de l'aéronaute Crétinojolli. On y voyait tout : la soupape, la nacelle tressée, l'ancre miniature, les petits sacs de lest. C'était, pour Bigloteux, à la fois son enfance et son avenir, Noël et la retraite à soixante ans — il était heureux...

Un jeudi, M. Gautreau et lui allèrent en pèlerinage à Sèvres contempler le mètre et le kilogramme-étalon qui sont de platine iridié. On permit à Bigloteux de les toucher; long-temps il contempla avec respect ses mains qui s'étaient posées sur des reliques aussi sacrées. Le jeudi suivant, ils rendirent visite au puits artésien de Grenelle et M. Gautreau révéla au garçon le mystère des vases communiquants. Grande journée aussi, celle-là!

Ce fut à l'issue d'une visite au Conservatoire des Arts et Métiers que le maître révéla son secret au disciple.

Ils venaient d'examiner cent merveilles enfantines : des ponts suspendus faits pour enjamber le ruisseau de la rue, une locomotive miniature coupée en deux, le quai d'un port avec transbordeurs, grues et wagonnets, une mine de charbon dont on aurait bien extrait deux à trois boulets, etc. C'était le pays de Lilliput, et Bigloteux, avec ivresse, s'y sentait Gulliver. Mais surtout, ces merveilles, tout derniers chefs-d'œuvre du génie humain, étaient *simples*. En somme, on aurait pu les inventer soi-même : avec des poulies, des cordes, des contrepoids, des leviers, de braves engrenages qui s'engrenaient, de bonnes briques qui s'imbriquaient — avec toutes les figures du manuel de physique on aurait pu les fabriquer, ces merveilles! « Alors, Bigloteux, la gloire? » Pourquoi pas? Inventer, inventer soi-même un système d'écluse, un ballon dirigeable, un trottoir roulant... Il y avait bien ce moteur à explosion, invention inutile et déconcertante, quand la vapeur était si sûre, si simple! L'électricité, elle aussi, restait un mystère... Mais était-elle tellement nécessaire après tout? M. Gautreau éprouvait de la défiance à son égard. Quand on comparait cette énigmatique découverte à celle de la brouette, par exemple, invention logique, fatale, satis-faisante... Enfin, puisqu'elle existait, on ne la boudait pas, l'électricité ! Mais quand même on la tenait à distance...

« Assez, dit M. Gautreau, assez de merveilles pour au-jourd'hui! »

Ils sortirent du Conservatoire et s'assirent dans le square des Arts-et-Métiers. Il faisait beau encore; c'était un de ces jours d'automne où s'annonce déjà l'hiver, où tout paraît plus immobile, plus distant. Le ciel, de sa gomme grise,

efface, efface : bientôt il ne restera plus que l'essentiel, le
sol dur, l'arbre nu... Ils s'assirent sur un banc, et M. Gautreau
attendit encore un instant avant de parler au disciple : hum-
blement il mettait du temps entre les œuvres de génie qu'ils
venaient de passer en revue et ses propres recherches.

« Et moi aussi, dit-il enfin, je travaille depuis longtemps
à une invention. Le mot est bien fort! mettons : à un progrès que je crois... capital! »

Il ôta son lorgnon : pareil aux enfants qui se croient cachés
parce que, derrière leur arbre mince, ils ne voient plus celui
qui les cherche, M. Gautreau croyait-il, en retirant ses verres,
se dérober aux yeux trop admiratifs du disciple?

« Il s'agit... Bien entendu je vous demande le secret
absolu! Il s'agit d'une sorte de presse hydraulique dont la
manœuvre n'exige que douze hommes et qui... mais je vous
montrerai mes plans. Je n'en ai parlé à personne »; ajouta-t-il
a voix basse.

Bigloteux, cette nuit-là, rêva de machines fantastiques.
Le lendemain il vit les plans : c'était passionnant. Si simple,
surtout! donc génial.

Mais un jour la foudre tomba sur leur paradis. Il y avait
vingt-six élèves en Seconde A 2 et trente-quatre en Seconde
A 4 : le censeur décida de prélever ici quatre nouveaux et
de les affecter là. Chapart Marc-Raoul (dit Bigloteux) était
du nombre. Il alerta M. Gautreau qui courut à la porte du
censeur et frappa, moins fort que son cœur dans sa poitrine.

« Entrez! » ne cria le petit homme qu'après avoir posé
l'immense chapeau melon sur sa tête.

Et, quand il eut entendu la requête :

« Je suis d'accord. Demandez à M. Chotard de remplacer
votre... protégé. »

M. Chotard (B. D. B.) se trouva bien embarrassé. Le diable
fit qu'il rencontra Alain Fauchier-Delmas à ce moment et
lui confia son embarras : qui muter à la place de...?

« Morel, monsieur, conseilla impérieusement d'Artagnan.

— Pourquoi pas? Comment dites-vous?

— M...O...R...E...L..., Morel. »

B. D. B. nota sur son papier vert.

« Merci, Fauchier-Delmas. Bonsoir! »

Quel coup de maître! D'Artagnan se crut tout ensemble Machiavel et Mazarin.

Quand le concierge entra dans la classe et remit une note verte à M. Plâtrier, tous les élèves, suivant la tradition, firent « pch pch pch... » — tous sauf Alain qui s'écria, triomphal, à l'adresse des Mousquetaires : « Vous allez voir! » Mais, Nimbus ayant relevé la tête impatiemment, la rumeur cessa net et le « Vous allez voir! » résonna aux quatre coins de la classe.

On vit, en effet. On vit Morel revenir de chez B. D. B., lancer, du seuil même, un regard de haine vers Alain et s'avancer jusqu'à la chaire :

« Je m'excuse, monsieur, je dois quitter cette classe.

— Mais...

— Je suis versé de Seconde A 3 en Seconde A 2.

— Ah! dit Nimbus, j'en suis désolé pour vos camarades. (Il y eut des rires : personne n'aimait Morel.) Mais, pour moi, je vous retrouverai car j'enseigne aussi le latin en Seconde A 2.

— Merci bien, monsieur, fit Morel en se tournant vers Alain, mais mes camarades et moi, nous nous retrouverons aussi! »

Il monta prendre ses affaires et sortit. M. Plâtrier parcourut d'un regard désolé cette classe où chaque jour creusait un vide. Il agita enfin avec impatience ses belles mains aux longs doigts blancs :

« Regroupez-vous! c'est trop triste ainsi... Allons! »

Sans joie, les Sommeilleux descendirent d'un rang; sauf Cayrolle dont c'était, depuis cinq ans, la place haute, et Couderc qui avait déjà sculpté dans la table les contours de son transatlantique à trois cheminées. Mais Duquesnoy le Simple transporta plus bas sa solitude et Mollard l'oreiller de ses bras. *Gros Genoux* se rua vers une place libre dont il rêvait depuis le 2 octobre : près de Darseval Henry (avec un y) qui était d'« Action Française » et portait cravate blanche de chasseur, fleur de lys à la boutonnière, un espoir de moustaches légèrement tombantes à la manière de Mgr le Comte de Paris, une lourde chevalière à sa maigre main gauche et des bottes le samedi. L'ensemble en imposait à *Gros Genoux*. *Brèche-Dent,* lui, s'assit à côté de Vigerie, le nègre, mais uniquement pour se trouver plus près du radiateur. Seul, Fieschi ne bougea pas.

« Et vous ? lui dit M. Plâtrier. Tenez, il y a une place vide deux rangs plus bas... »

C'était celle de Pascal Delange, entre Alain et François. Instinctivement, les trois Mousquetaires se resserrèrent pour fermer cette blessure ; ils effaçaient la place vide, chassaient le cher fantôme : eux seuls avaient le droit.

Fieschi s'assit donc à la gauche de François. « Il prend tout de même la place de Pascal », pensait Athos avec colère, quand il crut entendre l'intrus murmurer : « Pardon ! » Il le regarda avec surprise : pour une fois les lèvres luisantes, les yeux marrons ne riaient pas.

Quand roula le tambour :

« Tu viens de commettre trois erreurs, Delmas, dit Fieschi, se tournant vers Alain.

— Personne ne te demande rien !

— La première, d'éloigner Morel : il faut toujours garder ses ennemis sous la main. La seconde, de lui laisser savoir que c'était toi. La troisième... mais personne ne me demande rien ! » ajouta-t-il en se levant.

« La troisième, pensa d'Artagnan en un éclair, c'est de ne pas m'être plutôt débarrassé de ce type-là ! »

« D'ailleurs tu as sûrement deviné », acheva ce type-là sans même se retourner.

*

La Seconde A 2 ressemble à toutes les classes du lycée. Elle a son clan de banlieusards, son nègre, son fils de prof, son royaliste, son juif, son fort-en-thème sournois, ses maigres, son obèse, ses deux fils de docteur ennemis, ses Sommeilleux, etc. Il ne lui manquait qu'une âme : l'arrivée de Morel lui en donna une, mais damnée. Tout ce que la présence d'Alain

Fauchier-Delmas lui barrait depuis des années, le garçon put enfin y prétendre : chef de clan, donneur de surnoms, grand maître du désordre, tourmenteur des prof opprimés, persécuteur des faibles — ayez pitié de nous! Et puis une force irrésistible l'anime à présent : la haine d'Alain et des élèves de Seconde A 3. D'ailleurs, tout va servir sa vengeance. Ainsi, son ancienne salle de classe se trouve dans le vieux bâtiment, et la Seconde A 2 loge dans le bâtiment neuf. Les classes d'un même bâtiment s'ignorent, vivent sur soi, mais savent qu'elles existent ensemble; leur amitié est celle, aveugle et sourde, des briques d'un même mur. Tandis que le bâtiment neuf et le vieux se méprisent et se détestent. Le vieux regarde l'autre vieillir déjà, tandis que le neuf le regarde vieillir encore. Les moindres fissures, éraflures, affaissements, déplacements d'ardoises sont épiés de part et d'autre par cent fenêtres malveillantes. Les deux corps de bâtiment sont alignés en bataille — « Tirez les premiers, messieurs les Anglois! » — séparés par la cour dont l'arbre unique les adjure, de ses branches désolées.

Morel, déserteur sur ordre, traverse le champ de bataille et rejoint le bâtiment ennemi.

Maintenant, jour après jour, les deux classes vont « se charger » d'électricité opposée. Aucun des élèves ne s'en rend compte. Seul le pourrait Bigloteux que M. Gautreau vient d'initier aux mystères de l'électricité et à ceux de l'optique, pourtant réservés à la classe de Première.

Il est entré, Bigloteux, au Pays des Merveilles : dans le monde enchanté des miroirs courbes, des prismes, des lentilles, des écrans. En ce moment même, tandis que les autres perdent leur temps en récréation, il a rejoint M. Gautreau dans « la sacristie ». Ils ont tiré les volets pour réaliser une expérience inouïe : une bougie allumée, si vous la regardez à travers une loupe, paraît plus grande! Mais bientôt Bigloteux pénétra, tremblant, dans les champs magnétiques, désert hanté de forces invisibles qui affolent la limaille de fer comme le vent fait le sable. M. Gautreau lui présente ses dieux : Archimède, Galilée, Torricelli, et ses génies familiers : l'erg, la dyne, le joule, le watt. Bigloteux apprend à peser chacun de ses gestes : il vit en kilogrammètres et, chaque fois qu'il monte un escalier, vérifie au moins sept principes immortels. Son bras est un levier, son œil un appareil d'optique, son cœur une pompe de Pascal : il devient un musée vivant... Pour le disciple, M. Gautreau démonte l'autoclave, le microphone, l'appareil de télégraphie Morse — manipulations que les règlements de 1912 interdisent formellement. Il met à nu la pile de Volta : Bigloteux en observe les deux lames ennemies, zinc et cuivre. Il ne sait pas que l'une est la Seconde A 2 et l'autre la Seconde A 3, sa propre classe...

C'est Morel qui déclare la guerre, indirectement, lâchement : il donne l'ordre de chahuter Nimbus qui, depuis l'épisode Cayrolle, était tabou. Le vendredi 27 octobre au matin, M. Plâtrier entre en Seconde A 2 s'installe et se mouche[1]. Mais tous les élèves ont sorti leur mouchoir en même temps que lui. Est-ce une coïncidence ? Certes, il fait froid : ils peuvent être enrhumés. Quoi, tous ? A moins que ces petits « trublions »... M. Plâtrier, gêné, replie son mouchoir hâtivement et le remet dans une poche autre que celle où il l'a pris. Il sent sa tête lourde, il est malheureux, la journée commence bien mal.

Un des A 2 se vante du *coup des mouchoirs* à un A 3 qui le raconte à d'Artagnan. « Voici la guerre déclarée ! » pense avec joie le chef de guerre.

Représailles immédiates : on va jouer à « Morel partout », jeu récemment créé par François Voisin. Alain délègue les plus hardis à faire des idioties sous les yeux mêmes (si myopes) de B. D. B. Et c'est, chaque fois, la même issue :

« Hep, là-bas ! Je vous apprendrai à faire l'imbécile, moi ! Votre nom ?

— (Penaud) : Morel, monsieur. (Épelant) : M...O...R... E...L... Seconde A 2.

— Encore ? Vous irez en retenue. Bonsoir ! »

Morel attrape dix heures de retenue pour le jeudi suivant, flaire l'intrigue et va confier son écœurement à M. Marion, l'autre surveillant général; le lui confier en hurlant, d'ailleurs, car M. Marion a l'oreille aussi dure que son collègue Chotard (qu'il déteste) a la vue basse. Le cheveu blanc, le sourcil noir

1. Voir page 2.

et la moustache rousse de tabac, M. Marion se coiffe d'un
chapeau mou foncé, uniquement parce que B. D. B., lui,
porte un melon. « Bon, Chotard devient gâteux! » pense-t-il
en écoutant Morel, et il va expliquer à son collègue qu'on
l'a mystifié et que le garçon est innocent. B. D. B. n'en démord
point : Morel fait ses heures de retenue; mais M. Marion
le protégera désormais.

Chaque bande jouit donc à présent d'un Sire haut-pro-
tecteur; elle va pouvoir aussi en appeler à l'opinion publique,
car Jean-Jacques Hardrier lance *Taches d'encre,* journal artis-
tique et littéraire polycopié à l'encre violette et qui se vend
douze sous chaque mercredi. Mais bientôt la Seconde A 2
édite *Le Soleil,* qui paraît le mardi à cinquante centimes; et
des papillons collés sur les murs du lycée affirment que « Le
soleil fait sécher les taches d'encre »...

Puis c'est la guerre des poètes : chaque classe entretient
les siens et les pamphlets circulent. « Brute » y rime avec
« insulte » et « Seconde A 3 » avec « encor plus bêtes qu'on
ne croit ».

Les accusations les plus atroces se répandent : *« Brèche-
Dent* et *Gros Genoux* s'enferment ensemble dans les cabinets! »
Ou, à l'inverse : « Morel est un cochon : il mange ses crottes
de nez, on l'a vu! » Mollard découvre que le père d'un des
A 2 est bedeau à Sainte-Marie des Batignolles; on en ferait
des gorges chaudes, si l'un des lieutenants de Morel ne révé-
lait qu'un A 3 a pour mère la « Dame pipi » de l'Olympia.
Coup nul! On se rabat sur la guerre de 14-18 : les A 3 se
glorifient de compter parmi eux le fils de l'officier d'artillerie
qui identifia l'emplacement de la grosse *Bertha* qui tirait
sur Paris. Hélas! le père d'un des A 2 était aide de camp
du maréchal Foch...

Ces escarmouches prennent place durant les cours facul-
tatifs d'histoire de l'art, qui réunissent A 2 et A 3 dans une
même salle où l'on fait le noir pour projeter des vues de
tableaux célèbres.

On entend un tumulte sourd, des chutes de corps; Mollard
les salue de ses plaisanteries familières : « Descendez, on
vous demande! » ou « Faites chauffer la colle! » On se hait

ferme dans la nuit; on s'insulte à voix basse et les papiers injurieux circulent sous les tables. Le cri de guerre des A 3 est « A mort Morel! »; celui des A 2, dirigé contre Alain, est un grossier jeu de mots sur son nom, Fauchier-Delmas. Il enrage d'Artagnan :

« Tu me demandes pourquoi je suis bagarreur, confie-t-il à François. Si tu portais, comme moi, un nom qui prête aux plaisanteries, tu le serais devenu, toi aussi! »

Et, lâchement, Athos se réjouit de s'appeler simplement Voisin.

Cependant, le professeur d'histoire de l'art continue à s'extasier dans l'obscurité, sans prêter l'oreille aux murmures suspects qui montent du troupeau noir.

« Regardez-moi le modelé de ce visage... (Ta gueule, eh, Chinois!) Ce clair-obscur est tout le secret de Rembrandt... (Mon père vaut bien le tien : il était à Verdun!) Remarquez, tout en bas de ce Botticelli, ces angelots, ces ravissants petits « culs nus »... (Si tu me piques encore les fesses, je te tords le bras!) Je regrette que vous ne puissiez voir les roux et les jaunes somptueux de ce Rubens... (Tiens! Aïe! sale brute!) C'est ce même sourire que vous retrouverez toujours chez Léonard de Vinci... *(Avisavolavez Mavoravel! Favaites pave-saver!* — C'est Alain qui donne ses ordres en *javanais* pour ne pas être compris des A 2 : « Isolez Morel! Faites passer!... »)

On fait passer : les A 3 isoleront Morel, hagard et fuyant à la sortie du cours d'histoire de l'art — tous sauf Bigloteux qui se moque bien de Rubens, de Botticelli et de Léonard! autant que de Morel et des frères ennemis!

Il a rejoint M. Gautreau dans la « sacristie », dans cette pile de Volta qui, à leur insu, se charge si dangereusement là-bas, au fond d'un autre bâtiment... Ils s'exaltent en commun sur le premier Congrès international des électriciens à Chicago (1893) dont M. Gautreau possède une gravure où l'on dénombrerait soixante-sept barbes. Ah! Bigloteux donnerait bien cinq ans de sa vie pour y avoir assisté, là, entre le téléphone de M. Graham Bell et le kinétoscope de M. Edison.

Puis M. Gautreau épilogue sur la catastrophe du ballon

PAX (12 mai 1902) où le pionnier de l'air Sévero et son méca-
nicien trouvèrent la mort, et sur celle du dirigeable de Brad-
sky due, comme on sait, à l'absence de ballonnet. M. Gautreau
ne dissimule pas au disciple que, pour l'instant, l'aviation
semble prendre le pas sur les aéronefs à nacelle — mais on
en reviendra! De même, l'usage des ascenseurs électriques
se répand, certes; mais enfin ils sont conçus suivant un prin-
cipe tellement moins ingénieux que les appareils hydrauliques
que ceux-ci l'emporteront de nouveau. « Forcément! Allez
donc dessiner au tableau un ascenseur électrique! Vous voyez
bien? » Il voit bien, Bigloteux.

A 2 et A 3 ne se retrouvent pas seulement en histoire de
l'art; la gymnastique aussi est commune aux deux classes.

Le jour de la Rentrée, n'importe quel Nouveau aurait
reconnu le prof de gym parmi les autres : ni lunettes sur
la figure, ni poil d'aucune sorte; pas de serviette, pas de
chapeau. Son front bas, son air malheureux; cette considération un peu méprisante des autres pour sa carrure, et leur
peur, en lui tendant la main, qu'il ne la broie sans le vouloir :
tout le désigne. Ses livres, ce sont les espadrilles; sa plume,
un sifflet; son Cicéron, c'est Georges Carpentier et ses équa-
tions, les agrès. Parfois, durant les matches de basket-ball,
un vieux monsieur chauve et voûté vient lui rendre visite.
Il respire péniblement et, lorsqu'il tousse, on a vite fait le
tour de sa poitrine creuse. Cet homme consumé, dont les
yeux fixes ne cessent de contempler sa mort prochaine, est
l'ancien prof de gym; et quelques-uns, dont François
Voisin, pensent que la culture physique n'est peut-être pas
aussi profitable qu'on le dit. Ils attendent sournoisement le
jour où Cayrolle et quelques autres brutes se videront, à
force de gym, deviendront creux et fragiles comme le vieux
prof...

Pour la gymnastique, certains élèves chaussent des espadrilles et mettent de vieux maillots qui déteignent sous les
bras. Ça crie, ça sent la sueur, le prof commande et siffle :
pour François c'est déjà le service militaire; chaque fois, il
pense à la caserne et frémit. « Du temps de Pascal, ce n'était
pourtant pas ça, la gym! D'ailleurs, du temps de Pascal... »

François rêve. Il se fait rappeler à l'ordre. L'ordre, c'est le contraire du rêve.

D'Artagnan, assisté de Porthos-Hardrier, observe les A 2 et prend des notes : jarrets, biceps, souffle et audace sont catalogués, comparés à ceux des A 3.

« Regarde Voisin, dit Hardrier, il est nul : on ne peut pas compter sur lui.

— Tu ne l'as jamais vu en colère, mon vieux ! Il étranglerait un taureau, Cayrolle en personne !

— Et Mollard ? contre qui peut-on...

— Bouboule ? mais contre *Fatty,* bien sûr ! » (C'est l'obèse des A 2.)

Ainsi attribuent-ils à chacun un frère ennemi, un seul adversaire à mettre hors de combat si les trente A 2 et les trente A 3 en viennent aux mains. Alain veut opposer le nègre au nègre, le juif au juif, etc. C'est la grande idée du Règne, mais Rouquinoff ne partage pas cet avis :

« Un fils de docteur s'entendra forcément avec un fils de docteur !

— Au contraire ! Il a parlé de l'autre à son père qui a dit : « Connais pas. » Ça suffit. « Le fils d'un type que mon père « ne connaît même pas... »

— En tout cas, Darseval ne se battra pas contre l'autre royaliste !

— Je te parie cent millions que si ! Il y en a un qui est pour le Comte de Paris, et le second pour je ne sais quel autre prétendant.

— Et Bigloteux ?

— Bigloteux veut être prof de physique; chez les A 2, Girardot veut être prof de français. Tiens, regarde-les aux barres parallèles, avec leurs lunettes, leurs bottines, leur chaîne de montre à la boutonnière : pareils !

— Justement ! Ils n'ont aucune raison de se bagarrer.

— Si ! Sciences et Lettres : Gautreau considère Nimbus comme un fossile, et Nimbus pense que l'autre n'est qu'une espèce de prestidigitateur. »

Bigloteux reçoit donc la consigne de haïr Girardot et, le cas échéant... — Mais Bigloteux s'en moque bien ! Il ne songe qu'à aimer, au contraire, aimer M. Gautreau. Pour lui ressembler davantage, il a cessé de raser le duvet de sa lèvre supérieure et remplacé ses lunettes par des lorgnons. A quoi bon ces cercles d'écaille, ces branches qui rejoignent les oreilles, alors qu'un seul point d'appui sur le nez suffit? Les lorgnons sont, *scientifiquement parlant,* plus satisfaisants. Ses camarades peuvent rire et les A 2 le surnommer « Gautrineau », il portera des lorgnons comme M. Gautreau.

Après les escarmouches, la guérilla... Un mercredi matin, dans le train de Bois-Colombes, des banlieusards A 2 attaquent des banlieusards A 3. Ils se poursuivent de wagon en wagon, en passant par les marchepieds, comme dans les films américains qu'on voit au « Parisiana ». Ils sont ivres de vent, de vitesse, de danger. Les carrières de Bécon, c'est le grand cañon du Colorado; la Seine à Gennevilliers, c'est le Mississippi. On se tient d'une seule main en passant sur le vide, on appelle à l'aide dans le fracas des grands ponts métalliques : on est Buffalo Bill, Nick Carter, le chevalier d'Assas! « Un cheval! qu'on me donne un cheval et je course le train sur la route! Whoopee! Hiou-hou!... » Mais le train entre en gare Saint-Lazare et les garçons, dégrisés, prennent sagement côte à côte, le chemin du lycée. N'empêche qu'une fois de plus ce sont les A 2 qui ont attaqué!

Pour se venger, A 3 organise une « razzia » dans leur salle de classe. D'Artagnan en prévoit minutieusement les itinéraires. Les types du premier banc passeront par le réfectoire, l'escalier de l'économe, le couloir de l'infirmerie, le corridor des Grands; les types du deuxième rang, etc. On se retrouve vingt et un seulement au seuil de la classe A 2 : l'une des équipes s'est heurtée à l'économe qui les a regardés de son œil de verre sous ses faux sourcils, la bouche entrouverte d'étonnement sur ses fausses dents. L'économe ne rencontre *jamais* d'élèves : c'est son droit, c'est son luxe. Il est très choqué, il va parler (a-t-il une vraie voix?), mais déjà s'enfuient les garçons avec un vague « On s'était perdu, monsieur! » et des rires. Cependant, les vingt et un rescapés font du bon travail en A 2. Tous les livres, cahiers et tapis *sous-culs* sont changés de place, minutieusement; les bérets, les manteaux accrochés à d'autres patères; les cartes et tableaux muraux intervertis; la chaire déplacée — à peine! mais de quoi mettre le prof mal à l'aise pendant toute la classe; tous les bâtons de craie supprimés, sauf les verts. Ils laissent une salle intacte en apparence mais minée jusqu'au plancher.

Les A 3 se retirent sur la pointe des pieds, retournent en récréation et considèrent avec une jubilation un peu trop marquée ces crétins d'A 2 qui, dans cinq minutes, se battront entre eux : « Mon béret, salaud! Rends-moi mes bouquins! », etc. Bigloteux n'a pas pris part à l'expédition : il réalise avec M. Gautreau, dans le calme de la « sacristie », l'expérience des vases communiquants. Le liquide orangé se rue d'un tube dans l'autre puis reflue vers le premier : d'A 2 en A 3. « Préviens donc tes amis, Bigloteux ! »

Deux jours plus tard, le piquet de garde, que prudemment Alain consigne en classe à chaque récréation, est débordé, renversé par la meute A 2 qui va réaliser l'invasion haineusement mise au point par Morel. Les encriers sont renversés, les tables tailladées, les livres hachurés, les cahiers éventrés, les manteaux empilés sur la chaire, les bérets suspendus aux plafonniers, les cartes murales étalées comme tapis et vingt-deux boules puantes écrasées ici et là. Leur coup fait, les sauterelles A 2 s'envolent non sans avoir, ignoble trahison qui va introduire les Grandes Personnes dans l'affaire, barré la porte à clef derrière eux. Le tambour roule. L'essaim des A 3 bourdonne devant sa ruche fermée. Survient M. Jacob, professeur de géographie : « Gu'est-ze qui ze baze? » Il s'escrime contre la serrure, envoie chercher B. D. B. qui envoie chercher le concierge — pch pch pch — qui envoie chercher le serrurier.

Enfin! Entrez donc maintenant! — mais les garçons s'arrêtent interdits au seuil du lieu profané. M. Jacob s'avance seul, piétinant les cartes murales : un pas sur les moussons, un autre sur les courants marins, un sur les zones volcaniques, un sur les neiges éternelles, et le voici devant le tableau noir. Mais là, les lorgnons lui tombent de fureur, car on a écrit,

avec des craies de toutes les couleurs et en respectant son
accent, ces formules dont il rebat les oreilles de ses élèves
depuis trente ans :

> JAVA, BERLE DE L'INZULINDE !
> VIENNE, REMBART DE L'OCZIDENT,
> ZIDADELLE DE LA GHRÉDIENDÉ !
> LA HONGRIE, BOULEVARD DE L'EUROBE ! etc.

B. D. B. interroge en vain; personne n'a rien vu : tout le
monde était en récréation. Gros Genoux, Brèche-Dent et
les deux autres, qui formaient le piquet de garde, ne desserrent
pas les dents. Ils entendent encore la voix jaune de Morel :
« ... et si vous parlez, on vous tue! » Ils n'y croient pas, bien
sûr, mais tout de même.

Les A 2 sont des félons qui ont immiscé les prof dans la
petite guerre. La consigne est désormais de les ignorer.
En classe d'histoire de l'art, ils débitent leurs injures habituelles dans l'obscurité; aucune voix ne leur répond et, quand
on ouvre les rideaux noirs, une phrase se trouve inscrite au
tableau :

> « SEUL LE SILENCE EST GRAND... »
>
> VIGNY (A 3)

La trêve s'établit, mais la pile de Volta se charge toujours.
Pour tout déchaîner, il suffira de peu de chose : d'un de ces
corps étrangers dont M. Gautreau, entre autres mystères,
révèle à Bigloteux l'existence et qui, dans les expériences
de chimie, provoquent avec indifférence des phénomènes
qui les dépassent : il suffira d'un « catalyseur ».

Dans l'expérience A 2-A 3 le catalyseur sera *Barberousse*.
C'est un pion du lycée, haut et lourd comme une statue et
dont la barbe est sauvage. *Barbe-à-poux* étant déjà pris, on l'a
surnommé *Barberousse*. C'est un personnage essentiel : par
son allure et son vêtement, il fait le lien entre les pions d'autrefois, ceux du temps des pères, et les pions d'aujourd'hui.

Il existe ainsi des acteurs, des agents de police, des nounous, des boutiques qui font la transition entre les générations. Dieu merci! Sans ces témoins, on ne s'y reconnaîtrait plus.

Barberousse est *le* pion de transition. Personne, au lycée, ne sait son vrai nom, mais tous connaissent son prénom : Léonard. Pour la Saint-Léonard (6 novembre), les classes lui offrent chacune, par dérision, un de ces rubans de coutil blanc qui lui servent de cravate et qu'on ne trouve plus que dans une « chemiserie de transition », passage du Havre. Barberousse vit solitaire avec son chien. Le chien l'accompagne au lycée et repart seul. Quand il se sent fatigué, le chien saute dans un tramway dont il connaît le receveur, et Barberousse donne vingt francs par an au receveur pour payer les trajets de son chien. Vigerie le nègre, qui adore les bêtes, a trouvé dans un livre que le chien de Barberousse était d'une race très rare : *alpina marmorea species* — en fait un affreux mais tendre bâtard.

Le 5 novembre au matin Vigerie qui le guettait avec un os dans sa poche voit Barberousse arriver seul :

« Votre chien, monsieur ?

— Il est mort... cette nuit... je... »

Le grand homme noir se détourne brusquement; il est si haut que personne ne le verra pleurer dans sa barbe.

Le chien de Barberousse est mort! D'Artagnan charge Vigerie de faire passer la consigne : cette année, pas de plaisanterie, pas de cravate.

« Si! répond Morel, mais une cravate noire en signe de deuil. »

Gris de fureur, Vigerie le nègre rapporte à d'Artagnan la réponse ennemie. Alain marche de long en large et prend conseil des Anciens. Il va enfin trouver Morel et lui propose un duel singulier :

« Si tu me bats, tu feras ce que tu voudras. Mais si c'est moi qui te flanque la pile, pas de cravate noire!

— Les chefs ne se battent pas, répond lâchement Morel. Désigne plutôt un de tes types et je désignerai un des miens. »

Discussion sans issue : à chaque nom, Morel oppose un

garçon qui n'est pas de la même catégorie. On se met enfin d'accord sur un duel singulier entre Mollard dit Bouboule et Fatty, qui est le Mollard des A 2.

Le combat prend place le lendemain, pendant la récréation du matin, dans le gymnase désert à cette heure. Mollard adopte la tactique *avalanche :* il se laisse crouler sur l'autre et demeure là. Mais comment étouffer Fatty? Lui, joue les méduses : se laisse flotter. Combat monotone, incertain que suivent soixante paires d'yeux — non! cinquante-neuf, car Bigloteux n'est pas ici, naturellement. Le temps passe; les deux gros halètent comme des locomotives : dans le gymnase froid, de grands jets de vapeur sortent de leur masse confuse. Ça traîne, ça traîne, tout ça! Les garçons regardent l'heure à leur poignet; Fauchier-Delmas fait tourner son couteau à bout de chaîne comme un chien fou; Hardrier a sorti ses clefs et les manipule. Et soudain, du nouveau! Fatty, coiffé en brosse, s'aperçoit que Bouboule porte ses cheveux longs et il les saisit à pleines mains — Aïe !

« Déloyal ! crie d'Artagnan, lâche-le !

— Tous les coups sont permis, répond Morel, tiens bon ! »

Oh ! parole imprudente ! Il voudrait bien la reprendre, Morel — mais trop tard ! Sur un seul signe d'Alain les A 3 ont bondi *chacun sur son A 2...*

En ce même instant, loin du gymnase, M. Gautreau rajuste ses lorgnons et dit à Bigloteux :

« Bon ! la pile est assez chargée à présent. Regardez bien cette expérience : court-circuit avec chaîne d'éclatements de proche en proche... »

Il branche on ne sait quelle batterie sur la pile de Volta, et voici que crépitent les étincelles avec un bruit de chat en colère. Suite sauvage, dialogue strident, tout un potentiel accumulé qui se décharge, mais progressivement, *en se retenant,* comme font ceux-là qui savent haïr. Bigloteux a reculé d'un pas : il contemple, stupide, ces pôles ennemis.

Pourtant, la véritable expérience, « court-circuit avec chaîne d'éclatements », ce n'est pas sur une table de « la sacristie » qu'elle se joue, mais dans la sciure du gymnase. Bouboule et Fatty n'y sont plus qu'un couple de lutteurs parmi trente

autres. Vigerie et le nègre A 2, Keim et l'autre juif, Darseval
et le partisan des Bourbons ont roulé sur le sol spongieux.
Cayrolle inflige une correction spectaculaire à un autre Toulousain qui s'est permis, aux cabinets, de chanter comme lui
l'air de Figaro, mais en restant plus longtemps sur le « Ah!
laissez-moi res... (cinq secondes) ...pirer! » Figaro A 2 la
paie cher, cette seconde de plus! Lévêque étrangle le fort-en-
thème de l'autre classe qui l'a battu l'an dernier au palmarès
général, et Jean-Jacques Hardrier arrache ses guêtres à un
prétentieux d'A 2 qui ose en porter aussi. François Voisin
roule dans la sciure son frère ennemi, mais s'aperçoit qu'il
porte aussi un épi rebelle dans les cheveux et se sent tout
attendri. Sa colère tombe; l'autre en profite. « Ah! salaud! »
Athos se réveille... Couderc a trouvé en A 2 un autre fils
de prof dont le père est mieux noté que le sien, et il rétablit
la balance à grands coups de poing dans la figure de l'autre.
Les Sommeilleux des deux camps se battent mollement;
mais il y a, dans le coin des agrès, une mêlée de maigres
horrible à voir : un vrai jeu de jonchets... Alain Fauchier-
Delmas poursuit Morel qui se dérobe en affirmant que les
centurions ne se battaient jamais. Mais d'Artagnan se moque
bien du « Senatus Populusque Romanus » et des centurions!
Depuis des mois il attend l'occasion de rosser l'autre. Il le
rejoint, ils roulent dans la sciure et Morel en avale. Ce n'est
plus le gymnase, c'est le cirque où s'affrontent les gladiateurs
dans un grand halètement, un sourd murmure d'injures, un
martèlement de chutes qu'amortit le sol mou.

Cirque vide, sans un spectateur. Si! l'un des A 2 erre
d'un couple à l'autre, sans ennemi : c'est Girardot, l'anti-
Bigloteux. Morel, qui faiblit, l'appelle à la rescousse; il se
jette sur Alain, qui ploie à son tour sous le poids des deux,
qui va succomber, qui... Mais voici du neuf!

Fieschi a tout vu. Laissant son ennemi à demi assommé,
il grimpe à la corde lisse, décroche les anneaux, en ligote
le malheureux A 2 et vole au secours d'Alain.

« Prends Girardot si tu veux, lui crie d'Artagnan furieux,
mais laisse-moi Morel ! »

Devoir sa victoire à Fieschi? Jamais il ne le lui pardon-

nera... A ce moment, la porte s'ouvre et les deux surveillants
généraux paraissent ensemble sur le seuil.

« Naturellement, encore *votre* Morel ! dit B. D. B. à
M. Marion.

— Comment ?

— Je dis (criant presque) : c'est encore *votre* Morel !

— Mon quoi ?

— Peux pas crier plus fort ! quand on entend aussi mal...

— J'entends mieux que vous ne voyez ! interrompt M. Marion que la méchanceté de l'autre a miraculeusement guéri.

— Quoi ! vous osez... »

B. D. B. prononce des paroles que son collègue, qui ne
les entend pas, prend pour des insultes ; M. Marion fait de
vagues gestes que l'autre, qui les voit mal, prend pour des
menaces. Douze ans de hargne et de jalousie aboutissent à
cet instant : les deux surveillants généraux vont en venir
aux mains. Bigloteux peut être satisfait : l'expérience dépasse
les bornes prévues. Tout à l'heure le lycée entier, divisé en
deux camps, sera-t-il le champ d'une immense bataille ? Prof
de lettres contre prof de sciences, économe contre concierge,
le bâtiment neuf contre l'ancien... « Court-circuit avec défla-
gration générale » !

« Arrêtez ! Arrêtez ! » glapit une voix aiguë.

C'est le censeur qui pénètre à son tour dans l'arène. Les
deux surveillants généraux obéissent aussitôt ; mais A 2 et
A 3 considèrent un instant le petit homme à l'immense couvre-
chef et reprennent la lutte. « Au point où nous en sommes... »

Mais voici qu'ils s'immobilisent, pétrifiés : pour la première
fois de mémoire d'élève, le censeur a retiré son chapeau
melon. Il l'agite dans l'air parmi les lutteurs, comme pour
chasser des mouches ; et les garçons interdits se dispersent
en effet, docilement, ne pouvant détacher leurs regards de
la tête du censeur. Car la coiffure démesurée, qu'il n'a pas
retirée en public depuis vingt ans, ne cachait *rien* ! Rien :
le chapeau du petit homme repose sur un crâne plat, inexis-
tant, monstrueux d'absence...

Devant ces garçons penauds dont les bras pendent, encore
remplis des fourmis de la haine, le censeur repose son chapeau

sur le désolant plateau de sa tête et prononce son verditc :
huit heures de retenue collective à tous les A 2, à tous les A 3.

N'importe! ils sont largement vengés. A six mois de sa
retraite, leur bourreau vient de perdre le fruit de vingt années
de précautions. Demain, tout le lycée saura que le censeur
n'a pas de crâne.

V

LA PREMIÈRE NEIGE, MIMOSA DES MORTS...

CEUX qui, toute la semaine, ont bouleversé le lycée, y retournent en enfants prodigues, le jeudi matin. Ils y trouvent le silence et le calme un peu hautain d'un cercle : c'est le club des mauvais élèves. On est venu de son pas du jeudi, on arrive un peu en retard. Le concierge fume la pipe derrière sa porte vitrée. On le salue; et lui qui, tous les autres jours, ignore ou confond les élèves, il vous répond d'un coup d'œil et d'une bouffée de fumée bleue : pch... On rejoint la salle de retenue. « Bonjour, vieux! » On a presque envie d'ajouter : « Je ne suis pas le dernier, au moins? » comme s'il s'agissait d'un dîner en ville. D'ailleurs, le pion fait l'appel avec le souci souriant d'une maîtresse de maison qui place son monde à table. Et puis le temps, différent de celui des autres jours, commence à couler; la salle de retenue est un sablier dans le désert du lycée.

Hier, les professeurs ont prescrit un devoir; personne, ce matin, n'y travaille; demain personne ne le réclamera, c'est la tradition. Aussi chacun fait-il ce qui lui plaît, et c'est le seul jour où les cancres lisent Hugo ou Racine pour leur plaisir et pressentent amèrement la joie des bons élèves. Ici, au moins, on sent passer le temps; un jeudi sans *colle,* c'est, pour beaucoup, un jour perdu.

Tous les A 3 se retrouvaient en retenue collective; et ce jeudi-là leur eût semblé un jour ordinaire, si on ne les avait pas consignés dans une autre classe que la leur, et si tous les visages (sauf celui de Bigloteux) n'avaient été tuméfiés,

sanguinolents ou tout croûteux encore du grand combat
récent. Mollard dormait, Darseval recopiait des tracts royalistes, Vigerie mâchait du papier; Couderc, avec un beau
désintéressement d'artiste, sculptait cette table de passage;
Cayrolle regardait les Pieds nickelés en même temps que
Duquesnoy, qui n'atteignait jamais la moitié de la page avant
que le gros Max la tournât; les autres lisaient; seul Lévêque
grattait du papier et remontait ses lunettes toutes les minutes :
lui seul faisait le devoir de retenue.

   François Voisin quitta son livre et considéra Fauchier-
Delmas d'un œil neuf, celui du jeudi. D'Artagnan peignait
scrupuleusement des marquises vénitiennes masquées et
coiffées du tricorne sur un fond de canal et de gondoles.
C'est tout ce qu'il savait dessiner, mais cela, il le faisait bien.
« Il m'énerve et je l'admire, pensa François. Du temps de
Pascal, m'énervait-il déjà? Mais pourquoi Fauchier-Delmas
m'a-t-il choisi comme ami? Un jour, en Cinquième, il m'a
défendu contre Cayrolle qui m'écrasait; et, au fond, il m'en a
été reconnaissant : le monde à l'envers! C'est comme Hardrier... Quel intérêt puis-je bien présenter pour Hardrier? »
(Mais il ne s'était jamais demandé quel intérêt Pascal pouvait trouver en lui...) Il se tourna vers Rouquinoff, qui lisait
un roman en se servant trop visiblement, pour signet, d'une
enveloppe écrite par une femme et qui embaumait. « Hardrier,
je l'admire. Il sait tout, comme Pascal... Hardrier, c'est quelqu'un; moi, qu'est-ce que je suis? On sait tout de moi : je ne
cache rien — rien à cacher, surtout! Tandis qu'Hardrier...
Mais Pascal non plus ne cachait rien. Ou peut-être n'ai-je
rien compris à Pascal! » pensa-t-il avec angoisse. Et soudain,
il aperçut, sur la manche du veston d'Hardrier, un long cheveu
blond qui lui parut s'étirer complaisamment comme un corps
nu. « Un cheveu de sa sœur », se dit-il sans y croire. Il pensait
à cet indomptable.épi dans sa propre chevelure, devenu pour
lui le symbole même de son enfance : « Jamais je ne serai
un homme, comme eux! » Il se demandait s'il était encore
un enfant, preuve qu'il ne l'était plus... Pour l'instant, il
avait *besoin* que ce cheveu blond appartînt à la sœur d'Hardrier. Mais Jean-Jacques, comme si ce regard eût contraint

le sien, porta les yeux sur sa manche, y aperçut le cheveu d'or et, le prenant entre deux doigts, tira avec lenteur. François vit Hardrier sourire étrangement et le détesta : ce sourire le rejetait, lui, parmi les gosses. « Des gosses? Mais tous en étaient! Suffisait de voir leurs bleus, leurs bosses et leurs estafilades : ce duel avec les A 2 était une gosserie, et Hardrier s'y était battu comme les autres. Alors, qu'il nous fiche bien la paix avec son cheveux blond! »

Rouquinoff parut rêver un instant, puis écrivit quelque chose sur un papier qu'il plia avant de le passer à Fauchier-Delmas. Alain déplia, sourit, ajouta un mot, replia et passa à François Voisin qui, s'étant assuré que Fieschi n'y prêtait pas attention, défit le papier à son tour et lut ceci :

Voulez-vous qu'un jour j'amène une femme à Bételgeuse? (H.)
Et, d'une autre écriture : *Pourquoi pas?* (Deux épées croisées.)

François faillit déchirer le papier. « Les voilà *installés*, à présent! Pascal ne leur manque même plus à Bételgeuse, pensa-t-il amèrement. Une femme... La blonde, sans doute! » En ce moment, il aurait tué Jean-Jacques très volontiers. Il écrivit : *jamais!* signa (l'ancre et le cœur) et fit repasser aux autres.

Pour éviter leur regard, il tourna alors sa tête vers la fenêtre — Dieu! Il neigeait...

Le souffle lui manqua : instants où tout est remis en cause, où le sol se dérobe sous les pieds de l'homme, le ciel sous les ailes de l'avion — un trou d'air. Il murmura :

LA PREMIÈRE NEIGE
MIMOSA DES MORTS...

phrase dite par Pascal, l'hiver dernier : une de ses singulières paroles qu'il n'acceptait jamais de répéter, ni d'expliquer.

Il neigeait : c'était un message, une convocation. Dehors, l'espace, la solitude veuve, la neige libre; dehors, Pascal l'attendait; et lui se trouvait enfermé là, avec tous les autres, pour une sottise! LA PREMIÈRE NEIGE...

Il poussa le coude d'Alain :
« Je sors. Tu seras gentil de...

— Pour cinq minutes ?

— Non. Je m'en vais. »

D'Artagnan se sentit dépassé : désinvolte, mais pas à ce point ! Comme il n'aimait pas ces défaites, il crâna :

« Moi je reste : fait plus chaud ici que dehors !

— Au revoir, dit François sans l'écouter. Tu arrangeras les choses... (Précaution inutile : le pion, *Meunier-Tu dors,* avait déjà sombré dans sa nuit.) Ah ! j'oubliais : où se trouve le cimetière où Delange est enterré ?

— Tu veux...?

— Oui.

— C'est en banlieue, loin, loin... Attends ! »

Alain dessina, avec l'aide d'Hardrier, un plan où figuraient des « chemins boueux », des « grands murs gris », des « montées tristes », etc., mais pas un seul nom de pays ou de rue. François l'empocha sans un mot et sortit. S'il avait, sur son chemin, rencontré un surveillant ou le concierge, que leur aurait-il répondu ? Il ne se le demandait pas ; eux-mêmes ne lui eussent donc rien demandé : un grand dessein secret écarte tout obstacle.

A peine la lourde porte du lycée se fut-elle refermée derrière François, que le jour commença de s'assombrir. « Il était temps ! pensa-t-il malgré lui, on n'attendait donc plus que moi... » Les nues étaient étales et jaunes : une grande inondation de tristesse, et les étoiles s'étaient retirées au fond des eaux du ciel. Haut village déserté, plus rien n'y vivait, plus rien n'en venait, excepté ce message muet : « La première neige, mimosa des morts... » François ferma ses yeux, et les vers suivants lui furent soufflés :

ET CE FROID BAISER
SUR CHAQUE PAUPIÈRE...

Les façades des immeubles s'éclairèrent, les voitures allumèrent leurs lanternes, créant la nuit plus sûrement que ne l'avait fait la seule obscurité. Chacun marchait avec précaution dans cette immense chambre de malade, dans cette ville aux rideaux tirés.

« Ça rappelle l'année de la Comète, dit une marchande de journaux. Demandez *Paris-soir!* Allons bon, qu'est-ce que je raconte? Demandez, voyez, *Paris-midi!* »

Elle-même s'y trompait.

François descendit de métro après un long trajet; le nom de la station où il devait aller était la seule précision que comportât le plan d'Alain. Il s'y trouva aux portes de Paris : une grille et l'on sortait de la ville.

Le premier être humain qu'il rencontra hors de Paris fut un petit homme gris, qui se tenait immobile contre une palissade avec une vingtaine de parapluies à manche rouge à peine moins hauts que lui. François ne s'étonna pas de voir si tôt surgir une énigme : pour lui, la banlieue c'était Hardrier, donc mystère sur mystère. Il s'enfonça dans la banlieue.

Après cinq minutes de marche il était perdu. Des « murs gris », des « montées tristes », il ne trouvait que cela, de toutes parts. La neige, à présent, tombait moins légère, plus *sérieuse* qu'à Paris : une neige de province... François vit qu'elle avait, en un instant, recouvert ses pieds immobiles : soudés à l'hiver, ils faisaient partie du paysage, déjà! Allons, il fallait se secouer, prendre une décision : tourner à gauche, par exemple; ou bien par là... — Oh!

Un enterrement, qu'il n'avait pas entendu venir, s'approchait par là, justement; il lui montrerait le chemin. Le char aux chevaux sombres était suivi d'une armée de tortues blanches, car les personnes du cortège s'abritaient de la neige sous des parapluies. A manche rouge, tous! et François comprit l'utilité du loueur de parapluies. Il prit place modestement à la queue du cortège, là où les gens n'ont plus du tout de chagrin. Il y trouva des voisins passionnément engagés dans une conversation sur la mort : « Au moins, il ne s'est pas vu mourir, n'est-ce pas? — Au fond, c'est une délivrance! — D'ailleurs, quelle mort souhaiter, hein? » Ils ne prirent pas François à témoin. « A mon âge on ne meurt pas », songeat-il amèrement. Alors, le fantôme blond de Pascal prit place à ses côtés et ne le quitta plus.

La neige, ici, s'était levée plus tôt qu'à Paris, et les faîtes des murs, les bancs, les branches se trouvaient déjà tout molletonnés. Comme elle tombait à l'oblique, les troncs étaient couverts de neige sur une moitié, intacts sur l'autre : François cheminait entre l'automne à sa gauche, l'hiver à sa droite.

La mer blanche s'ouvrait devant le lent cortège. On longeait des usines mortes, des maisons abandonnées, des jardins gelés. Au cœur de leurs arbres, la sève montait peut-être encore; ils conservaient leurs gestes de la belle saison, pareils à ces cadavres que l'incendie garde campés dans des postures familières. Les vivants qui passaient, parce que nul ne les entendait venir, il semblait qu'ils cherchassent à se dérober. Était-ce donc tricher que de vivre ici? Ils tournaient au coin des rues, disparaissaient par des portes invisibles dès que vous cessiez de les suivre du regard. La vie, avec ses rires et son haleine fumante et ses grandes claques sur l'épaule, la vie s'était-elle toute réfugiée dans les bistrots aux vitres embuées? *Café-tabac de la Manufacture, Au vrai Saumur, Rendez-vous des pêcheurs...* Tiens, on approchait donc d'un fleuve? On le traversa sur un pont squelettique, ce fleuve qui paraissait un lac tant la vue se perdait vite, amont comme aval, dans un jaune brouillard de neige.

Le hennissement des chevaux tira François d'une rêverie qui tournait à l'engourdissement. Ils semblaient avancer avec peine, mais sans doute n'était-ce qu'avec ennui. François vit la fumée blanche de leur souffle monter loin devant lui : « C'est une locomotive qui tire le cortège! » pensa-t-il. Comme pour le punir de cette pensée profane, une vraie locomotive hurla quelque part sur la gauche. Tout le monde tressaillit et se retourna vers ce train : allait-il les écraser? François vit cinquante faces angoissées et quatre voiles noirs impénétrables. Cela redonna un sujet de conversation au cortège qui, après la mort, le froid et les bottines qui prennent ou ne prennent pas l'eau, commençait d'en manquer. Peu après, ils franchirent ce chemin de fer sur une passerelle de métal rouillé d'où pendaient des lianes. Les pieds des chevaux firent sonner le vide sous eux, et une tristesse définitive s'empara de François. Quelquefois, il avait eu l'impression de

croiser le chemin de la Mort : dans un train arrêté à l'aube
en rase campagne et qui criait pour se faire ouvrir des portes
invisibles ; à la tombée du jour, dans un square où des enfants
pâles restaient seuls. Oui, croisé le chemin de la Mort ; mais,
ce matin, il avait l'impression qu'ils suivaient ce chemin...

Ils parvinrent enfin au cimetière. Les chevaux noirs piéti-
nèrent un peu à l'entrée : cette neige intacte les impression-
nait. François quitta le cortège ; il laissa ces vivants enterrer
leur mort et se donna au sien.

D'un seul caveau, le premier à droite, montait une fumée
vivante ; il frappa à la porte :

« C'est pour un renseignement... »

A force de ne voisiner qu'avec les défunts, le gardien du
cimetière avait fini par leur ressembler : une momie en uniforme.

« ... Damoëns... Debaudie... Delange ! Famille Delange :
avenue C, quatrième allée, caveau 6 ! 6 et 7... »

C'était presque une adresse.

La maison des morts Delange montrait une porte gril-
lagée, des fenêtres étroites, des vitraux crasseux. Elle avait
eu son temps de gloire, de pierres blanches, de plantes fraîches ;
et puis les familles Grenier-Laffont (les Grands Magasins)
et Athanasovitch avaient construit, tout contre, cette chapelle
de marbre rose et ce mausolée russe plus hauts qu'elle. Alors,
elle s'était renfrognée, comme l'aînée dont la cadette se marie,
mise à vieillir d'un seul coup : plantes fanées, chaînes rouillées,
pierres grises.

François jeta un coup d'œil sacrilège à l'intérieur. Quelque
chose d'espagnol en lui espérait-il y trouver des cadavres
tout debout ? Il ne vit que des couronnes effrangées, des
vases pleins d'eau sale. « Et le corps de Pascal serait ici ?
Non, non ! » (La même certitude que le jour de l'enterrement,
devant le coin de la cheminée...) Il allait passer, partir, quand
il se souvint que la momie avait dit : « ... caveau 6 *et* 7 ! »
Il regarda donc à côté de l'affreuse chapelle et vit une simple
pierre basse, doublée de neige. Pas d'inscription lisible ; il
aurait fallu gratter la neige : du bout des doigts, comme un
aveugle, lire lettre par lettre — mais à quoi bon ? François

était tombé à genoux, enserrant cette pierre dans ses bras
étendus, la joue posée contre elle si froide, où, larme après
larme, sa peine faisait son lent chemin du visage à la dalle.
Il pleurait Pascal étendu, Pascal trop maigre dans son costume
bleu (sûrement ils l'avaient revêtu de son costume bleu),
Pascal aux yeux fermés (pourvu, pourvu qu'ils soient restés
fermés!) et le grand rire inhumain de Pascal l'étranger. Au
fond il ne pleurait pas Pascal, mais son cadavre.

Écoutez! Dans un hall de gare lointaine, dans un café
de province où les gens ne se connaissent pas, vous les sentez
pourtant de la même famille : eux, leurs plaisirs, leurs projets,
les rumeurs, les colonnes de fer, le faux col du serveur —
de la même famille, et qui n'est pas la vôtre... Eh bien, la
pierre, la neige, le corps froid, tout ici était de la même famille;
tout sauf François avec ses larmes tièdes et son attendrissement de vivant qui commence à avoir faim.

Il se releva tout d'un coup, *chassé* d'ici : Pascal le mort ne
voulait pas de ces larmes espagnoles. Pleurer un corps? un
décor? — Ah! non. François le comprit soudain, trop tard.
Il partit sans un signe de croix, sans détourner la tête. La
neige, la pierre, le corps froid le regardaient s'éloigner avec
soulagement; lui les quittait, le cœur serré, avec le sentiment
d'avoir commis une lâcheté.

Le bistrot où François, transi, entra comme dans un bain
sentait la bière acide. D'ailleurs, une fille lavait le plancher
de la salle avec un liquide écumeux et jaunâtre. « La cave
en est pleine, pensa François que la bière faisait vomir :
ce plancher est un radeau flottant sur des barils de bière... »
Indifférent à sa présence, le patron lisait un journal de sports
en dévorant un sandwich à plusieurs étages de viande. Après
chaque bouchée, il regardait son pain avec une sorte de
méfiance furieuse puis se jetait sur lui, les yeux fermés. François le détesta.

« Et pour monsieur, demanda le garçon, ce sera?

— La même chose que lui », répondit-il en désignant le
patron.

Le garçon ne parut hésiter qu'un instant, mais cet instant
revancha François parfaitement.

« Et un demi de bière ?

— Oh ! non, un bouillon chaud. »

Doublement vengé, François s'approcha de la vitre embuée où, d'un revers de manche, il se fit un hublot : sous ses yeux s'étendait le grand jardin blanc sans âme qui vive. Si pourtant ! une procession de fourmis noires, le cortège de tout à l'heure, s'en revenait en désordre vers la grille ouverte.

L'odeur du bouillon, qui faisait courageusement son chemin à travers la bière, rappela François au comptoir. Le patron curait ses dents profondes après avoir terminé son sandwich. A peine eut-il mordu dans le sien, que François compris qu'il se rangeait ainsi dans le clan des patrons de bistrots, des lecteurs de journaux sportifs, des buveurs de bière : qu'il tournait le dos à Pascal. Il laissa ce sandwich et retourna à son hublot. Voilà, il se trouvait du bon côté, François : côté bistrot, côté spectateur ! Et il regardait les morts, dans leur pays blanc, comme ces animaux immobiles et dangereux dont une glace vous sépare. Pascal, Pascal tout seul sous sa double dalle de neige et de marbre...

LA PREMIÈRE NEIGE... Mais qui bouge là-bas ? (Tout est net : noir et blanc, et muet, comme au cinéma.) Qui sont ces deux sentinelles noires de chaque côté du caveau 7 ? Immobiles comme des arbres... Non ! l'un s'agenouille : un prêtre inconnu, dont François voit la barbe grise puis la tonsure qu'une singulière calvitie agrandit en forme de carte de France. Et l'autre statue noire ? Mais... mais c'est Couderc, le prof de français, le seul ennemi de Delange ! Couderc, son front si haut, ses moustaches inégales... Couderc au cimetière, qui penche la tête, cache ses yeux et — mais non ! mais si ! sort de sa poche un mouchoir blanc. Couderc !

Ah ! ce n'est plus François Voisin, pèlerin de la première neige : c'est Nick Carter aux aguets ; c'est, contre ce hublot, le conjuré de Bételgeuse. Couderc pleurant sur la tombe de Delange, quelle nouvelle à raconter aux autres ! « L'affaire rebondissait... »

Une bouffée d'air froid vint le distraire de sa faction : derrière lui, les gens du cortège s'engouffraient dans le café,

ôtaient leurs gants noirs, se frottaient les mains. Les voix
qui venaient de dire : « Toutes mes condoléances... Mauvais moment à passer... De cœur avec vous... » comman-
daient un Chambéry-fraisette ou un petit bock pour les
dames. Les voiles de crêpe s'écartaient devant des nez rouges
de chagrin humant des cafés-crème. Une odeur de larmes
et d'habits neufs, plus acide encore que celle de la bière,
s'élevait. D'instinct, François abandonna son bouillon fumant, son sandwich-patron, paya et sortit. Qu'il faisait pur,
dehors!

Il sentait bien qu'il aurait dû retourner sur la tombe basse;
mais la crainte de rencontrer Couderc l'emporta, et il reprit
le chemin de Paris. Pour se diriger, il prenait systématiquement au plus triste : de deux chemins, choisissant le plus
désert, de deux bosquets d'arbres, le plus mort. Mais le
plus mort, le plus désert et le plus triste c'était lui : Pascal
ne l'accompagnait plus sur cette route; ni plus jamais, ni
nulle part ne l'accompagnerait. François avait pleuré de
fausses larmes, de celles qui noient les morts. Il s'était penché sur cette tombe comme on se rend à la morgue : pour
reconnaître un corps; et les morts ne pardonnent pas qu'on
s'intéresse à leur cadavre. Maintenant qu'il marchait, tête
vide, en pays inconnu, maintenant que la vie semblait s'arrêter
à mesure qu'il avançait (pas une fumée, pas un cri, pas une
fuite sous la dalle jaune du ciel) ah! de Pascal ou de François,
quel était le plus mort?

Il croyait toucher le fond du désespoir et de la honte,
lorsqu'il entendit monter le bruit le plus joyeux : piaffement
de chevaux, roulement de voiture et chansons. C'était le corbillard qui s'en revenait au petit trot. L'un des croque-morts
était monté s'asseoir à côté du cocher biscornu, et ils chantaient en chœur en battant la mesure avec leur pipe. Rênes libres,
les chevaux encensaient et soufflaient, heureux de trotter, de rompre enfin le pas, de jouer aux bêtes de cirque avec leurs panaches
noirs.

« Tu retournes à la barrière, petit? »

L'autre croque-mort, assis sur le bord de la voiture, jambes
pendantes, hélait François. Le garçon fit signe que oui.

« Alors, monte près de moi ! »

Pour rejoindre le char bringuebalant, François dut courir entre les larges rails que les roues noires laissaient dans la neige. Comme il hésitait à sauter, l'autre le saisit à bras-le-corps de toute la force d'un homme habitué à se colleter avec des morts de plomb et l'assit à ses côtés.

« Merci, dit François.

— Sous la République, il n'y a plus que les morts qui roulent en carrosse. Tu trouves ça juste, toi ? » fit l'homme, et il se mit à rire.

Il avait des dents plein la bouche et qu'il semblait mâcher en parlant, des moustaches tombantes (celles de Molière jouant le Tartuffe) et des yeux — mais il fallait attendre qu'il ne rie plus pour les voir.

Ils roulèrent en silence. Les deux autres, sur le siège, disputaient des qualités respectives de leurs petits vins de pays : « Chez moi, vois-tu... » On devinait les gestes de leurs grosses mains pour accompagner les mots *bouquet, velouté...*

« Tu es triste ? demanda brusquement le voisin de François.

— Tout est triste, répondit le garçon en désignant le paysage, tout est mort.

— Mort ? (Les deux yeux naufragèrent de rire.) Tu ne sais donc pas voir ? Hop ! regarde le nid, là-haut... Ils seront au moins cinq, là-dedans, au printemps ! Et, au pied de l'arbre, ce trou : faudrait pas fouiller loin pour trouver une famille de lapins ! bien vivants, crois-moi ! »

Il continua de sa voix bonne, mâchant des dents innombrables. Il repeuplait paisiblement le ciel et la terre, révélant à François cette vie invisible, des étoiles aux insectes, tout ce peuple qui dormait dans les draps de la neige. Il déchiffrait pour lui les traces des bêtes, le sens des fumées :

« Onze heures, le chien bâille et flaire les cuisines. Les souris se réveillent, elles dormaient depuis l'aube. Toutes les souris se réveillent : tu vas voir passer un chat ! (Un chat passait.) Regarde ces petits pieds dans la neige : l'école n'est pas loin ! » (On trouvait l'école au tournant.)

Le corbillard traversa la passerelle du chemin de fer. François se rappela sa tristesse, tout à l'heure, tandis qu'il suivait lentement cette même voiture, à présent si guillerette.

« Tiens, reprit le paysan de Paris, son voisin, les rails aussi, ça te paraît triste ? Eh bien, suis-les, allons ! sous les montagnes, à travers les rivières : ils descendent tout le long de la France jusqu'au soleil du Midi. Connais-tu le Midi ?

— Non.

— Moi non plus. Mais si tu savais comme c'est beau... »

Et il se mit à lui décrire à pleines dents l'Italie, l'Empire romain, Hawaï, Carmen, on ne savait plus ! mais il faisait presque chaud soudain...

La neige, de nouveau, tombait, indécise. Le croque-mort tendit sa manche pour y recueillir un flocon hésitant.

« Regarde-le... Non, de plus près ! »

François se pencha sur l'étoffe qui sentait l'eau bénite ou les larmes — c'est la même odeur — et vit des croix, des fougères, des cristaux dans le flocon de neige.

« Est-ce beau ? Eh bien, tout est comme ça, garçon : suffit de regarder de près et d'aimer. Tout est beau.

— Vous n'êtes donc jamais triste ? » demanda François avec humeur.

Cette fois, l'autre montra toutes ses dents : au moins cinquante, plantées dans tous les sens.

« Dans notre métier, si on était triste, on n'aurait bientôt plus qu'à suivre son propre enterrement ! Tiens, écoute-les... » (A travers le trot joyeux des sabots, François entendit le cocher et son voisin : ils discutaient de salades à repiquer en mars ou plus tard. Ces gros doigts, manipulateurs de cadavres, plantant les tendres pousses...) « Un beau métier, repartit l'homme : on marche, on est dehors, on a tout son temps pour penser, pour se raconter des histoires... Et puis, ajouta-t-il en prenant sans façons le bras du garçon, on est obligé d'aimer la vie, de la trouver partout; sans cela comment tenir le coup ? Aimer tout ce qui vit : voilà le secret...

— Alors ça vous plaît, cria François, d'habiller, de clouer, de transporter des morts, rien que des morts, ça vous plaît ?

— Quoi ? fit l'autre sincèrement étonné, tu n'as donc rien

compris à la mort, mon garçon! Les morts? mais quand on nous appelle, *ils ne sont plus là*. »

François ne répondit rien. Il ferma les yeux et vit Pascal vivant; deux flocons de neige se posèrent sur lui : ET CE FROID BAISER SUR CHAQUE PAUPIÈRE.

*

Décision prise à Bételgeuse : savoir la vérité sur Delange et le prof Couderc en interrogeant le petit Delange, le frère cadet de Pascal.

C'est pourquoi, ce matin, Alain Fauchier-Delmas et Jean-Jacques Hardrier remontent la rue d'Amsterdam encore enneigée et pénètrent dans ce petit lycée dont trois ans plus tôt — mais que cela leur paraît loin! — ils étaient encore les élèves.

« Dis donc, voilà le père *Bas-du-cul!* »

Comment ont-ils jamais pu craindre ce vieux concierge devant lequel ils passent, aujourd'hui, sans un mot d'explication? Et pourtant, en Sixième, quand ils sortaient pendant la classe de dessin pour aller disputer le championnat des mangeurs de glace, leur cœur battait : « Pourvu que Bas-du-cul... »

Aujourd'hui Bas-du-cul a rejoint le père Fouettard et le général Dourakine au musée d'enfance.

« Messieurs? (Il les appelle « Messieurs »!)
— Nous avons quelqu'un à voir.
— Bon! allez... »

Peut-être qu'en Sixième, s'ils lui avaient dit : « Nous devons battre le record de Drapier, Septième B 2, qui a avalé trois cassades, deux *doubles-glaces* et un *super-formidable* à la suite », peut-être aurait-il aussi répondu : « Bon! allez... »

Ici, ils trouvent tout minuscule : l'horloge, le bâtiment des cabinets, les marches de l'escalier. Sur la rampe, de place en place, des boules de métal destinées à empêcher les glissades. « Glisser sur la rampe, a-t-on idée? » Ils l'ont tous fait, d'ailleurs, malgré les boules.

Même les prof d'il y a trois ans leur paraissent dérisoires, derrière ces portes vitrées ; ils ne pensent pas que, dans trois ans, les terribles et prestigieux Jacob, Giglio dit Nez Rouge, et Larive-Aymard (« Dites donc, l'imbéfile, là-bas ! ») leur sembleront aussi désarmés.

La cloche sonne ; une volée de cris : les gosses se ruent en récré vers la neige d'hier et vers des combats dont ils rêvent depuis deux heures. Pas un seul pantalon long dans le tas !

« Delange ! »

Un petit garçon, de noir vêtu, se retourne, hésite, s'approche en fronçant les sourcils. Le même regard que Pascal... D'Artagnan et Rouquinoff, à qui tout ici paraît si petit, n'ont pas compris qu'aux yeux du gosse ils sont des « grands », des tourmenteurs.

« N'aie pas peur, mon vieux. Nous étions les meilleurs amis de Pascal... »

Quand la cloche annonce la fin de la récréation, Delange est le seul élève du lycée à rentrer en classe sans essoufflement, sans mains gelées, sans neige fondue au creux du cou.

Les deux Grands repartent soucieux : ils ont appris de lui tout ce qu'ils voulaient savoir. Ils descendent la rue d'Amsterdam en silence, vite, vite, de plus en plus vite. Les passants qu'ils bousculent sans les voir ne savent pas qui vient de les croiser : la Justice et la Vengeance poursuivant le Crime.

M. Couderc entre en classe. Sa chaussure droite l'annonçait déjà depuis le coin du couloir, depuis la Rentrée, depuis toujours, car elle grince. M. Couderc a le front haut avec les cheveux en brosse : des chardons plantés au bord d'une falaise, et des moustaches inégales. Celle de gauche se dresse presque effrontément, celle de droite s'affaisse sur la lèvre. Et il y a justement deux hommes en M. Couderc : le dandy, l'esprit fort, l'homme de la moustache gauche, celui qui a obtenu la main de « la belle Madame Couderc » ; et le raté *Grince Godasse,* celui que trompe Mme Couderc : la moustache droite.

Il entre en classe; les garçons ne voient d'abord de lui que son profil conquérant, et les cancres frémissent. Mais, parvenu à la chaire, M. Couderc se retourne et le premier coup d'œil de son profil pitoyable est pour son fils Albert qui, du banc des Sommeilleux, sournoisement, le regarde.

« Albert, mon petit garçon... L'an prochain, je ne le verrai plus... A moins qu'il redouble cette classe. Dois-je le souhaiter? Cette ressemblance avec sa mère, quelle blessure! Et pourtant... » Sans cesse M. Couderc analyse son cas avec la rigoureuse méthode qu'il applique, depuis vingt ans, à ceux de Bérénice ou de Britannicus. Dans le drame de sa vie manquée, il est tout ensemble héros et spectateur, la victime et son bourreau : moustache droite, moustache gauche.

Encore un regard amer vers Albert, puis il tire de sa poche droite (côté sacrifié) un énorme paquet de copies corrigées. Il parle : « Messieurs, je constate une fois de plus... »

M. Couderc passe son existence à « constater une fois de plus » : en silence, que sa femme le trompe, que son fils le méprise, qu'il est passé à côté de la vie; tout haut, que ses élèves sont passés à côté du sujet.

C'est ce qu'il va leur dire « une fois de plus », mais voici le concierge :

« Un mot qu'on m'a remis pour vous, monsieur ! » (C'est sa phrase, mais on entend seulement : pch pch pch...)

M. Couderc pâlit. Depuis quinze ans il craint de recevoir ainsi, en pleine classe, un billet de sa femme : « Adieu, je suis partie... » Mais non, c'est d'une écriture anonyme.

« Vais-je lire tout de suite? Je n'aime pas ce silence ni leurs regards sur moi. Enfin... » Il lit.

Pascal Delange n'est pas mort d'accident. Il s'est suicidé le 29 septembre. Le soir du 27, le colonel Delange a reçu une lettre du proviseur l'avisant que son fils ne passait qu'à l'essai dans la classe supérieure malgré ses brillants résultats dans les autres matières, car son professeur de français, M. Couderc, maintenait un zéro pointé et s'opposait à son passage. Le colonel Delange a fait une scène horrible à son fils qui n'a pas dormi de la nuit. Deux jours plus tard, il s'est tué. Vous êtes tombé malade après son enterrement; hier, vous étiez sur sa tombe; vous n'avez pas la conscience tranquille.

Nous vous considérons comme responsable de sa mort et nous exi-
geons que vous en rendiez compte PUBLIQUEMENT. *Ne cherchez pas*
à savoir qui nous sommes.

Le silence se prolonge. « *Ils* me regardent en ce moment! »
pense M. Couderc, dont le cœur bat avec violence depuis la
première ligne lue. « Pascal Delange s'est tué... Je ne me
trompais pas... » Il sent que sa vie vient de se partager en
deux : jusqu'à ce mot reçu, et depuis. « Analyse inexacte,
reprend en lui le prof : jusqu'à la mort de cet enfant, et depuis.
Mais il faut que je relève la tête, IL LE FAUT. » C'est pour lui
un effort insoutenable, comme dans certains cauchemars.
Mais enfin il relève la tête, il fixe ce personnage mystérieux,
cette hydre : la classe... « Ils sont là. Depuis des jours ils me
regardent avec haine. Bien entendu, je puis enfouir ce mot
dans ma poche et continuer le cours – mais non! je leur
dois une explication... » (C'est la moustache gauche qui relève
le défi.)

« Messieurs, dit Couderc d'une voix changée, prenez
un sujet de devoir pour mardi prochain... (Il hésite. Il appelle
« une fois de plus » Racine à son secours. Ah! voici...) Je
dicte : « Montrez, à l'aide d'exemples tirés des tragédies
classiques, que le propre des héros est de ne jamais temporiser. »

— Ne jamais *vaporiser?* » interroge Mollard.

On s'esclaffe.

« *Temporiser,* Mollard!

— Comprends pas.

— Je m'explique. Vous constatez que dans la plupart des
tragédies les héros se... se donnent la mort, poursuit-il d'un
ton altéré. Hermione, Phèdre, Mithridate, pour ne citer
qu'eux... Ou encore ils condamnent les autres à mort dans
un mouvement passionné. Ils ne temporisent jamais : jamais
ils n'attendent une heure, une minute. « La nuit porte conseil »
est justement un conseil qu'ils ne suivent pas; tout s'exécute
en vingt-quatre heures. L'unité de temps n'est pas qu'une
coutume théâtrale; c'est d'abord une règle psychologique
et la définition même des héros : ils n'attendent jamais! Et
même, ajoute lentement M. Couderc après un silence, n'est-

ce pas le propre de ceux qui ont du caractère et vivent inten-
sément ? Un être, surtout un être jeune, qui subit une contra-
riété... mortelle et décide d'attenter à sa vie, croyez-vous
qu'il perdra — je ne sais pas, moi ! deux nuits et un jour ?
Croyez-vous, s'il est vif, passionné, courageux comme je
me plais à l'imaginer, qu'il mûrira si longtemps sa décision,
pareil au veuf, au paysan qui se pend après des mois de chagrin ? Le croyez-vous ? » (Il interroge la classe entière du regard ;
sa moustache droite mendie, la gauche impose une réponse.)
Tous les élèves font « non » de la tête, même d'Artagnan,
même François.

Seul, à la récréation, Hardrier résiste encore.
« Voyons, proteste François, Coudérc a raison : Delange,
tel que nous l'avons connu, se serait tué sur-le-champ !
— Jeté par la fenêtre rien que pour embêter son père,
surenchérit Alain qui pense au sien.
— Alors, c'est comme le colonel ! Tout le monde est inno-
cent avec vous !
— Innocent, non. De toute façon, Pascal, l'avant-veille
de sa mort, a passé une nuit horrible à cause de Coudérc.
— Tu te rappelles ce que le gosse nous a raconté ? La petite
Marie pleurant deux heures entières derrière sa porte fermée ?
— Et le gosse lui-même, essayant de consoler son frère
à travers le mur, et l'entendant marcher de long en large
jusqu'à minuit passé ? Salaud de Coudérc !
— Je sais comment le punir, dit Alain Fauchier-Delmas.
Attendez... Hé, Coudérc ! Viens ici, ma vieille... »
Alain-Judas prend affectueusement par l'épaule ce fils
Coudérc qu'il déteste, et les quatre garçons traversent la cour
vers Bételgeuse.

M. Coudérc voit rentrer l'hydre aux trente têtes, mais il
ne la craint plus. Il sait qu'en récréation ses ennemis se sont
concertés et lui donnent raison. Sans joie, il vient de gagner
contre eux la première manche du combat ; mais la seconde,
contre lui-même, est perdue d'avance. Il a toute sa vie pour
y penser ; il y pensera toute sa vie. Pascal Delange a rejoint

Albert et Mme Couderc, ses anges, ses démons qui ne le quittent pas. « A ce soir, Pascal ! A jamais... » La moustache tombante marque un point de plus.

« Reprenons, messieurs. »

Mais, comme cinq heures sonnent, voici de nouveau le concierge. Personne ne songe à faire : pch pch pch. Le plus lourd des Sommeilleux a compris qu'aujourd'hui le mystère est entré en classe de français avec cette voix altérée, ce singulier discours sur le suicide, ces lettres qu'on apporte à M. Couderc et qui le font pâlir.

Messager désinvolte du Destin, l'homme sans poids qui, à la scène première de l'acte I, annonce la nouvelle désastreuse : voilà comment M. Couderc voit s'avancer le concierge.

« Merci, lui dit-il cependant.

— Pch pch pch, répond l'autre — c'est-à-dire : « Il n'y a pas de quoi. »

Non, vraiment, il n'y a pas de quoi !

Il est vrai que Pascal Delange ne s'est pas tué A CAUSE DE VOUS. *Mais votre mensonge a assombri ses dernières heures. Il était excellent élève; pourquoi l'avez-vous poursuivi de votre haine? Regardez. Votre fils n'est pas là. Nous le séquestrons. Il ne vous sera rendu que quand vous vous serez expliqué publiquement.*

« Albert! » M. Couderc a porté vers la place vide un regard de bête blessée. Si désespéré, que les trois prennent peur ou pitié, et que François manque les trahir. D'une poigne de fer, d'Artagnan l'arrête au moment où il allait se lever, dire : « Votre fils revient tout de suite, monsieur... » Il était temps!

La chaire sépare les acteurs de ce drame : d'un côté, la classe cruellement attentive, et ces trois-là parmi les autres, invisibles, brandons sous la cendre, et puis aussi la place vide; de l'autre côté, M. Couderc — et Racine, Dieu merci! Racine à son secours...

Lévêque, le bon élève, remonte ses lunettes et rompt ce détestable silence, celui qui s'établit quand le rideau se lève. Grâce à Lévêque, la première réplique sera anodine :

« Monsieur, vous ne nous avez pas donné le sujet de l'exposé oral pour mardi.

— ... »

M. Couderc a voulu dire : « C'est juste », mais sa voix
ne lui a pas obéi. Le cauchemar, toujours le cauchemar...
Il tousse, un peu trop longtemps. Son visage a pris la teinte
de ses cheveux et, dans cette grisaille, sa moustache gauche
elle-même semble s'affaisser. « Ils me regardent. Ils se regardent entre eux. Albert ! Oh ! Albert !... il faut pourtant parler,
et tout de suite ! »

« C'est juste. Comme exposé oral vous me préparerez...
(Les plumes grincent. On écrit « Exposé oral », deux points;
certains soulignent; on relève la plume et les yeux.) Vous me
préparerez : « Quelle est la tragédie de Racine que vous préférez et dites pourquoi. »

Lévêque, au premier rang, cherche déjà, pour la choisir
aussi, celle que M. Couderc peut bien préférer. Inutile !

« Et moi, continue le professeur, je vais vous dire ma pré-
férence : c'est *Andromaque*. Bien sûr, *Bérénice* est plus pure,
Phèdre, plus passionnée, *Bajazet*, plus passionnant... » (Il a
baissé la voix. Ces noms, il les confie un à un au silence.
Princes et princesses s'éveillent : ils avaient trois mille ans, ils
en ont trente soudain; ils s'éveillent au bois dormant...) « Les
autres sont passionnément amoureux, ambitieux, jaloux,
continue M. Couderc; Andromaque seule s'oublie. « Mais il
me reste un fils... (Il cite, l'index levé, la moustache frémis-
sante.) Vous saurez quelque jour, Madame, pour un fils jusqu'où va notre amour... » Quand on a tout perdu... (Il s'arrête. On ne sait plus si c'est Andromaque ou Couderc qui
parle.) Pas besoin que la mort s'en mêle, pour tout perdre!
Parfois même, elle serait une bénédiction, la mort qui décante,
la mort qui transfigure... (Long silence. M. Couderc remonte
en surface; il retrouve son épave Andromaque et s'accroche
à elle de nouveau.) Un fils! c'est tout ce qui lui reste de tant
d'illusions, de tant d'années qui jamais — vous ne pouvez
pas encore comprendre cela ! — jamais ne reviendront... Un
fils : la tragédie entière tourne autour de cet absent. (Il n'a
pu s'empêcher, à ce mot, de jeter un regard furtif vers l'autre
absent, la place vide au banc des Sommeilleux.)

— Andromaque, oui; dit Lévêque à mi-voix. (Son choix

est fait, il cherche seulement des arguments nouveaux.) Et
puis ça finit bien, au fond. C'est l'une des seules tragédies
qui...

— Oui, reprend M. Couderc. Oui, et pourtant je pense
parfois à un acte VI qui compléterait la tragédie, un acte
de comédie amère : si ce fils, pour lequel Andromaque a
tout sacrifié, pour lequel une princesse vient de se suicider,
un héros de commettre un crime et de devenir fou, un roi
d'être assassiné, si ce fils... (M. Couderc hésite. « Allons, payons,
à présent, payons ! ») ne devenait, en grandissant, qu'un
voyou sournois et paresseux et qui la déteste peut-être...
Si, n'ayant plus que lui, elle s'apercevait qu'elle n'a rien,
qu'elle demeure... — mais quel mot, pour les parents, corres-
pond à *orphelin ?* (Il se penche vers ces trente faces anxieuses
qui le dévisagent.) Ne croyez-vous pas, alors, qu'une mère,
qu'un père puisse être poussé à bout ? Ah ! ne lui demandez pas de voir clair, de cesser d'aimer son enfant ! Mais ne
va-t-il pas devenir amer, injuste ? Détester, chez les autres
enfants, tout ce qui manque au sien ? Haïr précisément les
plus loyaux, les plus sensibles, les plus intelligents ? Choisir
même, pour chercher à lui nuire, le meilleur de tous : celui
dont la présence lui rappelle sans cesse... ? Comprenez-vous
cela ? Le comprenez-vous ? »

La classe emportée fait « oui » gravement. C'est la seconde
fois que Couderc les prend ainsi à témoin — singulière journée ! M. Couderc sent bien qu'on ne l'a jamais écouté de la
sorte ; il éprouve une rare douceur à s'analyser, à s'humilier
tout haut : M. Couderc découvre la Confession.

Il poursuit sur l'amour, la jalousie, le temps qui passe. La
toile de fond demeure « une chambre du palais de Néron »,
« un cabinet entre l'appartement de Titus et celui de Bérénice », mais les héros descendent de leur socle. Ils prennent,
pour chaque élève, des noms différents : M. Duval, la femme
du pharmacien, le cousin de Bar-le-Duc, et pourquoi pas
M. Couderc ? Les trois Mousquetaires le savent déjà, mais, au
moment où les autres vont le penser, heureuse diversion !
le fils Couderc entre sans frapper, débraillé, décoiffé, ivre
visiblement, le cigare à la bouche.

« Salut! »

Alain pousse François du coude. « Les bouteilles! » Ils ont laissé Couderc dans Bételgeuse, ligoté, bâillonné. L'autre, après s'être libéré, a dû fumer des *patriotas,* boire le calvados à goulot-que-veux-tu... Quel désastre!

Il s'avance vers la chaire, titubant.

« Voulez-vous m'éteindre ça et monter vous asseoir, tout de suite!

— Écoute papa, c'est pas ma faute!

— A VOTRE PLACE, TOUT DE SUITE! »

Il monte en trébuchant, sourit à Fauchier-Delmas sans le reconnaître et tombe assis sur Mollard.

« Tu pues l'alcool, salaud! chuchote le gros non sans envie. Où as-tu trouvé...?

— J'sais pus, larmoie Couderc, j'me rappelle pus rien! » Ouf! Les trois se regardent avec soulagement. M. Couderc reprend son cours, mais sur un autre ton.

« Voyons... heu... Nous parlions d'Andromaque. Eh bien, de quel roi était-elle la veuve?

— De Robert II le Hittite!

— Hein? »

C'est le fils Couderc qui s'est dressé à son banc, vacillant. Il répète, ravi, avec un hoquet :

« Robert II le Hittite!

— Asseyez-vous! Vous ne savez pas ce que vous dites. » Il continue à poser des questions. Mais, chaque fois, son fils se lève comme un diable en boîte :

« Robert II le Hittite! Robert II le Hittite! »

« Si je le renvoie, pense M. Couderc, il risque de rencontrer Marion, Chotard ou même le censeur. Mais si je le garde, quel scandale! »

« Sortez, ordonne-t-il enfin du haut de sa moustache gauche, sortez d'ici! »

Le fils Couderc devient tout rouge.

« Quel salaud! souffle-t-il à Mollard d'une haleine brûlante. Mais tu va voir... »

Il descend péniblement jusqu'à la chaire; son père a reculé d'un pas.

« Cocu, lui crie-t-il, sale cocu! » puis il sort en claquant la porte derrière lui.

M. Couderc a baissé la tête; on voit ses deux lèvres frémir, ses mains trembler. Silence où l'on entend, dans le couloir, l'enfant ivre chanter, hoqueter, vomir enfin.

« C'est juste, pense le professeur, cela devait finir ainsi : dans le ridicule... » Il y trouve, d'ailleurs, un soulagement amer : M. Couderc découvre la Pénitence. « Ils ricanent tous, sans doute! Je ne les entends pas, mais ils ricanent. Oh! leurs regards, croiser leurs regards... Allons! »

M. Couderc lève les yeux mais ne voit que des têtes baissées. Cayrolle, Mollard lui-même font semblant de lire, d'écrire. Personne ne rit; plus jamais personne ici ne rira de M. Courderc.

VI

« LES BONS ÉLÈVES A SA DROITE
ET LES MAUVAIS A SA GAUCHE »

ILS se trouvèrent à trois jours des vacances de Noël sans avoir senti passer le trimestre. Pareils à ces rêveurs des quais que surprend le soleil couchant : le temps avait coulé sous eux comme l'eau. Non, il n'avait ressemblé à aucun autre, ce trimestre! La classe démantelée, les aventures hors du lycée et, dans le lycée même, dans ses froides entrailles, Bételgeuse... La saison elle-même semblait avoir voulu reculer sa rentrée, avec l'agonie sans fin de l'automne et cette neige si tardive. Le grand chahut Morel n'avait-il pas seulement figuré ce tumulte qui précède toute représentation? Allons, rien n'était commencé! On attendait quelqu'un. Celui-là dont Fieschi le Mystérieux usurpait la place, ils étaient quelques-uns qui l'attendaient encore...

Ils butèrent donc contre les vacances de neige, sans les avoir espérées, semaine après semaine (oh! le lundi matin) puis jour après jour. Pourtant, l'hiver fumant ramenait son train coutumier : les pelisses des prof et leur nez rouge, les ennuis de radiateurs, l'annuelle bronchite de Vigerie le nègre et les éternuements sismiques de Cayrolle, aigus de Bigloteux, hypocrites de Lévêque. Un hiver comme les autres, où le professeur d'histoire naturelle avait, une fois encore, décrété que l'arbre de la cour ne survivrait pas aux gelées. Allons donc, il fournirait leur cercueil à tous !

François Voisin partit sans joie pour passer les vacances dans la maison de campagne familiale. Il la retrouva froide, silencieuse et comme distraite. Il s'y ennuya et, pour la première fois, organisa son ennui. Il avait rencontré le Temps; il capitulait sans combat. Son seul plaisir fut de retrouver son frère Robert : ils ne s'étaient pas croisés cinq fois au lycée durant ce trimestre...

Jean-Jacques Hardrier resta dans la maison de banlieue. Quand il partait pour la campagne, en été, c'était chez des parents lointains qu'il méprisait, intriguait, terrorisait enfin, par ennui. Il s'envoyait alors un télégramme avançant la date de son départ et rentrait par étapes imprévues, s'arrêtant dans les gares où il avait vu une servante de buffet à la grosse poitrine, un cirque à trois mâts installé sur le champ de foire, ou quelque grand mail longeant le fleuve. L'aube découvrait sa tignasse rousse endormie dans la salle d'attente, dans une chambre d'hôtel misérable, parfois sur un banc du mail. Jean-Jacques reprenait le train du matin avec le même billet et rentrait au jour prévu chez ses parents, mais après quels détours en France! Cela faisait partie des mystères Hardrier.

Alain Fauchier-Delmas ne quitta pas Paris. Après avoir longuement hésité entre la Côte d'Azur et les sports d'hiver (seule conversation aux repas), ses parents étaient partis pour Cannes, laissant à chaque garçon une somme excessive d'argent de poche. Mais ceux-ci auraient préféré dix francs et une orange dans des souliers de Noël, vestige de vie familiale.

Alain dépensa une partie de son argent au théâtre. Il y arrivait dès l'ouverture des portes. Il aimait la salle vide, ses cariatides penchées et sa haute voûte qui l'effrayaient comme une grotte. Elle s'éclairait enfin : cascade, cascade, et bassin de velours rouge; elle se remplissait peu à peu, citerne bruissante. Des rumeurs fusaient à tous les étages du pigeonnier doré. Un tonnerre lointain accompagnait la manœuvre du rideau de fer. Quoi! on baissait la devanture... — Fausse alarme! c'était seulement pour rendre plus vive la jubilation des trois coups, celle de la rampe qui d'un

coup s'allume, inondant de sang le rideau dans un tumulte
d'abordage. Ah! cet instant! c'était pour lui qu'Alain venait,
et le meilleur du spectacle s'était achevé avant la première
réplique.

Quand Alain découvrit l'ivresse du cigare, il en fuma
jusqu'à la nausée; ayant trouvé l'opium du rideau rouge, il se
rendit au théâtre chaque soir. Il y rencontra un mardi M. Larive-Aymard, un vendredi M. Desaubry, habillés comme
son père et accompagnés de femmes plus belles que sa mère.
Quoi! les prof portaient donc l'habit, montaient en taxi,
allaient au théâtre, y saluaient des dames, des officiers, des
amis de son père? Il crut rêver...

Pour Alain, les professeurs formaient une race à part et se
classaient comme les clowns, en prestigieux ou dérisoires.
Ils étaient aux Grandes Personnes ce que le gaz est à l'électricité. Ces rencontres au théâtre le troublèrent; mais voici
qui acheva de le confondre : boulevard de Courcelles, M. Giglio rentrant chez lui... Si, si! c'était bien lui (son nez rouge)
et c'était bien chez lui, puisqu'il prenait son courrier des mains
du concierge en le remerciant du même coup de chapeau que
pch pch pch. Au cœur de la plaine Monceau, M. Giglio! Ils
n'habitaient donc pas tous ce quartier Latin, accroché au
flanc d'une colline poussiéreuse avec ses arènes romaines et
ses thermes, sorte de quartier réservé auquel on ne pouvait
accéder que par de vieux tramways?

Un autre soir de théâtre, il vit Auranche (Gros Genoux)
assis dans une loge avec ses parents. Le père portait la légion
d'honneur, et la mère un collier de perles : des vrais parents,
quoi! Il tomba de haut : « Qui sait si Bigloteux, Max Cayrolle
ou le gros Mollard n'ont pas, eux aussi, une famille comme
la mienne? Qui sait si Vigerie le nègre... Non! pas Vigerie,
tout de même! » Il consola son orgueil en pensant que lui,
de plus, avait *un nom!* N'importe : à la Rentrée, il regarda
élèves et professeurs d'un œil tout neuf chargé de rancune.
Cela dura bien trois semaines.

L'année scolaire, comme toute expédition, possède son
étape médiane, la plus longue, la décisive. Le second tri-

mestre, c'est la traversée du désert. Les A 3 s'embarquèrent en silence, au matin du 2 janvier. Il manquait un seul passager : Duquesnoy le Simple.

« Il brille pour la première fois fit cruellement remarquer M. Larive-Aymard, mais f'est par fon abfenfe ! Dites-donc, l'imbéfile là-bas... »

Mais François ne pouvait détacher ses regards de cette place vide; et quand le concierge entra, son papier à la main, comme pour Pascal trois mois plus tôt, son cœur s'arrêta. Mais non, Duquesnoy n'avait quitté que le lycée. Après sept ans il renonçait seulement à courir après les autres. Adieu Duquesnoy !

Cette année-là, le 28 janvier, Saint-Charlemagne, tombait un jeudi : le traditionnel goûter aurait donc lieu un jour de congé. Il réunirait, comme toujours, les élèves ayant obtenu deux places de premier, ou une de premier et deux de second.

« ... ou trois places de troisième, quatre de quatrième et ainsi de suite, proposa Mollard. Si bien que le type qui a toujours été dernier, courrait aussi sa chance ! Pourquoi pas ? »

Grand sujet de rire jaune pour les cancres, le goûter de Saint-Charlemagne ! comme le tableau d'honneur et la distribution des prix. Mais, cette année, le moqueur en chef fit défaut : Alain Fauchier-Delmas, premier en gymnastique et en dessin, allait à la Saint-Charl' avec Hardrier (français), Voisin (latin-allemand), Bigloteux (physique et chimie), Lévêque (toutes matières) et plusieurs autres parmi lesquels Fieschi dont on s'aperçut, à cette occasion, qu'il était bon élève mais à la manière de Pascal Delange : en se jouant et sans y attacher d'importance. Si longtemps moquée, la Saint-Charl' devint sacrée pour d'Artagnan et il ne fit plus bon chatouiller devant lui la barbe fleurie ! Pourtant, quand le concierge apporta le paquet de bulletins roses (couleurs des mauvaises gaufrettes qu'on mangeait au fameux goûter), Alain s'aperçut qu'il avait été oublié. Il courut chez les surveillants généraux.

« M. Chotard, s'il vous plaît ? »

— Malade », dit la secrétaire en rougissant.

« Elle me reconnaît, pensa le garçon. Elle se rappelle le matin où j'ai surpris B. D. B. l'embrassant. »

« Bien, j'irai voir M. Marion. »

Marion accueillit le protégé de Chotard avec une hauteur à laquelle sa surdité ajoutait. Quand le garçon eut hurlé sa requête, il éclata de rire :

« Gymnastique et dessin? Ah! non, ça ne compte pas! Ce serait trop facile! Ah, ah, ah! Toujours les mêmes, décidément! »

Alain le regarda essuyer ses yeux qui pleuraient de rire sans faire un geste pour essuyer les siens qui pleuraient de rage.

« Oui, parvint-il à dire enfin, *toujours les mêmes...* »

En sortant de chez le surveillant général, il se sentait de taille et d'humeur à saccager ce monde injuste. Ces colonnes, dans la cour des cadets, ah! s'il se fût arc-bouté contre elles, il les eût, tel Samson, fait s'écrouler. « Toujours les mêmes! » Toujours les mêmes à sortir premiers, à réussir leurs examens, à serrer la main des prof! Toujours les mêmes qu'on citait en exemple! Incapables de grimper à la corde lisse ou de dessiner le buste en plâtre de Marc-Aurèle, bien sûr; mais la gymnastique et le dessin, « ça ne compte pas »! Delacroix, Rubens, Georges Carpentier, ça ne compte pas! Il se prit à détester les bons élèves : ceux qui vont à la Saint-Charl', président des conseils d'administration et meurent munis des sacrements de l'Église. Toujours les mêmes : « les bons à droite », à droite de Charlemagne, du bon Dieu, du proviseur. Toujours les mêmes! Il répétait ces mots en arpentant le splendide salon de ses parents sans se douter, Alain le Riche, qu'ils s'appliquaient surtout à sa famille. Il se les répétait en entrant dans la pâtisserie, arsenal de sa vengeance; en pèlerinant de classe en classe, glissant à l'oreille des cancres et des Sommeilleux (toujours les mêmes!) de se faire « coller » matin et après-midi le 28 janvier. Oh! pour cela, il pouvait compter sur eux! Lui-même, en trois insolences qui lui coûtèrent peu, tant il enrageait contre le monde entier, se fit punir pour ce jeudi. Allons, tout marchait à merveille...

Ce fut aussi ce jour-là que, pour la première fois depuis 1837, un élève demanda communication du règlement intérieur du lycée.

« Je ne lis nulle part, dit le censeur interloqué, que le présent document ne puisse être communiqué à un élève. Je... Le voici, tenez !

— Ainsi, tout ce que n'interdit pas explicitement le règlement est donc permis ? fit lentement l'élève.

— Mais... oui, répondit le censeur, le melon haut et la barbiche fière. C'est même ce qu'on appelle la liberté ! » (C'était un homme de la vieille école, celle des droits de l'homme et du citoyen : Panthéon-Bastille.)

« Merci, monsieur », dit Alain Fauchier-Delmas.

28 janvier, 14 heures. Les élèves punis viennent de rentrer en salle de « colle » ; Barberousse marche de long en large ; on voit de lui, tour à tour, sa redingote verdie et sa barbe rousse, couleurs subtilement complémentaires. Huit pas de la porte à la fenêtre, soupir, demi-tour, huit pas de la fenêtre à la porte, soupir, etc. Cela va durer jusqu'à ce soir ; ce n'est pas seulement un surveillant, c'est un chronomètre. Soudain, la porte s'ouvre et Joseph, le garçon du réfectoire, entre en coup de vent. Il a des yeux de poupée, des moustaches de pioupiou 1900 et des joues si rouges qu'elles justifient le nom de pommettes : il a des pommettes d'api. Mais pour l'heure elles sont écarlates.

« J'aurais besoin de Vigerie, monsieur !

— Allez, allez ! »

Comment Barberousse refuserait-il ? Le nègre Vigerie, le garçon Joseph et lui-même sont peut-être, ici, les trois seuls amis des bêtes.

« Eh bien, demande Vigerie, qu'est-ce qui se passe, mon vieux ?

— Les sept chiens ! la fourrière ! Venez vite ! »

Tandis qu'ils traversent la cour avec de grands gestes de nageurs, apprenez le mystère vers lequel ils se hâtent.

A Paris vivait, à cette époque, une bande de sept chiens

libres. Ils couchaient au Jardin d'acclimatation, dont ils sautaient les grilles à la nuit tombée. Ils trouvaient là des maisons à leur taille et dont la litière sentait encore le puma ou la chèvre des Andes, des loups à bagarrer et de très précieuses variétés de faisans à croquer. Le matin, ils gagnaient la ville à travers le bois désert, tous crottés à la même hauteur, leur chef (un chien-loup) trottant à leur tête. Arrivés à Paris, ils se séparaient pour plus de sûreté. Chacun connaissait l'art de marcher dans le sillage d'un passant, la tête basse, l'air excédé, comme s'il lui appartenait. A onze heures, rendez-vous aux halles : les pavillons de la viande et du beurre ne recelaient pas que des injures et des coups de balai. A midi, baignade et jeux sur une plage de pierre, près du Pont-Neuf. A deux heures, la faim les excitait de nouveau, car il n'y a que les bêtes domestiques et les enfants domptés pour se satisfaire, comme les hommes, des repas à heures fixes. Les sept chiens gagnaient alors par des chemins différents une maison grise, quelque part dans Paris, qui n'était autre que le lycée.

Joseph leur ouvrait une porte basse et les régalait des restes du repas, eux et les trois vieilles chiennes du mendiant aveugle de la rue du Havre. Voilà comment, chaque jour...

Mais Joseph et Vigerie, toujours discutant, sont parvenus dans l'arrière-cuisine, entrouvrent une porte : pas de doute! Ce camion grillagé, SERVICES MUNICIPAUX, stationnant devant le lycée, c'est la fourrière.

« J'ai entendu, dit Joseph en riboulant ses yeux de poupée, j'ai entendu le type à casquette dire au chauffeur : « Cette « fois, on les tient tous les sept. Depuis le temps... Mais main-« tenant, dès qu'ils sortiront, couic! »

— Couic? interroge faiblement Vigerie.

— Couic!

— Alors, il ne faut pas qu'ils sortent d'ici.

— C'est commode! Un jeudi ordinaire, passe encore! mais aujourd'hui... »

Aujourd'hui, le réfectoire est pavoisé; il y a des nappes sur les tables, une estrade de peluche rouge et ça ne sent presque plus les haricots. M. l'économe y promène déjà, sous ses faux sourcils, l'œil de verre du maître.

« Je cours demander à Fauchier-Delmas, décide Vigerie : lui *doit* nous sortir de là ! Attends-moi. »

Aux yeux de Barberousse, Alain est ce héros qui, pour l'amour de lui et de son chien, mena la lutte contre Morel.

« Sortez, Fauchier-Delmas, sortez tant que vous voudrez puisque Vigerie a besoin de vous. »

D'Artagnan est mis au courant. Affreux dilemme ! Il n'existe qu'un seul moyen de sauver les chiens, un seul abri : Bételgeuse.

« Écoute, vieux, je vais les tirer d'affaire, tes clebs, mais jure-moi de ne jamais dire à personne comment, et de l'oublier toi-même. Jure-le-moi... sur tes ancêtres ! »

(« Après tout, pourquoi Vigerie n'en aurait-il pas ? pense-t-il libéralement : il existait bien un général nègre sous l'Empire, en même temps que le maréchal Delmas... »)

Vigerie jure à grand spectacle. Ses ancêtres martiniquais, esclaves dans des plantations de cannes, frémissent sous six pieds de terre sucrière.

« Alors, va chercher tes chiens et rejoins-moi. »

L'encolure basse, la horde traverse le lycée désert. Voici la cave : dans son désir de l'oublier *déjà,* Vigerie n'en paraît même pas surpris, ce qui vexe Alain.

« Sages ! (C'est Vigerie qui parle au chef de bande.) Pas bouger d'ici ! Sans ça : couic !...

— Couic ? interroge le chien-loup en penchant la tête.

— Couic ! Alors sages, hein ? Pas bouger d'ici !

— Et vous pas pipi sur les coussins, ajoute d'Artagnan comme s'il parlait à des nègres, et vous pas manger cigares, hein ? »

La meute repue s'étend sur les tapis, et les garçons retournent en salle de consigne. Barberousse peut reprendre sa marche : huit pas de la porte à la fenêtre, soupir, demi-tour, huit pas...

« Monsieur, demande Fauchier-Delmas, est-ce qu'à quatre heures nous pourrons goûter, nous aussi ? »

Barberousse est sensible à l'amertume du « nous aussi ».

Au fond, les Saint-Charl' ne sont-ils pas de la race des professeurs, et les consignés de celle des pions? Dans cette salle, tous sont du même côté de la barricade.

« Oui, mes enfants, dit Barberousse le Raté, oui, vous pourrez aller goûter. »

A quatre heures, les portes du réfectoire s'ouvrent devant les bons élèves. Un détail endimanche chacun d'eux : chemise propre, souliers vernis, pochette de dentelle, ou même seulement un certain sourire. Ils sont heureux d'être si nombreux, heureux que ce soit jeudi et que *les autres* ne puissent observer d'un œil narquois une cérémonie dont ils pressentent le ridicule. Les serveurs portent un grand tablier blanc, et cela rappelle l'hôpital et la première communion. On a sorti, pour une fois, des verres à pied, des verres de Grandes Personnes : c'est l'abolition des privilèges. Les professeurs sont assis à une longue table qui s'adosse aux fenêtres. Ils font des signes d'intelligence à leurs élèves qui, tout à coup, les trouvent désarmés — mais pourquoi? C'est qu'ils sont tous ensemble; et assis aussi bas qu'eux, pour la première fois. Les garçons se sont groupés par classe, sauf François et Jean-Jacques qui ont dû choisir leur place en fonction du rôle qu'Alain leur a assigné. Eux seuls savent déjà que la fête tournera mal, eux seuls ne sourient pas. Le proviseur qui, lui, sourit pour trois, réclame le silence d'un geste indulgent de ses mains de neige; puis il donne la parole aux poètes.

Depuis vingt minutes, à l'écart des autres et le ventre poinct par l'angoisse, les poètes répètent leurs œuvres; depuis des jours, ils en font les gestes devant leur miroir; à présent, ils vont bafouiller et rester bras ballants. Le premier chante la belle saison en des termes peu inattendus. Les élèves de sa classe applaudissent après chaque quatrain. Soudain, la porte du réfectoire s'ouvre devant trois mitrons qui portent des paniers plats débordants de babas, de religieuses, de choux à la crème. François et Jean-Jacques échangent, à travers le réfectoire, un regard navré : « Ça commence! » Fieschi se glisse vers l'un puis vers l'autre :

« Vous avez tort, murmure-t-il, ça finira mal. »

François répond seulement : « De quoi te mêles-tu ? » mais Rouquinoff :

« Si tu nous cafardes...

— Oh ! ça n'est pas mon genre », dit Fieschi en lui tournant le dos.

A présent, tous les Saint-Charl' et quelques professeurs tiennent les yeux fixés sur le guéridon où l'on a déposé les gâteaux. Le pauvre poète s'exténue en vain : pour les autres *chèvrefeuille* ne rime plus qu'avec *millefeuille* et *ciel clair* avec *éclair* (au chocolat). Avec de grands hochements de tête, les prof encouragent le poète délaissé. Un autre lui succède. Celui-ci a composé un à-propos sur Charlemagne, mais c'est un poème à clef : Charlemagne, c'est le proviseur à la barbe blanche, comprenez-vous ? Les professeurs sourient finement ; les élèves s'intéressent un peu moins aux puits d'amour, mais Jean-Jacques et François commencent à chuchoter, comme prévu :

« Comptez les gâteaux ! Il n'y en a pas pour tout le monde... »

Une rumeur de chiffres prononcés par cent voix basses emplit le réfectoire : « vingt-sept... cinquante-trois... quarante et un... huit... dix-neuf... — quatre-vingt-dix en tout ! Tu te rends compte ? Et on est cent quarante ! Sans blague !... » Le peuple gronde ; les mielleuses flatteries du poète tombent comme l'huile sur le feu. Salaud de Charlemagne oui ! Se fout de nous ! M'en vais te tirer la barbe, moi ! On applaudit à peine. Un troisième poète, élève de philosophie, commence une ode en l'honneur d'ELLE. Le proviseur croit, espère, veut espérer un moment qu'il s'agit de la Philosophie ou de l'Université. Mais non ! pas de clef cette fois : c'est une ELLE avec seins, cuisses et tout.

Cela ranime l'intérêt des goûteurs. Le proviseur se penche vers M. Marion :

« Vous avez bien censuré les poèmes ?

— Oui, monsieur le proviseur, chacun m'a lu le sien : n'ayez aucune crainte ! »

Hélas ! ses craintes redoublent ! « Lu ? lu à Marion qui est sourd comme une pioche ? Eh bien, nous sommes jolis... »

Mais de nouveau la porte s'ouvre. Voisin et Hardrier poussent leurs voisins du coude : que personne ne rate le spectacle des mitrons remportant leur marchandise en murmurant de vagues. « On s'excuse! On s'est trompé pour la livraison!... » Ah! il peut bien vanter les mains d'albâtre et les fines chevilles d'ELLE, l'autre poète! Ça ne vaudra jamais les barquettes, les tartelettes qui s'envolent là-bas... Assez de poésie, le peuple veut manger! Cette fois c'est la Fronde.

Mais silence... Le proviseur s'est levé; ses yeux bleus errent paternellement sur les têtes studieuses; puis il parle. Il dit des choses très jolies, pleines de « pour autant », de « que si », d'« aussi bien »... Il « se plaît à croire »... Il ne « laisse pas de penser » que cette journée sera « rien moins que » décevante... Dans un style aussi fleuri que la barbe légendaire, il parle de l'empereur dont les *missi dominici* (les prof d'histoire apprécient au passage) sillonnaient la France. Lui-même, nouveau Charlemagne, n'a-t-il pas, en ce jour, placé les bons élèves à sa droite parmi les honneurs et les festins? et laissé les mauvais à sa gauche? Un grand geste souligne cette période flatteuse : l'une des mains blanches désigne la troupe fidèle attablée devant des verres à pied et des assiettes vides; l'autre dénonce l'inconnu, la cour, les fenêtres. Mais quoi! est-ce une hallucination? Trente visages rigolards s'encadrent dans ces fenêtres : les pires cancres, Sommeilleux et chahuteurs du lycée; les mauvais esprits, les répondeurs, ceux auxquels les plus patients des prof prédisent la misère, et les plus violents l'échafaud — ils sont tous là, leur face collée aux vitres et... Bon sang de bonsoir! ils mangent, ils bouffent, ils bâfrent les gâteaux de tout à l'heure! Vigerie le nègre est blanc barbouillé de crème Chantilly, Cayrolle tient un éclair dans chaque main, Mollard presse un baba comme une éponge pour en faire couler dans sa bouche le rhum, le fils Couderc décapite trois religieuses coup sur coup, Fauchier-Delmas boit du champagne à plein goulot... Les prof, qui tournent le dos à la fenêtre, ne voient devant eux que des yeux ronds ouverts et des bouches bées de surprise. C'est là, bien sûr, l'effet du si joli discours qu'achève M. le proviseur. Lui-même s'assied sans qu'on l'applaudisse,

ce qu'il « ne laisse pas » d'attribuer à un respect bien naturel
chez des élèves d'élite. Sur un geste de Charlemagne, on
apporte alors des plats de riz à l'orange, de pruneaux, de
compote de pomme, des assiettes de gâteaux secs, de dattes
et de noix, et des bouteilles de vin blanc sans étiquette. Alors
c'est, derrière les vitres des fenêtres, un immense éclat de
rire muet. On ne voit que dents blanches, corps qui se tordent, mains qui tapent sur des cuisses : c'est une rigolade
démoniaque! La lie de toutes les classes n'en peut plus : elle
étouffe, elle éclate, la lie! elle crève de rire, au spectacle de
cette élite au pain sec. Elle la nargue, lui présente à la vitre
ses merveilleux gâteaux comme à une devanture de pâtissier,
puis les lui gobe au nez sans même les mâcher et se passe
les bouteilles de champagne de bouche en bouche. Mollard
colle sa face de lune au carreau et articule distinctement sa
plaisanterie préférée : « Servez-vous largement et laissez-en
de même! »

Écœurés, les bons élèves ne touchent pas à leurs frugalités;
seuls les professeurs... Mais une rumeur sauvage les fige soudain, le petit doigt en l'air :

« Les salauds! Ils se foutent de nous! »

C'est Hardrier qui vient de crier (la phrase fait partie du
rôle) et c'est François Voisin qui lance la première poignée
de dattes et de noix en direction des fenêtres. Aussitôt, c'est
une grêle, un déluge, de toutes parts. Des projectiles ont
atteint certains prof dont les élèves prennent la défense à
grandes poignées de riz à l'orange. Les pruneaux servent
aux représailles; les gâteaux secs se croisent parmi les bande-
roles. Rouvrant la vieille querelle, des A 2 frictionnent au
vin blanc des têtes A 3. L'économe écarquille ses yeux, dont
l'un est de verre, et montre les dents; mais elles sont fausses.
Débonnaire, Charlemagne envoie dans la bagarre ses « missi
dominici » à lorgnons; ils affrontent la compote, le biscuit
mâché, les éclats de noix. Ils aperçoivent enfin les fenêtres et
leurs diaboliques habitants qui se tordent de rire et se goin-
frent de plus en plus; ils les dénoncent au proviseur qui
charge M. Marion de les chasser de là et de prendre « les sanc-
tions qui ne sauraient manquer de s'imposer ». M. Marion va

tenter de se frayer un passage dans la mitraille de figues, entre les salves d'abricots secs.

« Il y a un complice dans cette salle! hurle-t-il. Qu'il se dénonce, sinon je punis tout le monde! »

Voisin et Hardrier hésitent; mais Fieschi n'a pas hésité :
« Moi, monsieur.

— Nous verrons plus tard! »

Cependant, l'un des invités d'Alain qui revient des cabinets (où il a dû vomir sept savarins avalés un peu vite), lui signale avoir entendu des aboiements de chiens dans la classe de dessin...

« Quoi? celle qui se trouve au pied de l'escalier du proto?

— Oui, mon vieux!

— *Dans* cette classe-là, tu es bien sûr? Ça ne venait pas plutôt de *dessous?*

— Non, non, dans la classe!

— Vigerie, va voir ce qui se passe, vite! »

Vigerie file vers Bételgeuse. C'est pourtant vrai que des aboiements terribles viennent de la classe même de dessin... Sans s'attarder à ce problème d'acoustique, le garçon descend à la cave où la meute tourne, enragée. C'est le chat du concierge, qui s'est innocemment glissé par le soupirail sans se douter qu'il tombait en enfer. Vigerie tente de calmer les sept chiens. C'est perdre son temps! D'autant qu'il rate, en ce moment, un dialogue exemplaire entre M. Marion et Fauchier-Delmas :

« Rentrez immédiatement en salle de consigne!

— Non!

— Quoi?

— Non! hurle Alain. L'article 18 du règlement dit « qu'aucune récréation ne sera d'une durée inférieure à quinze minutes ».

— D'abord, où est votre surveillant?

— Pourquoi? « Le surveillant d'étude ou de consigne n'a pas la responsabilité des élèves durant la récréation. » C'est l'article 23.

— Vous serez tous consignés de nouveau!

— Sûrement pas ! Article 41 : « Aucune sanction collective ne peut être prise sans l'avis du censeur »...

— M. Fauchier-Delmas, je vous renvoie !

— Vous n'en avez pas le droit : aucun article du règlement n'interdit de se faire porter à goûter, et notre surveillant l'avait autorisé. Quant au renvoi, seul le proviseur... »

Il ne peut achever. Une meute hurlante débouche de l'autre cour, traverse celle-ci à la poursuite du chat-volant de pch pch pch, passe entre leurs jambes, renverse le surveillant général puis, flairant la nourriture, entre en trombe dans le réfectoire, saute sur les tables — sept chiens sauvages qui lapent, croquent, dévorent, piétinent et, sous les drapeaux morts, s'attaquent enfin aux pantalons mêmes de l'empereur Charlemagne...

*

Fieschi attrapa sept heures de retenue et Hardrier, qu'il avait sauvé, ne lui adressa plus la parole.

Alain Fauchier-Delmas eut la satisfaction d'être renvoyé réglementairement : par le proviseur lui-même, pour insolence et désordre, dès le lendemain après-midi.

« M. Meunier va vous accompagner chez vous et notifiera ma décision à vos parents. Au revoir, monsieur Fauchier-Delmas. »

C'était la première fois qu'on l'appelait « monsieur » — égard funeste...

A peine sorti du bureau du proto, « monsieur » Fauchier-Delmas arbora, la mort dans l'âme, un sourire satisfait. On l'entoura beaucoup; les autres le regardaient avec un respect distant : comme un héros pestiféré. Morel, le seul qu'Alain n'eût pas invité au banquet des cancres, ricanait.

« Je te parie cent millions, dit d'Artagnan pour le faire taire, qu'avant trois jours je suis réintégré. »

M. Meunier, messager fatal, s'avançait déjà.

« Et moi je parie...

— Ta gueule ! » coupa d'Artagnan.

Il accueillit M. Meunier d'un « Salut ! » désinvolte et
s'éloigna à ses côtés, créant sur son passage des remous
de curiosité passionnée : « insolence et désordre »...

Jean-Jacques et François, navrés, l'attendaient près de
la porte. M. Meunier, en bâillant, les laissa se concerter.

« Alors, vieux ?

— Surtout, prévenez-moi dès que B. D. B. sera guéri !

— Tu crois qu'il agira auprès du proto ?

— J'en suis sûr. (Alain cligna de l'œil vers François).
J'ai barre sur lui...

— Tu te fais des idées, dit Hardrier qui n'aimait pas le
mystère chez les autres. C'est ton seul atout ?

— Oui... Non ! Je viens d'avoir une autre idée. Ne vous
en faites pas pour moi ! Allez, au revoir.

— Reviens, dit François en lui prenant la main avec
angoisse, reviens vite, mon vieux ! »

Le lycée lui semblait vide tout d'un coup : Pascal... Alain...
Hardrier restait, bien sûr ! mais Hardrier, comment compter
sur lui ?

Le pion et le garçon passèrent la grande porte qui se referma
mollement, mais pas entièrement, Dieu merci ! Ce mince rai
de lumière filtrait tout l'espoir de François.

« Où habitez-vous ? » demanda M. Meunier dans la rue.

Alain mentit :

« En banlieue. On prend le train gare Saint-Lazare.

— Allons ! »

Ils n'échangèrent plus un mot jusqu'au moment où M. Meunier sortit de sa poche le fameux portefeuille ceinturé de
trois élastiques et qui contenait sa fortune entière. Alain
rassembla son courage : « Oh ! pourvu qu'il accepte. »

« Monsieur, laissez-moi prendre les billets !

— Mais c'est contraire au...

— Cette corvée est déjà assez ennuyeuse pour vous,
monsieur ! Laissez-moi, au moins... »

Les gros doigts hésitent — instant décisif ! — puis ressan-
glent le portefeuille.

« Puisque vous insistez... »

« Ouf ! » Alain s'éloigne, prend deux billets pour Le Havre

direct, conduit en courant M. Meunier jusqu'au train transatlantique, l'installe dans un coin :

« Et si vous avez sommeil, monsieur Meunier, n'hésitez
pas : je vous réveillerai à temps!

— Merci, je... aaah! (il bâille) pardon! J'ai, en effet, aaah...
assez sommeil! Je ne sais pas pourquoi... »

« Parce que c'est ton heure, mon vieux, et heureusement! »
pense Alain tandis que l'express démarre, berçant le premier
sommeil, le meilleur! de Meunier-*tu-dors*. « Bon! Il ne se
réveille qu'au Havre, continue Alain. Six heures du soir :
pas de train avant le lendemain. Affolement. Moi très calme.
« Mais vos parents? » etc. (Il n'a pas besoin de savoir que
mes parents ne rentrent de Cannes que demain soir!) « Mes
parents? Eh bien, mais ils doivent être mortellement
inquiets... » — « Téléphonez-leur, du moins! » — Moi, toujours de glace : « C'est bien pour vous faire plaisir... » Téléphone à mes frères : Voilà ce qui se passe, je rentre demain,
qu'ils racontent n'importe quoi aux domestiques. Bon!
Meunier est fou; il gesticule; ma résolution et mon sang-
froid l'exaspèrent. « Mais enfin, ma responsabilité... le lycée...
ma carrière », etc. — « Écoutez, monsieur Meunier, n'y
allons pas par quatre chemins! Vous êtes dans l'ennui? moi
aussi. Vous pouvez arranger mes affaires et moi les vôtres.
Rentrons : je me charge du silence de mes parents : aucune
plainte, le prot... le proviseur ne saura rien. Mais vous, char-
gez-vous d'obtenir du censeur, qui est votre ami personnel,
ma réintégration sans histoire. D'accord? » Le bonhomme
accepte, trop content! Tête de Morel : je rentre un jour avant
la date prévue — plus fort que Philéas Fogg! »

Voilà ce qu'Alain Fauchier-Delmas se raconte au son
des ronflements Meunier, en regardant défiler la campagne
de Normandie si simple, si vraie... Si simple et si vraie qu'il
se sent mal à l'aise. En somme, il a découvert la puissance
du chantage avec B. D. B. embrassant sa secrétaire, et aujour-
d'hui il recommence. Pas très... d'Artagnan, tout ça, hein?
Oh, très malin, bien sûr! Digne des *Fauchier,* les marchands de
drap, indigne du maréchal *Delmas,* l'homme de confiance de
l'Empereur! Les deux sangs se battent en Alain tandis que

défile la Normandie, si simple, si vraie. Les globules Fauchier
et les globules Delmas livrent enfin le grand combat si souvent
remis mais inévitable. Hélas, c'est celui de l'épée contre le
piège à mines, du cavalier contre les gaz toxiques! L'issue
n'est pas douteuse : pauvre d'Artagnan, il ira jusqu'au bout
de son plan... De M. Meunier, dans tout cela, de son anxiété,
de son libre arbitre, il n'est pas question. Oh! le réveil sera
pénible! Et pourtant Alain se déplaît tellement : ce tête-à-
tête avec son reflet dans la vitre lui pèse tant, qu'il est presque
heureux de voir M. Meunier s'étirer, bâiller, chat aux moustaches monstrueuses, ouvrir enfin ses yeux dont le bleu, en
quelques secondes, va passer par toutes les nuances du ciel,
de mars à septembre.

« Ah! monsieur Fauchier-Delmas! Je crois... Aaah!...
que j'ai fait un petit somme! Aaah... Pardon! Mais où som-
mes-nous donc? »

« Cette fois, c'est l'instant, la grande scène, la foudre...
Allons-y! »

« Au Havre, monsieur.

— Au Havre? Mais alors... la mer? Nom de Dieu! »

M. Meunier s'est rué vers la baie vitrée du couloir; il en
baisse la glace, il projette son buste à l'extérieur, ses mains
agrippées à la barre de métal : on dirait que ce train le ramène
vers les siens après cinq ans de déportation. Alain l'entend
crier : « La mer! Je l'ai vue! Je la vois! La mer!... » Il revient
enfin s'asseoir devant le garçon qui se tient là, « plein de sang-
froid, de calme et de résolution » avec ses petites réponses
toutes prêtes dans sa tête : A nous deux, mon bonhomme! —
Oui? Quel désastre! Écoutez plutôt...

« La mer, dit M. Meunier d'une voix entrecoupée, mon
rêve : voir la mer... Me croirez-vous? Je ne l'avais jamais
vue. Si pauvre!... Tout raté : orphelin, veuf, perdu mes deux
enfants tout petits... Plus rien au monde : tout vendu pour
pouvoir partir un jour... Les crétins, avec leur retraite, leur
petite maison au bord d'une rivière, la pêche à la ligne...
Pas moi! une chambre meublée, toujours payée d'avance : je
peux la quitter n'importe quand... Et toujours (il sort son
énorme portefeuille) mes papiers et tout mon argent sur moi...

Un homme libre... « Homme libre, toujours tu chériras la
mer ! » C'est de Baudelaire, monsieur Fauchier-Delmas, un
raté, lui aussi... Bien sûr ! j'aurais pu, un dimanche, prendre
le train de plaisir pour Honfleur ou Paris-Plage... Ah non !
Ah, mais non ! Pas de rencontre à la sauvette avec la mer !
Le jour où j'irai, adieu la chambre, adieu le lycée, adieu la
vie perdue ! Seulement voilà, y aller à temps : pas en retraité
mais en marin, comprenez ? en marin !... En attendant, s'ennuyer, « se prêter au monde », dormir : rêver de la mer, rêver
d'aujourd'hui... »

M. Meunier se précipite de nouveau vers la vitre. On
arrive, on entend des sirènes, le soleil couchant incendie le
port gigantesque. Alain reprend son souffle : il n'a pas respiré depuis que M. Meunier a commencé de lui parler. Discours de fou, dont pourtant chaque parole l'a brûlé au passage : « orphelin... veuf... pauvre... libre... », des mots tout
neufs ! Ils le sortent de ses romans, ils l'emprisonnent dans la
peau de M. Meunier. Voici qu'il s'intéresse à quelqu'un, pour
la première fois ! Comme c'est désagréable...

M. Meunier revient. Ses yeux reflètent encore le couchant :
un regard inquiétant, halluciné, si familier pourtant à d'Artagnan... Le sang Delmas lui conseille de sauter au cou de cet
homme, de lui demander pardon; mais c'est le sang Fauchier
qui parle :

« Mes parents... »

Le visage, en face de lui, se rembrunit; l'enfant de cinquante ans boude.

« Ah ! c'est vrai, vos parents... »

Alain Delmas voudrait tout expliquer, avouer que ses
parents ne sont pas là : Rien n'a d'importance, j'arrangerai
tout, n'en parlons plus ! Mais Alain Fauchier retrouve le fil
noir de l'intrigue :

« Ils vont être mortellement inquiets !

— Comment ! Ils n'habitent pas Le Havre ? Mais alors
pourquoi diable... ? Enfin, vous allez leur téléphoner, les
rassurer. Demain, je vous mets dans le train, vous leur direz
vous-même à propos du renvoi du lycée — mon Dieu, que
c'est loin ! Et quant au Havre... Mais pourquoi diable avez-

vous fait ça? Un sursis sans doute — sursis génial! Mettez tout sur mon dos, allez!

— Mais le lycée... votre responsabilité... votre carrière...

— Vous voulez rire! Ma carrière? la voici! »

D'un geste de statue il désigne l'océan. Le paquebot PARIS lui répond de sa sirène rauque (on a vu la fumée avant de l'entendre).

« Quant au lycée, soyez gentil de faire dire au censeur ces simples mots : « C'est fait... » Il comprendra. Je leur écrirai pour qu'ils liquident ma pension, s'ils consentent à me la donner après cette... fugue! Je leur écrirai de Calcutta, ou de Pernambuco, ou de Sourabaya... Descendons! Regardez tous ces pauvres gens avec leur bagage : plus il est gros, plus ils sont fiers. Mais la mer n'accepte pas les bagages, venez! »

Dans le grand hall blanc, M. Meunier s'informa du train de retour :

« *Votre* train part à huit heures, mon petit. Je vais prendre votre billet. Si! si! Cela vous remboursera de ma place. Je ne veux rien vous devoir, comprenez-vous? Vous avez été le hasard, le coup de vent, l'ébranlement qui fait tomber de l'arbre le fruit qui mûrissait depuis longtemps, mais c'est tout. Non, quand on part enfin vers la vie, on paie sa place! Tenez, voici le téléphone public : demandez Paris. Je vous rejoins ici après quelques achats en ville. A tout à l'heure... »

Pendant que M. Meunier prenait le billet de retour, Alain choisit un autre guichet et loua une seconde place.

« Il faut qu'il revienne avec moi... Il faut absolument qu'il revienne avec moi... à Paris... avec moi... » Il était incapable de former une autre pensée. « Accroché aux basques d'un pion! Si Morel te voyait... — Ta gueule! » Elle était facile à faire taire, ce soir, la voix qui ne s'adressait qu'à sa vanité; moins facile à ne pas entendre, celle qui lui disait : « Laisse Meunier partir! Ce n'est pas du roman : pour la première fois tu rencontres l'Aventure, celle où l'on risque, celle où l'on paie d'avance... Respecte-la! reviens seul et débrouille-toi, garçon! Tu as voulu jouer Fauchier et c'est Delmas qui gagne, vive l'Empereur! Sois beau joueur : à toi de sauver

Meunier et sa pension de retraite en expliquant tout au censeur... »

Alain fut sur le point de rendre le ticket; mais la nuit tombait, les voix résonnaient dans ce hall froid, il se sentit si seul... Ce petit bout de carton qui représentait un peu M. Meunier, c'était sa seule compagnie. Il le garda.

Il avait, depuis longtemps, achevé de téléphoner à ses frères et désespérait de jamais revoir M. Meunier, quand un marin, vêtu d'un large pantalon bleu et d'un chandail brodé d'une ancre rouge, tête nue, les cheveux courts, le regard clair, la moustache grise, s'approcha :

« Vous ne me reconnaissez plus ?

— Monsieur Meunier !

— Vous guettiez les feutres noirs et les barbiches, hein ? Fini ! J'ai mon engagement, ajouta-t-il en tirant un papier de sa poche : la MARIE-JULIENNE, appareillage demain matin à sept heures. Ça a marché plus vite que je ne pensais : « Qu'est-ce que vous savez faire ? — Rien. — Qu'est-ce que vous acceptez de faire ? — Tout. — Qu'est-ce que vous demandez comme solde ? — Rien. » Ah ! ce « rien » a tout emporté ! J'étais un grand homme, vous pensez ! Il leur fallait aussi un mousse novice. J'ai pensé à vous, un instant...

— Oh ! vous auriez dû dire oui ! cria le maréchal Delmas du fond de son arrière-petit-fils, cria l'Aventure, l'Empire, l'Épopée, cria le général de vingt ans.

— Et vos parents ?

— Ils ne m'aiment pas !

— Taiscz-vous. (Quel accent ! Qu'il était beau, ce masque de marin, son regard impérieux !) Taisez-vous. Vous avez toutes les chances : des parents, des frères, des gens qui vous attendent, qui vous veillent quand vous êtes malade, et vous vous permettez de les juger. C'est vous qui ne savez pas aimer, Fauchier-Delmas ! Vous êtes donc de la race de ceux qui comprennent trop tard ? Oh ! mon petit, ne soyez pas de la race de ceux qui comprennent trop tard... »

Il se cachait un drame derrière ces paroles, noyé au fond de ces paroles comme les yeux bleus derrière les larmes qu'Alain y vit surgir. Pourtant, M. Meunier ne détourna

pas son regard et Alain sentit que ses yeux à lui se mouil-
laient.

« Votre mère... » commença M. Meunier, mais il n'acheva
pas.

Il n'y avait plus que ce vieux marin et ce petit garçon
dans le grand hall. Les bateaux appelaient dehors; le vent
força une porte, s'engouffra, fit voler des affiches.

« Sortons, dit M. Meunier, le vent nous montre le chemin. »

VII

ET LOUIS XIX QUI NE RÉGNA QU'UN JOUR...

Ils allaient en silence sous la lumière lunaire qui tombait des projecteurs hautains. Grues, transbordeurs, hangars : tout ce métal devenait froid avec la nuit, et la mer, dans ses prisons de pierre, paraissait noire et cruelle, venin des poulpes. Alain frissonna.

« Regardez! fit soudain M. Meunier. C'est elle... »

Sur le large arrière d'un cargo, le garçon lut MARIE-JULIENNE en lettres d'or. Mais, se fût-il appelé SERGENT OUDART, M. Meunier eût encore dit *elle* avec la même tendresse.

Le vent dut s'impatienter de les voir s'attarder ainsi devant ce rafiot, car brusquement il se hérissa, drainant toutes lès odeurs de goudrons et de marées, les sirènes et les cloches éparses dans l'air froid, balayant poussières, farines et sables venus de toutes les contrées du monde, tourbillon qui, après avoir hésité comme l'aigle, s'engouffra dans les mâts et haubans des navires endormis avec un ronflement terrible. C'était Satan qui jouait de l'orgue... M. Meunier serra trop fort le bras d'Alain et, le tutoyant pour la seule fois : « Ecoute! » lui dit-il; puis il l'entraîna trop vite, comme s'il craignait que le vent, dès qu'il se serait dépêtré de ses cordages, se jetât sur eux.

Plus tard, Alain aurait aimé traîner dans ces bistrots d'où sortaient des bouffées d'accordéon et des rires de femmes,

quand les marins bleus en poussaient la porte. Mais M. Meunier : « Ceux pour qui Le Havre est une escale y ont droit;
pas ceux pour qui c'est une sous-préfecture de la Seine-Infé-
rieure ! » Et ils gagnèrent le petit hôtel où M. Meunier avait
laissé sa panoplie de pion. De la fenêtre de leur chambre, on
voyait la cale de radoub où des démons s'acharnaient à grandes
flammes sur une carcasse noire, on voyait les bassins, les
ombres immenses des navires, la MARIE-JULIENNE parmi les
autres. Des phares lointains jetaient, par la fenêtre ouverte, un
regard vif. M. Meunier ne se résigna que tard à fermer les volets;
des reflets tournaient encore au plafond...

Après un sommeil traversé d'orgues et de vaisseaux, Alain
s'éveilla angoissé. « A sept heures... la MARIE-JULIENNE...
Et Meunier qui dort, naturellement! Je devrais. (Une cloche
d'église sonna six fois.) Six heures! Il a le temps... » A condition qu'il se reveillât, bien sûr! Mais Meunier-*tu-dors* ronflait toujours. Alors, après cette minute laissée à l'ange seul
et qui s'appelle la grâce, le démon gardien d'Alain s'éveilla à
son tour. « Je suis bien bon, après tout! Et puis, il a peut-être
changé d'avis... D'ailleurs, cette horloge a-t-elle sonné six ou
cinq coups? » Ayant ainsi fait le tour de la mauvaise foi,
Alain se tourna vers le mur pour retrouver la nuit, et il y parvint. Il paraît que les assassins, rentrant chez eux à l'aube,
s'endorment aussi.

Un grand cri « Nom de Dieu! » déchira ce sommeil mal
assuré : debout devant la fenêtre ouverte, M. Meunier est
immobile, M. Meunier est crucifié, du geste qui vient de
repousser les volets. Au large, la MARIE-JULIENNE fait cap
sur le soleil déjà haut; et sa place vide, dans le bassin, se
marque, parmi les cargos noirs, comme une dent qui manque...

Le train atteignit Rouen sans que les voyageurs eussent
échangé trois mots. M. Meunier avait revêtu sa tenue de
pion; pas le feutre, cependant : jeté dans le bassin, à la place
vide, comme un gage!

« Parlons de vous, dit-il soudain, pourquoi vous a-t-on
renvoyé, au juste? »

Alain raconta le banquet des cancres, sans aucune complai-
sance.

« Très amusant, fit M. Meunier sans rire. En rentrant, je demanderai au censeur d'arranger cette affaire.

— Non ! cria d'Artagnan, je ne mérite pas...

— Pas pour vous, Fauchier-Delmas, pour moi.

— Mais mes parents n'interviendront pas, je vous l'assure !

— Qu'allez-vous penser là ? dit M. Meunier avec un mépris écrasant. Je veux vous garder au lycée comme un témoin ; votre présence signifiera pour moi : « Tu as manqué le premier navire ! N'attends pas trop... »

Alain Fauchier-Delmas fut réintégré, le lendemain même de son renvoi. Morel aurait préféré avoir un doigt coupé ou que son père mourût. Pourtant, d'Artagnan eut le triomphe modeste, presque honteux ; mais cela ne fit qu'ajouter à sa gloire. C'est le piège favori du démon. Sa retenue frappa plus que toute vantardise, comme l'écluse impressionne davantage que le torrent. Personne ne sut un mot de l'équipée du Havre ; on raconta qu'Alain avait coupé la barbiche de M. Meunier, confisqué son feutre, que sais-je ! Tous ces mystères enrageaient Hardrier.

« Enfin quoi, B. D. B. n'est même pas encore rentré, et tu as réussi...

— Mais puisque je l'avais dit ! fit d'Artagnan avec une simplicité exaspérante. Et ici, quoi de neuf ?

— Rien. Ah si ! Fieschi s'est fait punir à ma place.

— Pourquoi ?

— Sais pas ! Et Barberousse est renvoyé.

— A cause du chahut de la Saint-Charl' ?

— Naturellement, tu l'avais mis en cause !

— Alors, c'est ma faute ?

— Évidemment. »

Alain chassa ce nuage de son ciel déjà si gris ; il n'avait pas le cœur assez grand pour contenir deux remords : Meunier lui suffisait — au diable, Barberousse !

« Et quoi d'autre ?

— Rien, dit François Voisin, blessé de cette indifférence.

— Et les visites organisées, Voisin, qu'est-ce que tu en fais ? *Cheuti brojain,* continua Hardrier en imitant leur professeur d'histoire, *le Balais de Verzailles, berzeau de l'hisdoire de Vrance, zous la conduite de M. Chakop...*

— ... assisté de M. Bourdon dit « Belle Gueule »!

— Et pourquoi Versailles en premier? fit Alain qui était bonapartiste à cause du maréchal Delmas. Fontainebleau est au moins aussi important!

— Fontainebleau? Tu veux rigoler! s'écria Jean-Jacques qui, lui, se croyait royaliste, vieille rivalité entre les Mousquetaires.

— Je n'irai pas », dit d'Artagnan conscient de parler au nom de la famille Bonaparte et de la Grande Armée tout entière.

M. Jacob, berger sans chien, tentait de rassembler son troupeau, mais en vain : à la sortie de chaque pièce dorée il perdait deux ou trois élèves. Mollard rêvait encore, dans le salon du grand couvert, aux repas de l'époque dont le prof avait eu l'imprudence de citer des menus; Cayrolle examinait en connaisseur les muscles du dieu Mars au plafond de la salle de billard; et Bigloteux calculait en mètres cubes le volume total du château. Là où s'asseyait, aux pieds de Marie-Antoinette, un négrillon au turban mauve, là exactement se tenait sans le savoir Vigerie le nègre. Darseval, le camelot du roi, avait laissé passer la foule des autres pour demeurer seul dans la salle du trône. François Voisin et Jean-Jacques Hardrier, qui traînaient davantage encore pour pouvoir jouer tranquillement à Louis XIV et Colbert dans la galerie des glaces, passèrent le seuil du salon d'Apollon juste à temps pour voir Darseval mettre un genou en terre devant le trône de ses rois.

Bien plus tard, ils se demandèrent comment ils n'avaient pas alors éclaté de rire; mais vraiment ils n'en éprouvèrent sur-le-champ aucune envie. Et même, pour que Darseval ne se voie pas surpris dans cette position, ils reculèrent jusqu'au mur.

Il y avait là une porte dissimulée dans les boiseries et qui s'ouvrit seule derrière eux : ils se trouvèrent dans un couloir étroit qui sentait à la fois la cave et le grenier. Sans un mot, le cœur battant, les garçons marchèrent vers la lumière. On entendait loin, loin, à travers des murs centenaires, la voix de M. Jacob : *« Mais gue vait donc Monzieu Pourdon à la vin! »* Puis plus rien.

Les garçons avaient descendu quelques marches creusées en leur milieu, tourné, tourné encore, traversé une petite antichambre gris et or; ils poussèrent une porte basse et... — Dieu! François crut s'évanouir : Louis XV, là, debout devant la fenêtre!

Le roi parut surpris, lui aussi; il fronça les sourcils et fit un geste d'impatience. François se voyait déjà bastonné, embastillé, livré aux gardes suisses, quand il entendit Jean-Jacques murmurer :

« Monsieur Bourdon ! »

Eh... mais oui ! c'était Belle-Gueule avec sa chevelure d'argent, et vêtu d'un costume royal.

« Comment êtes-vous parvenus jusqu'ici ?

— Depuis la salle du trône, monsieur, par une petite porte...

— Par *la* porte, Hardrier! celle qu'ils ont poussée, le 6 octobre, lui et le général de Lafayette; et puis les sept marches, n'est-ce pas? le couloir, l'antichambre... Et voici le balcon! C'est là qu'il s'est montré au peuple de Paris — mais trop tard ! »

Belle-Gueule se tut un instant, puis il ajouta :

« C'était mon aïeul, mes enfants. »

Les garçons reculèrent d'un pas.

« Impossible, balbutia François.

— Pourquoi, Voisin ? demanda Louis XV avec bonté. Tout le monde sait que le dauphin, mon arrière-grand-père, n'est pas mort au Temple.

— C'est vrai, fit Hardrier. Mais où vas-tu, Voisin ?

— Chercher Darseval. »

François reprit le couloir et l'escalier. Il allait d'instinct quérir Darseval comme on alerte l'oto-rhino-laryngologiste pour une angine. Histoire de roi? Darseval était *le spécialiste*. Pour François, empereur, prince ou roi, tout cela faisait partie du musée Grévin : il était républicain. Pas à la manière de Pascal Delange qui, lui, s'enflammait en parlant de 48,

récitait la *Marseillaise* par cœur et pleurait sur le petit Bara,
non! Il était républicain comme tout le monde : par manque d'imagination. Jean-Jacques aussi avait été républicain,
socialiste même (« Comme tous les types à lunettes », prétendait d'Artagnan) jusqu'à ce qu'il eût acheté cette bague qu'il
portait à l'annulaire gauche. Une grosse chevalière gravée
aux armes que voici : *d'argent cantonné de sable, portant en chef
l'étoile de sinople, en pointe le léopard de gueules*. C'était la phrase
magique qui avait permis au brocanteur de la lui vendre
20 francs de trop. Ce blason était, à peu de chose près, celui
des Montmorency de la branche aînée. Dès lors, il avait bien
fallu raconter que sa famille leur était apparentée (de son
vrai non « Hardrier de Montmorency »), et d'imposture en
imposture, devenir royaliste.

Voisin, accompagné de Darseval, reprit aussi précipitamment que Louis XVI et Lafayette le chemin historique.

« Le roi, à ce qu'il paraît ! » avait seulement chuchoté
François; et l'autre s'attendait à tout, à tout sauf voir Belle-
Gueule déguisé.

« Qu'est-ce que ça veut dire?

— Ça veut dire que M. Bourdon est l'arrière-petit-fils
de Louis XVII, dit Hardrier content de son effet.

— La preuve?

— La preuve? répondit M. Bourdon avec cette débonnai-
reté qui n'appartient qu'aux Grands, mais d'abord celle-ci... »

Il marcha jusqu'au mur du fond et se campa, de profil,
en pleine lumière, sous un portrait du roi Louis XV dans
cette même attitude.

« Oh! » firent les trois d'une seule voix.

Et François lui-même se sentit ébranlé, tant la ressemblance
était hallucinante.

« Ceci encore », ajouta M. Bourdon en tendant sa bague
aux garçons, d'un geste d'évêque.

Ils y virent, incrustées de rubis, les armes de France. Jean-
Jacques leva sur le prétendant un regard plus méfiant : les
bagues, il savait à quoi s'en tenir.

« Mais bagatelles que tout cela, poursuivit le fils de saint
Louis avec désinvolture, je vous montrerai chez moi des lettres

et parchemins indiscutables. Puisque le hasard vous a rendus maîtres d'un secret d'État, je vous en dois toutes les preuves authentiques.

— Mais enfin, explosa François, si c'est vrai, ça doit se savoir ! Il faudrait... je ne sais pas, moi ! »

Monseigneur daigna rire de tant de naïveté.

« Et la loi de 1886, Voisin !

— Tu sais bien, précisa Darseval avec une moue écœurée, que *la gueuse* interdit aux descendants des quarante rois qui en mille ans firent la France d'y séjourner !

— C'est pourquoi j'ai pris cet emploi... modeste, et changé en *Bourdon* mon nom véritable.

— Qui est ? demanda François étourdiment.

— BOURBON. »

Comme il prononçait ce nom, une tornade furieuse enveloppa soudain le palais, la ville entière, toute l'Ile-de-France. Une tempête qui venait de loin (de 89, peut-être !) martela la grande cour pavée, tambourina sur les ardoises, fouetta les glaces des fenêtres.

« Le peuple ! murmura Louis XV. Encore ? »

L'averse attaquait de front la statue royale, au milieu de la cour des ministres ; et le cheval de bronze, tout luisant de pluie, remontait le courant, faisait face à ces vingt mille lansquenets, comme au siège de Douai. Ah ! il en avait affronté d'autres, le cheval de bataille de Louis XIV !

Les trois garçons écoutaient en silence cette furie dont les vieux murs les préservaient. Ils avaient l'impression d'être suspendus dans le temps, dans l'espace : scaphandriers de l'histoire, flottant entre deux siècles...

Hardrier reprit pied le premier :

« En admettant même... » commença-t-il, mais monseigneur lui jeta un tel regard qu'il se reprit : « Je veux dire... Comment avez-vous pu...? ces appartements... ce costume...?

— Mais je suis ici chez moi ! Venez à côté.

C'était un cabinet pourpre et or. Le prince leur désigna des objets posés sans apprêt sur les meubles :

« Le nécessaire de᾽ voyage de mon aïeul Louis XVI.

Il en avait lui-même forgé la serrure... Et tenez, voici sa trousse de serrurier ! »

François allait porter la main sur ces outils; Darseval l'en retint d'une poigne terrible. Il laissait bien, pourtant, M. Bourdon feuilleter négligemment un cahier jauni :

« Des devoirs d'écriture de mon arrière-grand-père à l'âge de... Voyons... 1791 : six ans... Et regardez! (Il ouvrit à deux battants, d'un geste royal.) La garde-robe de Louis XV le Bien-Aimé! »

Sa main blanche à la lourde bague se posait, familière, sur chacun des costumes historiques : celle d'un homme riche et blasé qui hésite sur ce qu'il revêtira aujourd'hui. Il murmura :

« Chasse... bal... petits soupers... réceptions d'ambassades... Et maintenant, laissez-moi un instant, voulez-vous ? »

Les garçons regagnèrent le salon toujours assiégé par la pluie. Dehors, dans le désert de la ville, le vent trouvait encore des feuilles d'arbre et des parapluies à retourner, des cheminées à abattre.

« Qu'est-ce que tu en penses, toi, Darseval ?

— Je ne sais pas... J'irai voir les papiers chez lui. Tu viendras avec moi, Hardrier ?

— Oh! moi!

— Quoi, tu n'es pas royaliste ?

— Si, bien sûr !

— Alors c'est un devoir. En attendant, je reste fidèle au duc de Guise », ajouta-t-il, mais sa voix muait, signe de trouble.

La pluie redoubla. Il faisait ce temps-là, le 5 octobre, quand le peuple de Paris marchait sur Versailles...

M. Bourdon rentra, vêtu comme au lycée, mais toujours aussi imposant aux yeux des garçons. La tempête n'en jugea pas de même, car elle cessa net. Le soleil apparut d'un seul coup et, avec lui, un arc-en-ciel immense qui enjambait Versailles, du nord au sud.

« La porte de Paris, dit M. Bourdon à voix basse. Ah! rentrer dans Paris par cette porte... »

D'un geste tout machinal, il sortit de sa poche un trousseau de clefs auprès duquel celui de Jean-Jacques Hardrier était dérisoire. Il fit sortir son monde et ferma derrière lui. Ils traversèrent des salons de formes singulière, des alcôves, des bibliothèques aux volets clos; chaque fois, M. Bourdon ouvrait et fermait à clef les portes, tel un bourgeois soigneux.

« Mais, monsieur, dit enfin François, cette garde-robe... ces clefs...?

— Trois des gardiens m'ont déjà prêté serment. »

Plus qu'une porte et c'était la cour de marbre; on entendait des pas, des voix : « Oh! Majesté, tous ces sujets bruyants...

— Monsieur, dit encore François, et *les autres?*

— Les Orléans? fit le prétendant avec vivacité. Nous saurons leur faire entendre raison. Guise s'inclinera.

— Non, osa poursuivre le garçon, les autres élèves... la visite organisée...

— Ah! »

Il tombait de haut, M. Bourdon! Du trône d'argent massif à triple dais d'hermine et de velours grenat.

« Oui, dit-il enfin d'une voix changée, la promenade... M. Jacob... Et bien, rejoignons-les.

— Mais par où, à présent?

— Escalier du théâtre, salon d'Apollon, salle de musique de la reine, rotonde de la guerre, énonça-t-il avec la facilité et l'indifférence d'un guide. Mais d'abord, votre parole d'honneur : pas un mot de cela à personne! Je compte sur vous.

— Oui, monsieur », dit François.

« Oui, monseigneur », pensa Darseval dans son cœur.

Darseval et Hardrier revinrent de chez M. Bourdon entièrement convaincus de sa légitimité. Ils confondaient un peu *fac-similés* et *autographes* et prenaient les témoignages pour des certificats. D'une façon générale, tout ce dont le contraire n'était pas absolument prouvé leur paraissait assuré. M. Bourdon parlait bien...

Ils avaient obtenu de lui le droit, non! la faveur de rallier, autour de sa candidature au trône, tous les royalistes du lycée, et ils se mirent en chasse aussitôt. A l'égard des autres, obscurantins, bas démocrates, fils satisfaits des régicides, ils affec-

tèrent au contraire une pitié plus méprisante que jamais.
Il fallait aux fidèles un signe de ralliement : ils portèrent leur
bracelet-montre à l'envers, le cadran tourné vers le bas; il leur
fallait un code : ils parlèrent *javanais,* et les mots « ravoi »
(roi) et « Bavourdavon » (Bourdon) revinrent fréquemment
dans leurs chuchotements. Il leur fallait enfin un mot de passe :
ils choisirent DEMAIN, mot qui, le plus souvent, exprime la
résignation mais qu'eux prononçaient sur le ton d'une résolution farouche. Les murs du lycée se couvrirent d'inscriptions : LE ROY EST LÀ! Ils écrivaient le mot avec un *y* par fidélité
au Grand Siècle, et surtout pour éviter que les partisans de la
gueuse, en deux coups de craie, ne le transformassent en ROTI.
Le concierge les effaçait avec des pch pch pch de rage, car
il avait été tambour dans la garde républicaine et chérissait
la république sinon comme une mère, du moins comme une
nourrice. Les graffiti renaissaient chaque matin; c'était aux
cabinets qu'on pouvait voir les plus nombreux et les plus
explicites. On n'y avait pas assez d'injures pour la république
et ses hommes d'État; on rappelait qu'en somme, si Henri IV
n'avait pas été assassiné, le peuple français mettrait toujours
la poule au pot. Enfin on prophétisait le roy tout proche,
avec un *y*.

Au milieu de cette agitation clandestine, M. Bourdon promenait superbement son beau visage. Son œil scrutait les
regards écoliers et il s'enivrait d'y lire parfois, plus que du
respect, un dévouement absolu. Certaines inclinations de tête
valaient un serment prêté.

Alain Fauchier-Delmas, qui avait refusé de visiter Versailles par conviction bonapartiste, s'était ennuyé à périr
ce jeudi-là. Sans amis et sans argent, Paris-Le Havre ayant
tout épuisé, il employa son grand remède contre la solitude
et l'ennui : il *fit du métro* toute la journée. En combinant ses
trajets, on peut traverser vingt fois Paris en étoile sans
reprendre de billet. Les jours d'humeur grise et de tête vide,
Alain, luttant contre l'ennui par un ennui plus fort et chassant
la tristesse intérieure par celle qui vient du dehors, *faisait du
métro*. Il parvenait vite à une somnolence maussade qui lui
tiendrait lieu de bien-être pour cette journée. Il remontait

enfin, éreinté, taciturne, dans un monde où le soleil était déjà
couché. Il se sentait à la fois coupable et libéré, comme l'assassin : il venait de tuer le temps.

« Alors c'était gentil *votre* Versailles ? »

François le prit à l'écart et lui dit tout.

Évidemment, l'aventure paraissait plus amusante que le
métro. Mais Alain refusa de l'admettre : ce que pensait,
jugeait et faisait un Fauchier-Delmas était supérieur à tout
le reste depuis 1807, date à laquelle l'empereur Napoléon
avait remis à l'ancêtre le bâton de maréchal. Alain haussa
donc les épaules et entra dans l'opposition.

Il y eut alors une conversation historique entre les deux
Mousquetaires Hardrier et Fauchier-Delmas. Le premier
persuada insidieusement au second que, dans l'intérêt même
de sa cause, il devait aider au complot bourdonien. En effet,
quand Bonaparte avait-il pris le pouvoir ? A la chute des
Bourbons. Il fallait donc des Bourbons avant un Bonaparte ;
et le plus tôt reviendraient ceux-là, le plus tôt celui-ci courrait
sa chance. Irréfutable était le raisonnement, et d'Artagnan
promit à la cause son appui bienveillant.

François le Républicain fut séduit à son tour par un argument imité de Blaise Pascal : rien à perdre et tout à gagner
dans le cas où M. Bourdon montait sur le trône... Il suivit
donc les deux autres, mais surtout pour ne pas rester seul.
« Delange, lui, n'aurait pas marché », pensa-t-il avec remords.
D'ailleurs, Fieschi rit beaucoup de cette histoire du *Roy
est là*... Pourquoi diable est-ce que je viens de dire : « D'ailleurs, Fieschi... » ? Qu'est-ce que Fieschi a de commun avec
Pascal ? Je me fiche de Fieschi ! Il peut bien penser ce qu'il
veut, Fieschi ! Non, mais sans blague... Il a sauvé la mise
à Fauchier-Delmas dans le combat des A 2, et à Hardrier
le jour de la Saint-Charl', bon ! mais moi je ne lui dois rien,
à Fieschi ! »

Le jeudi suivant, Alain et François, qui avaient refusé
de prendre part à une « démonstration publique » organisée
par Darseval, se rendirent au cinéma. Ils hésitèrent longtemps
entre le « Carillon » qui leur offrait plusieurs films allemands

de terreur et de sorcellerie, et « Parisiana-Cinéma » qui affi-
chait cinq films comiques. Ils choisirent celui-ci parce que les
places y coûtaient dix sous de moins et ne le regrettèrent pas.
Quand ils sortirent, le ventre douloureux d'avoir tant ri
aux aventures de Picratt, de Zigoto, de Malec, de Frigo et
de Beaucitron, la tête riche d'images de *Fords* explosives,
de pantalons qui tombent, de tartes à la crème lancées à la
volée par des portes inattendues — quand ils sortirent,
éblouis, sur le triste boulevard, ils virent devant le musée
Grévin un noir attroupement que des agents tentaient de
disperser. En passant de bouche en bouche, le fait divers
devenait épopée; voici les fragments qu'ils en recueillirent.

« Un homme... Non, non, un monsieur... Tout à fait
comme il faut... Très bel homme, avec des cheveux argentés...
beaux comme une perruque... Il était accompagné de petits
jeunes gens... Tenez! à peu près de votre âge... Visitaient le
musée... Section de la Révolution française... Enjambé les
cordes pour déposer une gerbe dans la cellule du dauphin
au Temple... Je vous demande un peu!... Transpercé avec
leur propre baïonnette la poitrine de chacun des sans-culottes
qui gardent le roi et la reine... Donné une paire de gifles à
Fouquier-Tinville, vous vous rendez compte?... Des exaltés,
évidemment!... Harangué le public en montant sur la chaise
de Mirabeau... La chaise de Mirabeau!... Raconté que le
dauphin n'était pas mort au Temple... Qu'il vivait toujours...
Mais non, madame! qu'il avait eu un fils qui, lui-même...
C'est bien ce que je disais!... Que le roi était là, je me rappelle
très bien cette phrase : « Le roi est là! »... Mais non... « Le
« feu est là! Le feu est là! » voilà ce qu'ils criaient... C'est donc
pour ça qu'il y a eu cette panique?... la police... les pompiers...,
la fuite parmi les miroirs déformants... Ah! on n'avait pas
envie de rire, je vous le jure!... La machinerie du Palais des
Mirages s'est détraquée... Forcément! avec cette bousculade...
Les papillons de feu volaient dans l'Alhambra de Grenade
et les danseuses hindoues tournaient dans la forêt... C'était
beaucoup plus joli!... Non, monsieur, c'était ridicule!...
Madame, depuis 1889, je vois les papillons descendre dans la
forêt! Vous comprendrez que...

— La police a arrêté les... exaltés? demanda François avec angoisse.

— Pensez-vous! Ils se sont enfuis par le passage des Panoramas, mais seulement après avoir, à tour de rôle, repoignardé Marat...

— Marat!

— Dans sa baignoire!

— Est-ce qu'ils ont respecté la Section napoléonienne? questionna d'Artagnan.

— Oui, oui. Heureusement! Mais enfin, des choses comme ça ne devraient pas être permises !

— Mais, dit François logique, elle ne sont pas permises.

— Circulez, voyons ! » fit un agent; et ils circulèrent.

Ainsi on passait à l'action... La journée du Musée Grévin rallia à la Cause Bourdon pas mal de bagarreurs qui trouvaient la République trop calme. Bien qu'il jugeât l'entreprise stupide et plutôt digne des films de « Parisiana », Alain fut secrètement vexé de ne pas l'avoir conduite. Ses troupes lui échappaient au profit d'Hardrier : le connétable de Montmorency limogeait le maréchal Delmas. Il attendit alors impatiemment l'occasion de diriger une seconde manifestation de masse.

Des élections législatives devaient avoir lieu dans le quartier, et les réunions publiques se tenaient dans les classes des écoles. On apprit que celle du 8 février prendrait place dans la salle de dessin du lycée, vaste local et le seul sans bancs ni gradins. Alain ameuta les royalistes : Non, cette réunion n'aurait pas lieu! Fallait-il à présent voir la gueuse tenir ses assises dans le berceau même de la future Monarchie? Et ce toit qui abritait un Bourbon protégerait-il, etc.? — Mais que faire? L'échauffourée de la Saint-Charl' était trop proche. Soutenir le prince, d'accord; mais se faire renvoyer du lycée, ça non !

« Je me charge de tout, fit Alain. Assistez à la réunion et vous verrez comment elle tournera. » (« Tu parles d'un type, ce Fauchier-Delmas ! »)

Le jour de la Saint-Charl', n'avait-on pas entendu les chiens de la cave aboyer *dans la classe de dessin*? Il existait donc une communication acoustique, bouche ou tuyaux, entre l'une et l'autre — suffisait de s'en servir! Tel était le plan d'Alain. Hardrier y souscrivit avec le seul regret de n'en avoir pas eu l'idée lui-même; mais François Voisin refusa.

« Bételgeuse appartient à nous trois. A nous quatre, même! Si Delange n'était pas... absent (par pudeur, il employait le mot administratif), il refuserait de mêler Bételgeuse à cette histoire : il n'était pas royaliste, Delange! Et moi non plus. Et toi, Fauchier-Delmas, franchement?

— Si tu savais ce qu'est une réunion électorale! dit Hardrier. Je suis allé avant-hier à celle de l'École des filles... Écoute, tu es républicain?

— Enfin je...

— C'est ton droit. Les hommes de 48, la grande Honnêteté, la Fraternité dans la Justice — grand H, grand F, grand J!

— Tais-toi! cria François. (L'autre employait les expressions mêmes de Pascal...)

— Eh bien, tu iras à la réunion et nous t'attendrons à Bételgeuse. Tu entendras les arguments et les contradictions. Tu verras ces types dénoncer leurs tripotages, laver leur linge sale entre ennemis, déterrer leurs os pourris, comme des chiens. Tu chercheras l'intérêt général dans tout cela, la grande Honnêteté, la Fraternité... oh! pardon! La liberté surtout, tiens! la liberté de parole : les deux boxeurs du candidat, se rapprochant de toi à travers la foule, si tu insistes un peu trop pour parler... Et les bistrots remplis, les tournées offertes jusqu'à minuit... Tu n'es pas têtu, Voisin! tu verras le travail, tu comprendras vite... Nous, nous t'attendrons ici, à Bételgeuse. Et si ça te dégoûte, tu n'auras qu'à descendre et à nous dire   « Allez-y! » D'accord, Fauchier-Delmas? Simplement, toi qui as le cœur sensible, descends avant de vomir! »

La réunion commençait à huit heures et demie. Vers neuf heures moins un quart, François parut sur le seuil de Bételgeuse où résonnaient distinctement les voix qui parlaient au-dessus. Il était un peu pâle; il s'étendit sur les coussins, se versa un verre de calvados, alluma un *patriotas* et dit aux autres :

« Allez-y ! »

Là-haut, le candidat venait d'achever une période oratoire qu'il jugeait assez heureuse. En vérité, on aurait dit un exercice de *bouts-rimés* dont les rimes imposées eussent été : « république... réaction... laïque... révolution... » et quelques autres.

Les citoyens approuvèrent. En France tout finit peut-être par des chansons, mais tout commence par des discours.

Le président du Bureau allait parler à son tour et humectait déjà ses lèvres d'une langue spirituelle lorsqu'on entendit, venant on ne sut d'où, une voix tranquille qui lisait les petites annonces d'un journal. Seuls quelques jeunes citoyens, impubères au regard de la loi électorale, reconnurent cette voix et se poussèrent du coude, dans le fond de la salle :

« C'est Hardrier, dis donc ! Mais où est-il caché ?

— On demande, psalmodiait la voix, bonnes apprêteuses, coupeuses et finisseuses... On demande apprentie présentée par ses parents...

— ON DEMANDE UN DÉPUTÉ HONNÊTE !

— On demande tourneurs-fraiseurs expérimentés... On demande démarcheurs domicile pour produits ménagers...

— ON DEMANDE UN DÉPUTÉ HONNÊTE ! »

La seconde voix était claironnante et pourtant persuasive, naïve mais vengeresse, implacable et suppliante. Les impubères ne s'y trompèrent pas : « Fauchier-Delmas ! Mais où sont-ils ? » Seul Vigerie le savait; mais il mordit ses lèvres pour ne point se parjurer à la face de ses ancêtres.

« On demande polisseuse en chambre... On demande gratteur de parquets... On demande...

— ON DEMANDE UN DÉPUTÉ HONNÊTE ! »

Le président du Bureau s'était assis; les boxeurs du candidat, narines palpitantes, cherchaient qui dévorer parmi les citoyens; les citoyens, eux, commençaient à rigoler.

« On demande ménage toutes mains... On demande expéditionnaire bien au courant...

— ON DEMANDE UN DÉPUTÉ HONNÊTE! »

Cette fois, cinq ou six voix s'étaient jointes à l'anonyme. Le candidat, debout, réclamait le silence.

« On demande démonstrateurs français-anglais, continuait l'inconnu, pas sérieux s'abstenir... On demande professeur diplômé lutte gréco-romaine...

— ON DEMANDE UN DÉPUTÉ HONNÊTE! »

La moitié de la salle avait aussi crié la phrase. On sentait que, la prochaine fois, la salle entière, debout, la hurlerait en chœur — et c'est ce qui arriva. Le président du Bureau mit son chapeau; à l'envers, d'ailleurs, tant il était troublé. Son voisin agita une clochette en glapissant : « Silence! Silence! » Il sifflait en parlant et le mot « Silence » était sans doute le plus pénible à prononcer pour lui, le plus insupportable à entendre pour les autres. Il l'obtint pourtant, son silence. Les citoyens se rassirent, un peu confus; les membres du Bureau s'épongèrent le front d'un air rancunier et le président prit enfin la parole. C'était un collectionneur de majuscules, il en coiffait tous ses mots : « Progrès Démocratique et Social... Respect Traditionnel des Libertés Républicaines... » et marquait chacune d'elles par une élévation de son sourcil gauche et de son index droit. Vigerie, Darseval et les autres, dans le fond de la salle, étaient fascinés par ce petit doigt boudiné qui ne cessait de prendre à témoin, sinon le Ciel, du moins le plafond. Satisfait de l'Attention toute Démocratique et de la Concentration Républicaine de ce Libre Auditoire, l'orateur donna la parole au candidat qui observa une pause pour se verser un verre d'eau. Il eut tort : à peine l'avait-il porté à sa bouche que la voix de partout et de nulle part reprit sa lecture du journal; mais cette fois, il s'agissait de faits divers :

« Une soirée qui finit mal. Après avoir pendu la crémaillère, il étrangle sa bonne... Bois-Colombes. Un réparateur de locomotives est renversé par une bicyclette...

— *Paris. Un député qui faisait passer l'intérêt général avant son intérêt particulier a été appréhendé comme suspect...* »

Ce fut un éclat de rire Universel, Démocratique et Républicain. Le président leva son sourcil et son doigt à plusieurs reprises : c'est qu'il lui passait par la tête des invectives bourrées de majuscules. Les boxeurs reprirent leur vaine battue.

« A Poitiers, un quinquagénaire irascible blesse son voisin d'un coup de serpe... Tragique méprise : croyant rentrer chez lui un ivrogne pénètre dans la cage aux lions...

— *Paris. Un député avait fait don à un orphelinat de son indemnité parlementaire. Sur la demande de ses collègues, il subira un examen mental...* »

« Silence ! Silence ! » siffla de nouveau l'homme à la clochette, mais les citoyens réclamèrent : « Encore ! encore ! encore ! » et le dialogue continua :

« Tout ce joli monde au dépôt... on se perd en conjectures sur les mobiles du crime... le malheureux a été hospitalisé...

— *Paris. Un député...*

— Ah ! » faisait l'auditoire ravi d'avance. « Sssilencccce ! » criait l'autre. « Assssez ! » reprenaient les citoyens en l'imitant. Les boxeurs, désarmés, jetaient vers leur maître des regards de phoques, prêts à happer son ordre comme un poisson. Mais le candidat ne leur jetait rien : il n'avait jamais vu ça, en vingt ans de métier, jamais !

Les voix infernales se turent enfin, redonnèrent du champ au candidat : le chat n'attend pas que la souris soit inerte pour détendre ses griffes. Elle repartit donc, la souris à binocles ! « Idéal Démocratique... Institutions Parlementaires... Aspirations Populaires... » Allons, ça ronronnait de nouveau. Encore un petit coup d'Immortels Principes et la réunion serait sauvée ! Il lança le couplet final à la manière des tribuns : en laissant un silence après chaque mot.

« Et c'est à toi...

— *Poil aux doigts !* dit la voix.

— ... peuple souverain...

— *Poil aux reins !* dit la voix.

— ... que je m'adresse !

— *Poil aux fesses !* » cria la salle d'une seule voix.

Et l'homme à la clochette, lui-même, siffla « fessssses », et le président pensa le mot avec un grand F et leva son index,

Suivez mon chemin : un jour il croisera l'autre, le vrai, l[e]
déplorable; l'Histoire, se trompant à nouveau, emprunter[a]
le mien et tout sera effacé. Plus de Drouet, plus de guillo[-]
tine, plus de Bonaparte! Ni de branche cadette sur le trôn[e]
de France! Mais, succédant à Henri V, mon père, moi-mêm[e]
Louis XIX par la grâce de Dieu... »

M. Bourdon promène son regard de visionnaire sur ce[s]
enfants qui l'écoutent passionnément. Il lit le doute dan[s]
certains yeux : c'est pour ces garçons-là qu'il va parler, vivr[e]
la fable mille fois rêvée, répétée, enrichie depuis vingt ans. I[l]
suffit d'un écart imperceptible de l'aiguille bleue pour que l[e]
navire mette le cap sur l'inconnu et, cinquante heures plu[s]
tard, erre définitivement; il suffit d'écarter Drouet de l[a]
route Paris-Reims entre huit heures cinq et huit heures sept[,]
le soir du 21 juin...

« Le roi arrive à Metz et lance une proclamation : il v[a]
réunir les troupes fidèles et faire appel à la Nation contr[e]
les exaltés de la capitale. Deux mois plus tard c'est chos[e]
faite : le roi entre dans Paris au milieu des acclamations d[u]
peuple. Du vrai peuple! pas des marchandes à la halle ni de[s]
braillards des clubs! Loin de la Cour, le roi s'est ressaisi. Il
connaît ses erreurs et celles de la reine. Désormais...

— Monsieur Bourdon... Monsieur Bourdon, ouvrez!...
Je vous ordonne d'ouvrir, monsieur Bourdon! »

C'est la voix du censeur. Le petit homme s'acharne aprè[s]
la serrure. Que signifie cette réunion un jour de congé national?

Louis XIX lui explique posément ce que signifie cette réunion. Le censeur suffoque de rage : en lui le vieux gardien
des Droits de l'homme s'indigne davantage que celui du bon
ordre lycéen.

« Inconcevable! Et quels sont les élèves... ? »

Le prince refuse de les nommer. (Ils se feraient tuer pour
lui, désormais.)

« Ouvrez!... Je saurai bien vous faire ouvrir, à la fin! »

Il s'éloigne. Il est allé quérir un serrurier, sans doute.
Un serrurier! pour l'arrière-petit-fils de Louis XVI! C'est
à mourir de rire... On entasse armoire, table et chaises devant

car quel Français a jamais résisté à ce jeu? Le candidat (vingt
ans de métier) comprit aussitôt qu'il était perdu : que *liberté*
attirerait « poil au nez » et *révolution,* « poil au front ». Il
promit alors d'appeler la police, menace qui fut seulement
saluée d'un immense « Poil aux cuisses ! »

Les agents ne tardèrent pas à arriver, ayant roulé d'avance
leurs pèlerines pour pouvoir taper aussitôt. Ils ne s'en pri-
vèrent pas. Neuf heures, c'est la bonne heure pour les agents :
ils ne bâillent plus de faim et pas encore de sommeil. Et
pan ! et pan ! et pan ! ça fait du bien de prendre un peu d'exercice après les repas...

Darseval, Vigerie et les autres se réfugièrent deux étages
plus haut devant la porte vitrée du proviseur qu'on voyait
travailler calmement, indifférent au tumulte des profondeurs.
Un agent, qui suivait son gibier à la trace, trouva cinq écoliers
alignés sur des chaises le long d'un mur; ils parurent surpris
de cet uniforme; d'un doigt sur leurs lèvres ils firent « chut »
et, de l'autre, ils montrèrent la grande barbe blanche dans
le calme halo de la lampe. L'homme se retira, assez persuadé
d'avoir vu Dieu le Père derrière une vitre.

Quelques étages plus bas (sans doute était-ce l'enfer) trois
garçons fumaient des cigares, aussi indifférents que le proto
au tumulte qui roulait sur leurs têtes...

Allons, tout cela n'était pas sérieux. On ne renverserait
pas l'abject régime par des chahuts! Darseval pressait respectueusement Monseigneur d'agir. Il s'offrait à lui pour rendre
visite à Léon Daudet et à Charles Maurras, pour se jeter aux
pieds du duc de Guise et faire une adresse au président de la
République. Il suffisait d'un mot tombé de ces lèvres augustes...
Mais non! Monseigneur attendait : « Son heure n'était pas
encore venue. » Il ne voyait pas clairement le déroulement
des événements. *Voir,* ce mot revenait sans cesse dans la
bouche du prince. Ses premières troupes commençaient à le
déborder : c'est le drame du souverain, tous ces gens plus
royalistes que le roi!

En attendant, la nouvelle noblesse tenait ses assises. Il
circulait parmi les « partisans » (en *javanais :* pavartavisavans)

une liste des titres et des fonctions à la Cour de Louis XIV
avec, en face, le nom des fidèles. Alain et François avaient
décliné des offres alléchantes : premier aide de camp et grand
écuyer. Mollard accepta de rallier la cause moyennant la charge
de maître des services de la bouche. Les autres Sommeilleux
le virent, avec surprise, noircir du papier pendant les classes :
il préparait d'avance ses menus.

« Et vous verrez! Après chaque repas, un cigare et une
surprise...

— ... Et la surprise c'est qu'il n'y a pas de cigare! Ça va,
on la connaît! »

Hardrier jugeait enfantin ce partage de la peau de l'ours.
Pourtant, il avait fait rayer de la liste tout ce qui touchait
à l'Académie royale des belles-lettres : c'était le fief de ce
nouveau Montmorency. Seul Darseval, assez désintéressé ou
trop ambitieux pour jouer au petit courtisan, se désespérait
de cette attente, lorsque le président de la République française mourut d'embolie.

On en fut très attristé dans son village natal, qui comptait
trente-neuf habitants, mais assez peu ailleurs. On commença
même à se demander, malgré la pompe des funérailles natio-
nales, comment un si médiocre personnage avait pu atteindre
ce poste malgré son accent de douanier, sa trogne de bistrot
et cette inintelligence dont le renom avait passé nos fron-
tières.

Pour le remplacer, on hésitait entre deux hommes poli-
tiques qu'un mérite égal portait à cet honneur. L'un avait,
en effet, perdu trois fils et deux gendres à la guerre; en France,
on peut bâtir toute une carrière sur la douleur. L'autre avait
toujours été le premier partout, de l'école primaire au Sénat,
et il semblait qu'on lui dût aujourd'hui la première place
dans l'État. D'ailleurs, avait-elle beaucoup plus d'importance
qu'à l'école? Les chances de celui-ci semblaient plus assurées,
car il portait une taille de barbe spécialement étudiée pour
rassurer la droite de l'Assemblée sans déplaire à la gauche.

Ainsi on allait, au royaume de France, élire un nouveau
chef d'État et, suprême sacrilège, l'élire à Versailles.

Darseval proposa de saboter le Congrès : avec le trousseau

de clefs de M. Bourdon et la garde-robe de Lo
pouvait déjà espérer...

« Non, répondit noblement le prince, pas de
un jour de deuil national.

— De deuil? fit l'autre amèrement, jour de réj
au contraire! On nous donne congé en l'honneur
amant de la gueuse... Oh pardon! Monseigneur!

— Cela ne sera pas, monsieur Darseval. Réuni
amis : je ferai moi-même la classe.

— Mais...

— Je prends tout sur moi. Nous compterons nos f

Ils sont vingt-sept, exactement, qui ont bravé les
républicaines pour l'amour des Bourbons; vingt-sep
sont passés devant pch pch pch avec un salut si dési
que le concierge ne leur a rien demandé, car seule la lé
en impose aux tyrans.

« Messieurs, commence M. Bourdon dont la pâleur
inaccoutumée, je vais vous faire une leçon d'histoire qu
effacera beaucoup d'autres. Mais d'abord, fermez cette p
à clef, je vous prie. Merci, messieurs... Dans la nuit du 20 au
21 juin 1791 le roi, mon aïeul, accompagné de la famille
royale, quitte secrètement les Tuileries pour rejoindre l'armée
de Lorraine. Le 22 juin, il parvient sain et sauf aux avant-
postes de Metz où l'accueille M. le marquis de Bouillé...

— Mais... mais Varennes...

— Je sais, poursuit le prince à voix basse, que la berlin
est trop voyante, trop lente; que les postes de cavaliers éche
lonnés le long de la route attirent dangereusement l'attentio
que le roi et la reine ne prennent pas assez de soin de se dis
muler... Je sais qu'à Sainte-Menehould, Drouet reconnaî
roi et le précède à Varennes, *mais cela je ne l'admets pas*
refuse Drouet! Que le fils du maître de poste eût servi
les dragons à Paris, qu'il y eût déjà vu le roi, qu'il soit
la route, que leurs regards se croisent : non! la fortu
France ne peut dépendre d'une telle succession de ha
Je vais vous dire l'histoire telle qu'elle aurait dû se
telle qu'elle se déroule ailleurs : dans le monde de la
à l'abri des hasards, des coïncidences, des occasions

la porte, et le cours d'histoire reprend derrière la barricade. Louis XVII le Bien-Aimé... Louis XVIII, pas le gros! mais le fils de Louis XVII : l'homme du code Bourbon, le créateur de l'industrie française, le père des chemins de fer... Puis Henri V le colonial, roi de France et empereur des territoires d'outre-mer, 1846-1912... Louis XIX enfin...

« Monsieur Bourdon, pour la dernière fois...

— Je suis ici par la grâce de Dieu et je n'en sortirai que par la volonté du peuple!

— Le peuple... Le peuple... Mais, en ce moment même, sur les Champs-Élysées, il acclame son nouveau président!

— Il est le seul!

— Oui ou non, m'expliquerez-vous pourquoi ce complot...

— Ce n'est pas un complot, c'est un soulèvement! »

Louis XIX a la tête épique et le mot légendaire.

Le censeur et son serrurier préfèrent se retirer. La séance continue.

A la tombée du jour, après avoir décrit les fastes et les gloires de son règne à venir, le prince congédie ses fidèles :

« Sortez à pas de loup, gagnez le réfectoire, prenez ces clefs (celles de Versailles) : l'une d'elles ouvre certainement la porte des servitudes... Si, si! laissez-moi! Vous ne me reverrez plus dans ces lieux, mais bientôt vous entendrez parler de moi... Je ne vous oublierai pas... Adieu... Merci... Je ne vous oublierai pas... »

Ils sortent, un à un. Darseval, demeuré le dernier, s'incline longuement devant monseigneur, saisit sa main gauche et porte à ses lèvres la bague aux fleurs de lys.

VIII

FIN DU MONDE BIGLOTEUX

Ils attendirent des nouvelles du prince, ils ne devaient en recevoir jamais.

Les autorités lycéennes avaient organisé le silence : d'une bouche confite, d'une encre violette d'hypocrisie, on porta à la connaissance des élèves que « M. le suppléant Bourdon avait été admis à faire valoir ses droits à la retraite. » Pareille à de la lave, l'*Affaire,* en se refroidissant, devenait creuse et légère, si légère! Faisant preuve d'esprit pour la seule fois de sa vie, pch pch pch n'effaça nulle part LE ROY EST LÀ et les graffiti pâlirent comme de vieux tatouages, ne blessant plus que ceux qui les avaient écrits. A la fin, eux-mêmes les effacèrent.

Chez les partisans du roi, seule régnait l'amertume. Sagement, Darseval avait détruit la liste des fonctions et prébendes; mais tous en conservaient mémoire et se jetèrent à la tête leurs ambitions, leurs artifices, quelquefois leur naïveté :

« Moi, je n'y ai jamais cru!

— Tu n'en es que plus salaud! »

Darseval, qui voulait *y croire* encore, garda toujours cette blessure; les Orléans perdirent là un de leurs ligueurs au cœur pur. Tant de rancœur eût tourné en bagarre si l'année scolaire n'avait abordé son tournant décisif : la fin du second trimestre, où le travail l'emporte sur tout.

Le jeudi, des visites organisées conduisirent les garçons

à la Malmaison, au musée de la Marine, à Carnavalet, aux usines Citroën enfin, sous la conduite de M. Gautreau, le père spirituel de Bigloteux, assisté de M. Meunier-*tu dors*.

Il faisait beau; le ciel n'était qu'une toile bleue tendue là, sans un pli. On décida d'aller à pied, le long de la Seine, depuis les Invalides. M. Gautreau marchait en tête, repassant dans son esprit la théorie du moteur à explosions; et Bigloteux allait, du même pas que lui, évaluant la hauteur des arbres, le nombre des feuilles, la vitesse du vent : réduisant le printemps à quelques chiffres. Les autres suivaient dans un désordre voulu : le jeudi, on ne marche pas en rang, question de dignité! Loin derrière, venait enfin M. Meunier, flanqué d'Alain Fauchier-Delmas, sans une parole.

Comme ils croisaient un cycliste, Mollard l'interpella :

« Attention! attention!

— Qu'est-ce qu'il y a? fit l'autre en ralentissant.

— Ta roue tourne! »

Le cycliste repartit en jurant. C'était pourtant une des plus fines plaisanteries de Mollard.

En passant aux chantiers des Invalides, M. Gautreau fit un cours sur les chemins de fer : signaux, aiguillages, tout fonctionnait avec des chaînes apparentes, de braves contrepoids, d'honnêtes engrenages. Pour interdire une voie, on disposait un pétard; pour arrêter les wagons, un butoir; pour les ébranler, un plan incliné. Sur les chantiers, on voyait le charbon, les traverses, les écrous entassés sagement, décomptés, étiquetés; les palissades étaient faites elles-mêmes de traverses plantées en terre. Tout cela ressemblait à ces jeux de construction enfantins où l'on se sert toujours des mêmes éléments, un jeu à base de rouge et de vert : « On passe! On ne passe pas! » Ah! il aimait bien les chemins de fer, M. Gautreau! C'était simple, si simple, donc génial.

M. Meunier, que ces évidences ennuyaient, entraîna d'Artagnan sur les quais de la Seine. Gonflé de printemps, le fleuve faisait joyeusement rouler ses muscles verts. Le courant, en son milieu, était vif et comme irréfléchi; mais, plus près des rives, l'eau ne suivait qu'à regret, enfant sage qui se laisse entraîner. Aux piles des ponts, il se formait des tourbillons inutiles, et des vaguelettes jouaient à saute-mouton.

« La mer, dit M. Meunier, Fauchier-Delmas, regardez! la mer...

— Venez, monsieur! répondit Alain rougissant. Les autres repartent.

— Toujours suivre! Suivre jusqu'à quand...? »

Plus loin, à propos d'une péniche, Gautreau les arrêta encore, pour leur détailler le système des écluses.

« Gautreau nous barbe, souffla Cayrolle aux autres. Rendez-vous à la tour Eiffel! Qui m'aime me suive! »

Trois ou quatre Sommeilleux lui firent confiance.

« Hé, attendez-moi! » cria le gros Mollard.

Les dissidents gagnèrent la tour Eiffel, pilier nord, sous la conduite de Cayrolle.

« Mes petits potes, vous ne regretterez pas le déplacement : je connais un truc épatant. Descendons! »

Ils enjambèrent une chaîne, dévalèrent l'escalier de pierre malgré de nombreux écriteaux INTERDIT AU PUBLIC, parvinrent enfin dans une vaste salle souterraine. Un seul homme la gardait, qui chantait les paroles de l'*Angélus de la mer* sur l'air des *Blés d'or,* s'arrêtait fréquemment pour roter, ajoutait pour lui seul : « Ça soulage! » et repartait. Il se retourna d'une pièce. (Le nez plus rouge encore que celui de M. Giglio!)

« Qu'v'foutez là, les gosses?

— On est venu voir les vérins.

— Les V... hoop... pardon! Ça soulage... Et qu'c'qu' vous en a causé des vérins?

— Un de mes cousins qui est ingénieur, dit Cayrolle.

— Ah! fit le nez rouge très flatté. Eh bien, les vérins, c'est moi! »

Il vint vers eux, titubant, hoquetant, et leur expliqua d'une haleine au vin rouge que, pour compenser les oscillations de la tour, M. Eiffel avait prévu dans cette base des... hoop... pardon! ça soulage... des vérins hydrauliques.

« Dis donc, si Gautreau savait ça!

— Et Bigloteux! »

Ainsi, un seul homme (lui, pour l'instant) surveillait l'équi-
libre de la tour Eiffel. En parlant de ses oscillations, il oscil-
lait lui-même.

« Tenez, les gosses, on va se marrer! On va la... hoop...
pardon!

— Ça soulage, dit Mollard.

— On va la faire pencher, la tour!

— Non, non! » fit Cayrolle précipitamment.

L'homme saisit les leviers de sa machine :

« Si! pour rire, quoi!

— Mais c'est pas drôle! bredouilla Couderc qui se voyait
déjà enseveli sous les décombres de la tour, mort historique...

— Hé là ! hé là ! mais elle penchait déjà toute seule ! Heureusement que j'ai regardé...

— Non! Non!

— Si, les gosses! il y a sûrement du vent, là-haut. »

Et il se mit à visser, à visser.

« Foutons le camp! » dit Cayrolle.

Ils remontèrent en surface plus vite qu'un bouchon du
fond de l'eau — ouf! Mais le nez rouge avait dit vrai : une
tornade s'élevait dans le ciel qui n'était, à présent, qu'une
toile grise unie, et les jeunes feuilles recevaient étonnées
le baptême du vent.

« M. Gautreau! M. Gautreau!... Ah! les voilà qui tournent l'esplanade... »

Les Sommeilleux rejoignirent au pas de course, retenant
d'une main leur béret et n'osant plus lever les yeux sur la
tour où le vent ronflait de façon effrayante. Ils avaient hâte
de se trouver à trois cents mètres de là : hors d'atteinte en
cas de chute.

Les premières gouttes tombèrent, puis ce fut un déluge.

« On dirait qu'il va pleuvoir! » dit Mollard.

M. Meunier et d'Artagnan avaient laissé passer la troupe
sans la voir : ils s'étaient arrêtés, pétrifiés, au pied de la tour,
leurs yeux levés, leurs cheveux au vent; ils écoutaient la tempête dans l'immense carcasse de fer, ce ronflement terrible,
le même que dans les haubans et les mâts du Havre : l'orgue
du démon...

« Vous entendez, Fauchier-Delmas?

— Comme là-bas...

— C'est l'appel! Cette fois, je pars.

— Et M. Gautreau?

— Vous lui direz... ce que vous voudrez; et au censeur, vous vous en souvenez? « Pour M. Meunier, c'est fait...»

— Mais vous pourriez, demain...

— Ah non! DEMAIN, voilà le piège! C'est maintenant ou jamais! Adieu, Fauchier-Delmas...»

Il partit en courant presque.

Alain sentit très bien qu'il ne reverrait jamais M. Meunier. En le regardant s'éloigner, il enregistrait chacun de ses mouvements jusqu'à s'en donner mal à la tête; et, lorsque l'autre eut disparu, il ne put se résoudre à quitter la place. « Suffirait que je coure après lui... que je l'arrête... » Mais il ne bougeait pas, spectateur du destin pour la première fois.

Allons! Il se décida enfin à rejoindre la troupe, à mentir à M. Gautreau :

« Il se trouvait mal, monsieur : je n'eus que le temps de le mettre dans un taxi.

— Le vent, peut-être? suggéra M. Gautreau en fixant Alain d'un œil auquel le lorgnon donnait une fixité animale.

— Oui, monsieur, dit Alain très pâle, le vent. »

Dehors, c'était le printemps tout simple; mais, en entrant dans l'usine, ils pénétrèrent dans une autre saison et qui n'a pas de nom. Dès le hall, cependant si frais et si propre, on se sentait assailli de poussière, de chaleur et de bruit : brusquement en danger, comme dès qu'on met le pied dans une clinique, même en visiteur. Une trépidation torpide montait de ce carrelage et gagnait tout votre corps. Était-ce, n'était-ce que le sang qui vous ronronnait aux oreilles? M. Gautreau, inquiet et grave comme un chat, essuyait son binocle, groupait son monde : « Allons, ne vous éloignez pas! » On eût dit qu'ils allaient visiter le Vésuve. Ah! il y avait loin de ce hall sournois aux longues, silencieuses galeries du Conservatoire des Arts et Métiers. Ici, on sentait la terre tourner...

Une bouffée de tumulte torride : du seuil de l'enfer, un diable blanc leur faisait signe «Venez!» Ils suivirent l'ingénieur.

Bien sûr, ils étaient obscurs, ces ateliers; poussiéreux, étouffants, obscurs, ils l'étaient *aussi*. Mais d'abord, ah! ce vacarme... On le respirait, le brassait, le piétinait. Ce n'était pas assez de l'entendre : les oreilles le happaient — moulin, batteuse, laminoir — le broyaient, le mâchaient. Il pénétrait jusqu'au ventre, on le sentait, en soi, suivre le sinueux cheminement des intestins.

Certains des garçons s'y habituaient un peu. Ils disaient alors : « Il y a du bruit », comme on dit de l'eau : « Elle est froide! » parce qu'on commence à la trouver moins froide. Mais François Voisin ne s'y faisait pas; la nausée montait en lui lente, sûre, comme la mer.

W.-C. Hommes. Il se rua sur cette porte, l'ouvrit, trouva d'abord un urinoir (qui sentait pire : l'urine *neutralisée*) puis deux cabinets. Il entra au hasard dans celui de gauche.

« Oh! pardon! »

Le temps de repousser cette porte, il avait vu un homme en cotte bleue, une femme en blouse grise qui se tenaient embrassés dans une attitude singulière. Il entendit : « Merde! » et claquer un verrou; il pénétra dans l'autre cabinet, mais seulement pour se cacher, car son envie de vomir avait passé d'un coup. Les murs étaient couverts d'inscriptions et de dessins ignobles : rendez-vous, vantardises, offres et demandes obscènes. François pensa à ses voisins et rougit.

Ce lieu infect était pourtant un paradis; il le comprit en traversant de nouveau des ateliers pour rejoindre le groupe. Salles d'hommes et salles de femmes étaient séparées, comme elles le sont à l'hôpital et partout où l'on s'ennuie, où l'on a mal. Il voyait ces machines toutes secouées de mouvements convulsifs, pareils à ceux des vieillards infirmes. L'une d'elles remuait ses grands bras par saccades. François se rappela une femme boiteuse, à la campagne : le même geste quand elle courait! Devant chaque machine, un homme, agité des mêmes convulsions, offrait l'image d'une machine en face d'une autre, mais un peu moins assurée, un peu moins digne de

confiance... Elles fabriquaient des pièces de métal de toutes
formes, de toutes dimensions. Pourquoi? pour qui? N'était-ce
pas seulement un jeu grotesque, gratuit et dont personne
ne savait plus les règles?

François se rapprocha d'Hardrier et de d'Artagnan. Il
espérait bien les trouver aussi malheureux que lui-même;
il les vit, au contraire, qui se penchaient avec intérêt sur les
monstres noirs. Mais, en se retournant, il aperçut Fieschi
qui se tenait loin des autres et ne souriait plus, pâle et muet
comme un étranger captif. « Pourquoi irais-je vers lui? »
pensa François, et il se força à n'y pas aller.

Sous la verrière de chaque atelier, entre le ciel et les hommes, volaient ces anges démoniaques, les courroies. Courroies folles, emportées dans une bruyante farandole et qui
claquaient au passage comme des gifles. L'ingénieur précéda
les garçons dans un hall plus vaste.

« La Chaîne », annonça-t-il.

Et il est vrai que les hommes paraissaient enchaînés, prisonniers de cette rivière de cambouis qui charriait toujours
les mêmes épaves de métal auxquelles ils ajoutaient un boulon,
une tringle, parfois rien qu'un coup de marteau sonore. Et ça
finirait par faire une automobile, une vraie, qui roule toute
seule? Allons donc! autant fabriquer une statue et lui dire :
« Marche! »

Les hommes de la Chaîne tournaient vers les jeunes visiteurs un regard vide, plus indifférent que méprisant : celui
des fauves dans les jardins zoologiques. François ne cherchait
plus à suivre la fabrication : il était fasciné par les mains des
ouvriers, noires d'huile et dont chaque doigt était aussi
musclé qu'un bras. Mains habiles, trop habiles comme celles
des aveugles; toute la puissance s'était réfugiée en elles : le
corps n'était qu'un porte-mains. Et François pensait à celles
du proviseur, longues, blanches, un peu maladroites comme
le sont celles des convalescents. Et celles de Duquesnoy, aussi ! de
Duquesnoy le Simple, disparu depuis trois mois bientôt et qui,
durant les classes qu'il ne pouvait pas suivre, dessinait des
petites figures sur ses ongles. Duquesnoy...

« Duquesnoy ! »

C'était lui, le troisième après la grande courroie, celui qui donnait deux tours de vis à chaque carcasse de métal, sans la regarder. Les grosses mains noires, là, c'était lui!

« Duquesnoy! »

Le garçon — non! l'homme à la salopette bleue tourna vers cette voix ses yeux de bête prise, et François fut saisi de remords comme s'il venait, rien qu'en pensant à lui, d'attirer brusquement Duquesnoy dans cet enfer. Un sourire enfantin, fait de plaisir et de gêne, éclaira le visage noir.

« Duquesnoy! »

Les autres l'avaient reconnu, l'entouraient; il leur parlait, sans cesser son absurde travail.

« Attendez! Je vais demander de quitter la Chaîne un moment. »

Il appela un contremaître qui le fit remplacer aux boulons.

« Alors, mon vieux, alors? »

A sa place, Fauchier-Delmas aurait parlé de « stage », Hardrier menti plus encore; Duquesnoy avoua bonnement qu'il s'était fait ouvrier. Là il *suivait,* au moins! Bien obligé de suivre : la Chaîne...

« Et puis c'est chic, mon vieux : quand on veut fumer une cigarette, on s'arrange toujours! Je ne vous vois pas demandant la permission de fumer à... comment s'appelait-il déjà? Nimbus? C'est ça, Nimbus. »

Il rêva un moment. Certains garçons regardaient fixement ses mains; il les cacha derrière son dos.

« Et puis les femmes, mon vieux! Ici, c'est plein de femmes...

— Oui, dit François qui se souvint des cabinets, les femmes.

— Enfin, tu es content?

— Tu penses! On est... on est libre, quoi!

— Alors, Duquesnoy, ça y est? (C'était le contremaître qui le rappelait.)

— On y va! »

L'un après l'autre, comme à un enterrement, ils serrèrent cette grosse main d'homme, méconnaissable. Tous se sentaient troublés — même Cayrolle, même Couderc, même Mollard — mais eux n'auraient pas su dire pourquoi. Lévêque, le bon élève, remontait ses lunettes et tirait sa leçon de cette rencontre : « Quand on n'étudie pas assez, voilà ce qui arrive! » Aux petits bourgeois, tout est images d'Épinal. Désormais, il penserait à Duquesnoy comme il pensait aux nègres — ou plutôt n'y penserait plus...

« Vous connaissez l'un de nos ouvriers? fit l'ingénieur. Nous en avons trente-cinq mille. Non! trente-quatre mille sept cents exactement, depuis que nous avons installé ces tours et ces presses automatiques.

— Mais les trois cents autres? demanda Darseval. (Sa voix muait, surtout quand il était troublé).

— Eh bien? dit l'autre en réprimant son envie de rire.

— Que sont-ils devenus?

— C'est leur affaire, fit l'ingénieur sans aucune méchanceté, et il passa dans l'atelier suivant. Mais où est donc monsieur votre professeur?

— Ici, répondit une voix faible, je vous suis. »

Non! le corps seul de M. Gautreau suivait la visite; son esprit, son âme, sa joie de vivre l'avaient abandonné dès la première salle.

« Vous n'avez pas du tout de machine à vapeur? avait-il demandé à l'ingénieur.

— Vous voulez rire!

— Et de... et de machines de Gramme?

— Je ne vois pas ce que... Ah! des dynamos? Si, tenez! »

Et il avait montré, dans une salle carrelée, déserte, six monstres accroupis : la figure du manuel de physique mais cent fois agrandie.

Et tout était ainsi, inconnu ou méconnaissable. M. Gautreau n'osait plus regarder Bigloteux qui, de son côté... Adieu, poulies, palans, contrepoids, cloches pneumatiques, briquets à air! M. Gautreau ne comprenait plus rien. Moins que Cayrolle, moins que Mollard qui, de temps à autre, reconnaissaient des pièces : « Tiens, le *delco!* » ou « Mince de *gicleur!* » ou « Tu parles d'un *ferodo* maison! » Mais lui, rien. Cette visite fut un calvaire dont la dernière station approchait : M. Gautreau allait tomber pour la troisième fois.

« Monsieur, lui demanda Leroux dit Brèche-Dent, tout

ça c'est le moteur et le châssis; mais la carrosserie de la voiture, où la fabrique-t-on?

— Demandez plutôt à l'ingénieur, dit le professeur amèrement.

— Nous y voici! Ce sont nos presses hydro-électriques monocoques automatiques. Voyez : un seul manœuvre et qui ne fait que les surveiller... »

Ils virent, dans un hall où mille hommes eussent tenu à l'aise, six machines, hautes comme des maisons, et que l'on nourrissait de grandes plaques de tôle. Avec une lenteur de géant, d'un coup de poing calme, la presse en faisait une carrosserie complète de voiture. Pzim! Pchaou! une voiture... Pzim! Pchaou! une voiture... Pzim! Pchaou! La machine abattait tranquillement sa besogne avec un calme paysan, avec une délicatesse dérisoire, comme un ogre qui lèverait le petit doigt en buvant. Pzim! Pchaou! une voiture... M. Gautreau vacilla.

« Vous ne vous sentez pas bien, monsieur?

— Si... si... très bien... », répondit-il d'une voix lointaine car il parlait du fond de son naufrage. Sa presse hydraulique, ses plans secrets « pas encore mûrs, n'en parlez à personne! » Hélas!...

Il osa jeter les yeux sur le disciple; mais Bigloteux ne le regardait pas : éperdu d'admiration, il contemplait l'ingénieur. Pzim! Pchaou! et les lunettes d'écaille, le binocle... C'était la fin du monde Bigloteux : son matériel de cuivre et de verre, ses *précipités* indigo, son mètre-étalon en platine iridié s'effondraient dans le tumulte de l'usine. On allait rebâtir une ville de cellules photo-électriques, de rayons infra-rouges et de presses géantes, loin des ballons captifs et des maquettes d'écluse, loin de M. Gautreau...

Celui-ci le comprit aussitôt : il perdait à la fois sa joie et son enfant. Un seul espoir lui restait : que le monstre fabriqué fût inerte. Oui, que ce cheval d'acier qu'à présent des femmes polissaient, habillaient, ne fût qu'un cheval mort. On allait bien voir!

Ils sortirent à l'air libre dans une vaste cour où la Chaîne prenait fin. Ils se sentirent respirer de nouveau. On entendit même un oiseau dans un arbre, un remorqueur sur la Seine, et ces bruits naïfs ranimèrent leurs oreilles. Usine honnête, qui vous rendait à la sortie les oreilles, les poumons, le sourire qu'on lui abandonnait en entrant!

Ils sortirent; ils ne furent pas les seuls : une voiture, puis une autre quatre minutes plus tard — une voiture toutes les quatre minutes! sortirent avec eux. Elles lâchaient la Chaîne, dérivaient un moment telle une barque qu'on largue puis, après une seconde d'hésitation (la seconde de la création du monde), elles roulaient seules dans la joyeuse pétarade de leur moteur tout neuf. M. Gautreau avait perdu la partie...

Le lendemain, Bigloteux, portant lunettes et pantalon de golf et ayant rasé sa moustache fantôme, vint lui annoncer qu'il renonçait à la carrière de professeur de sciences physiques. Il pensait que, peut-être, ingénieur...

Ils se turent; tous deux songeaient à leur invention secrète et à la presse de l'usine qui, en ce moment même, pzim! Pchaou!...

« J'abandonne mes recherches sur la presse hydraulique », dit M. Gautreau d'un ton qu'il voulait détaché et qui n'était que désespéré.

Et, comme un sourire peu charitable passait dans les yeux de Bigloteux :

« Oui, continua le maître moins furieux que blessé, je veux m'attaquer à des recherches plus... désintéressées : je trouverai le Mouvement Perpétuel! » Et il ferma la porte de la Sacristie à la barbe (rasée) du disciple apostat.

Au même instant, Alain Fauchier-Delmas pénétrait chez le censeur qui n'avait eu que le temps de coiffer le chapeau melon qui lui tenait lieu de crâne.

« Monsieur, j'ai une commission à vous faire de la part de M. Meunier.

— Où est-il? s'inquiéta le petit vieillard.

— Parti, monsieur.

— *C'est fait?*

— C'est fait.

— Voyez-vous, Fauchier-Delmas... » commença-t-il. après un silence; mais il n'en dit pas plus, car un censeur n'ouvre pas son cœur aux élèves dissipés. Tant pis! il garderait pour lui seul sa peine, cachée sous la boutonnière violette et, cachés sous l'immense chapeau melon, les souvenirs d'une amitié de quarante ans.

Il se leva; sa taille diminuait un peu quand il se levait. « Fauchier-Delmas, rendez-moi le service de porter ce mot *personnel* à M. Chotard. »

Alain prit le papier avec un regard qui signifiait que personne, et lui moins que tout autre, n'aurait l'indiscrétion d'en prendre connaissance. « ... Dût-on lui passer sur le corps, pensa le censeur. Ah! les *aventuriers* ont du bon... »

M. Chotard se montra trop cordial : son absence au moment de la Saint-Charlemagne et du renvoi d'Alain lui pesait comme une faute.

« Alors, Fauchier-Delmas, qu'est-ce qu'on peut faire pour vous? Ah! tenez! le Châtelet nous a remis des places gratuites : trois pour chaque classe. A qui les donner en Seconde A 3?

— A Voisin, Hardrier et moi.

— ... et Fauchier-Delmas, acheva de noter B. D. B. sur son papier vert. Pourtant, vous ne le méritez guère! »

Alain le prit de haut. Que diable! il venait de réintégrer le lycée sans la protection de l'autre : c'était lui le créancier.

« Eh bien, gardez-les, vos places!

— Je plaisantais, fit B. D. B. en maudissant une fois de plus d'avoir embrassé sa secrétaire en présence du garçon, car elle et lui en abusaient depuis. — Bonsoir! »

Nimbus n'en était encore qu'à la première phase de la cérémonie du « mouchage » (toussotement, raclement), quand d'Artagnan fit passer ce papier aux autres Mousquetaires :

« Je vous parie cent millions *(il avait commencé par l'écrire en chiffres puis s'était ravisé, incertain du nombre des zéros)* que le concierge va nous apporter trois places pour le Châtelet. »
(Signé : deux épées croisées.)

Le papier lui revint ainsi complété :

« ... et moi cent milliards qu'il nous apporte aussi trois smokings et trois Buggati pour y aller !

(Signé : une ancre et un cœur.)

A ce moment, le concierge entra, portant trois enveloppes à la main. D'Artagnan hocha la tête :

« Cent milliards, ça fait beaucoup plus d'argent que vous ne croyez », dit-il aux autres avec le plus grand sérieux.

En gagnant la porte du lycée, ils fixaient les détails du rendez-vous de samedi :

« Et surtout soyez bien à l'heure, c'est-à-dire en avance ! dit Alain qui ne voulait pas manquer le lever du plus grand rideau rouge de Paris.

— Entendu !... Oh ! regardez !

— Quoi ? Qui ?

— Chut, Mme Delange... »

Dans l'ombre, moins noire qu'elle, où seul brillait son visage pâle, la mère de Pascal se tenait debout. François, qui ne l'avait pas rencontrée depuis la mort de son fils, s'étonna de la trouver si semblable : peut-être s'attendait-il à lui voir tous les cheveux blancs, blanchis en une nuit, comme dans les livres. En s'approchant d'elle, il comprit pourtant que le visage avait changé imperceptiblement, impitoyablement : comme la feuille du tilleul entre septembre et octobre.

C'étaient bien les trois garçons que Mme Delange venait attendre.

« Il y aura samedi six mois... leur dit-elle.

— Six mois, déjà ! murmura Alain.

— Oui, seulement six mois. Vous étiez ses meilleurs amis : je voudrais vous avoir à la maison cet après-midi-là.

— Samedi ? C'est que... »

Le grand rideau rouge se baissait devant eux, tout noir.

« Mes amis ne sont pas libres, dit François bravement ; je viendrai seul, samedi.

— Mais toi aussi, commença Jean-Jacques, tu devais...
— A samedi, madame. »

❋

Au Châtelet, le remords leur tint compagnie jusqu'au troisième tableau : « Le port de Changhaï. » Mais là, parmi
les marchands criards et sous un éblouissant soleil de dix
mille volts, le paquebot LIBERTY emporta, dans sa carcasse
de toile peinte, non seulement le lord à carreaux, le journaliste
français et le traître à moustaches, mais aussi François, Pascal
Delange et tous les anniversaires du monde.

On changeait les décors dans le noir, sans baisser le rideau.
Alain qui voyait clair la nuit, comme on sait, regardait s'en-
voler les navires, et les montagnes tomber du ciel parmi
le sourd piétinement des machinistes. Jean-Jacques écarquillait
des yeux myopes derrière ses lunettes et ne voyait rien ; mais
de grandes vagues d'air froid, des bouffées chargées de poussière, de crottin et de sueur de danseuse baignaient, par instants, son visage : la scène, plus vaste que la salle, échangeait ses
mystères contre la chaleur parfumée à la mandarine des quatre
mille invisibles.

Les acteurs avaient déjà parcouru la moitié du globe et
les amours du journaliste avec la filleule du lord milliardaire
prenaient bonne tournure, quand il y eut, vraiment sans
raison, un ballet à la cour du schah de Perse. Alain préférait
les chevaux, les effondrements de viaduc et les supplices de
Peaux-Rouges ; il trouva ce « divertissement » bien long,
jusqu'à l'entrée en scène d'une prêtresse à turban et babou-
ches : toute la beauté du monde... Il poussa le coude de Jean-
Jacques :

« Dis donc, Hardrier, celle qui passe devant les serpents...
— Eh bien ?
— Eh bien... rien ! » fit-il, déçu mais rassuré : au moins,
Hardrier ne lui volerait pas sa vision.

Aucun danger ! Jean-Jacques n'avait plus d'yeux que pour
une joueuse de cithare un peu grasse dont la poitrine tremblait
sous la robe à chaque pas et qui montrait une ombre rousse
aux aisselles.

Ainsi quatre mille regards, dans cette grotte profonde, se partageaient-ils cent danseuses, quatre mille démons rêvaient-ils d'enlèvement et, ce soir, quatre mille dormeurs...

Tout à coup, quelqu'un se moucha, mais si fort que le chef d'orchestre tourna vers ses trompettes un regard mécontent.

« Nimbus, mon vieux!

— Tu crois?

— Ça ne peut être que lui. »

Un cœur pur, en tout cas, le spectateur qui songeait à se moucher en un moment pareil! Car les douze prêtresses, vivants pétales, se penchaient en arrière et révélaient, sans s'en douter, l'obscur fossé entre leurs seins... Sensationnel! Alain en avait chaud.

Quand le rideau se baissa et que la lumière passa de la scène à la salle, les garçons virent en effet le crâne de M. Plâtrier à quelques rangs devant eux. Il se levait, à présent, dépliait son corps immense, traînait vers la porte, avec mille précautions, ses pauvres pieds informes.

« Suivons-le! »

Jamais ils ne l'avaient vu ainsi, de dos, désarmé, tirant à chaque pas, tel un insecte à demi écrasé, ses pieds emmaillotés, ses chaussures d'éléphant. Leur cœur se serra : c'était lâche de suivre Nimbus.

« Dis donc...

— Oui?

— Non, rien. »

Avaient-ils eu la même pensée? La même fausse honte à l'avouer, en tout cas! Ils continuèrent donc de suivre M. Plâtrier.

Le professeur poussa une porte rouge : ENTRÉE DE LA SCÈNE — INTERDITE SANS MOTIF VALABLE, et passa. Les deux garçons en firent autant, mais se heurtèrent à un pompier.

« Nous sommes avec monsieur.

— Allez! »

Nimbus salue familièrement à droite et à gauche, serre une main de machiniste dont l'autre transporte la pirogue de tout à l'heure, une main d'électricien dont la seconde prépare un lever de soleil sur le lac Ontario, et continue son

lent chemin de bête blessée vers le fond de la scène. Alain
et Jean-Jacques traversent, derrière lui, un paysage singulier
fait de temple hindou, de cordillère des Andes et de jungle,
semé de totems indiens et de réverbères. Le paquebot LIBERTY
est là, échoué contre un mur de briques rouges; le trône du
schah de Perse a le dos recollé avec du papier journal.

« Attention. »

C'est Broadway qui descend des cintres insondables, avec
ses gratte-ciel plats comme des crêpes. Non! Broadway remonte; mais le Vésuve fait irruption hors du plancher, cogne
un puits de pétrole, bouscule un bar à Mexico. Contrordre!
Rentrez, Vésuve! A nous, le palais de l'empereur à Tokio!
« Avec palmiers? » interrogent les cintres. — Non, voyons,
cerisiers en fleur! Il tombe du ciel, le printemps japonais,
droit sur la tête des Mousquetaires. — Allons, dégagez!

Mais Nimbus, dans tout cela? Vite! Il a disparu là-bas,
derrière le phare de Southampton. FOYER DE LA DANSE...
Les garçons y pénètrent à leur tour, mais s'arrêtent interdits.
M. Plâtrier est là, investi, assiégé par toutes les petites
danseuses de six à douze ans.

« Doucement! doucement! Il y en aura pour vous toutes,
mes chattes! » dit cette même voix qui traite Cayrolle de « trublion » et Mollard de « minus »; mais ici, ce sont des bonbons
qu'il distribue au lieu d'heures de retenue.

« Prenez bien garde aux pieds de M. Plâtrier, mes petites
filles! N'allez pas lui faire du mal, surtout! »

Le maître de ballet et une habilleuse, bouclée comme un
mouton d'hiver, suivent la scène d'un œil attendri. Jean-
Jacques feint de s'indigner :

« Eh bien, il va fort, Plâtrier!

— Comment ça, il va fort?

— Mais, madame, je ne vous...

— Moi, je vous parle! bêle aigrement le mouton gris. Alors,
M. Plâtrier ne pourrait pas gâter ces enfants qu'il aime tant
voir danser?

— La... la place d'un professeur n'est pas dans les coulisses!

— Et celle d'un potache?

— Des danseuses, à son âge! »

Hardrier se sent ridicule, mais il veut emporter le dernier mot. L'habilleuse le saisit prestement aux épaules; c'est le monde à l'envers : le mouton qui fait la leçon à ce loup de poil roux !

« Qu'est-ce que vous i-ma-gi-nez là, hein? Si vous étiez infirme comme lui, votre plaisir, votre... revanche, ajoute-t-elle plus bas, seraient peut-être d'assister aussi à des ballets, ou à des matches de football. De voir les autres danser, courir : faire tout ce qui vous est interdit !

— Que se passe-t-il donc, madame Durtal? » questionne Nimbus (de sa voix de prof, cette fois) en tournant la tête vers le groupe.

Déjà, les deux garçons sont de l'autre côté de la porte ! Ouf ! Heureusement qu'il est myope ! Long silence. Qui rompra ce silence, à présent?... D'Artagnan :

« Pauvre Nimbus, dit-il. Quoi? »

Mais Jean-Jacques ne répond rien; il regarde ses chaussures, il regarde ses guêtres : il se trouve élégant, léger surtout, tellement léger...

Un rire, un bruit de pas, un friselis d'étoffe :

« Eh, vieux, *ma* danseuse! » souffle Alain.

Elle s'approche, en effet, cette beauté miraculeuse. C'est elle : son travesti le prouve, du moins; car Alain ne voit passer, dans une odeur de vieux maillot et marchant lourdement sur ses chaussons plats, qu'une fille trop musclée, à la peau grenue, aux lèvres épaisses, aux mains impures. Ça n'est pas beau, une déesse vue à la loupe !

« Elles étaient jolies, les petites danseuses », dit-il avec une grande tristesse.

Il vient d'apprendre, d'un seul coup, ce qu'est le théâtre; il a hâte de retourner de l'autre côté du rideau rouge.

« Hep là! Où allez-vous?

— Dans la salle.

— Attendez donc! j'ai besoin de cavaliers tartares pour l'ouverture du II.

— Mais je ne sais pas monter à cheval! » proteste Jean-Jacques en fronçant ses sourcils sauvages.

Le régisseur le dévisage un instant :

« Ça ne fait rien : j'ai aussi besoin de guerriers kalmouks. Venez donc!

— Allons-y, dit Alain amer : ça nous changera des danseuses... »

Ils montent sans fin des escaliers tournants : trois pucerons gravissant un liseron de juillet. FIGURANTS — C'est là!

« Habillez-moi et payez-moi ces deux bonshommes, hein? Allez, merci vous autres! »

Les bonshommes, vexés, répondent à peine.

« Cavaliers?

— Moi, oui.

— Et moi guerrier. »

D'Artagnan reçoit une cape rougeâtre, un bonnet de fourrure et douze francs; Jean-Jacques, dix francs seulement, mais un costume kalmouk complet.

« Faudra retirer vos lunettes, vous!

— C'est que je ne vois rien, sans lunettes.

— Pas besoin d'y voir pour gueuler « A mort! » et faire des gestes menaçants...

— « A mort! » et faire des gestes...?

— ... menaçants : c'est sur la brochure, tenez.

— Avec ça. (Il lui tend un fusil arabe.) Et vous, là, descendez au manège! Deux étages sous la scène, en vitesse!

— A tout à l'heure, vieux. »

Alain, cape au vent, descend quatre à quatre l'escalier en hélice. La tête lui tourne quand il atterrit sur la scène. « A ma place, Voisin vomirait déjà, pense-t-il. Pauvre François qui fait des *patia-patia* avec Mme Delange, tandis que nous... Allons bon! » Il ne reconnaît rien sur le plateau : Adieu Vésuve! adieu Broadway! C'est une steppe de papier collé, de toile à sac, de bâches peintes : paysage typiquement kalmouk, sans doute, mais Alain ne voit que l'envers du décor. Il prend sa respiration (une pleine goulée de poussière froide, de fard, de maillot brûlé de sueur) et plonge sous la scène. La lumière décroît à mesure, comme s'il descendait au fond de l'océan, vers des sables pourris et des poissons aveugles — et c'est là qu'il parvient, en effet. Le manège est bas de plafond et la sciure de bois y est imbibée d'un liquide qui ne sent pas que le pissat de cheval : le whisky de Philéas Fogg, le sang de Michel Strogoff et la mer du Nautilus ont filtré goutte à goutte jusqu'aux sables des grands fonds. Les bêtes y tournent, mornes et sans regard. D'Artagnan saute sur la plus vive.

« Vous prenez *Caïd?* Attention : il n'aime pas le cavalier...

— Peuh! »

Mais une voix tombe on ne sait d'où, dure comme une pierre :

« En scène pour le II, les cavaliers! »

Les figurants doivent injurier leurs chevaux et les talonner vers la rampe de bois qui monte à la scène; seul Caïd (jockey, d'Artagnan) bondit dans un tonnerre de sabots martelant ce plancher qui sonne le creux. Et s'il allait passer au travers! Quels autres mystères recèlent les bas-fonds du Châtelet? « Ho là, Caïd! ho là! » Alain a bien du mal à le mener jusqu'à la steppe de carton-pâte : Caïd tire obstinément vers une fente de vrai jour, si pâle auprès de ce petit matin kalmouk qui monte de la rampe, tombe des cintres, jaillit des herses. Dans cet éblouissement, Alain, la main en visière sur les yeux, cherche Jean-Jacques parmi la troupe des farouches guerriers. Le voici, affublé d'énormes moustaches rousses qui tiennent mal.

« Hou-hou! Ici, vieux! »

Hommes et chevaux trépignent; l'ait suffocant est saturé de clameurs étouffées, de crottins retenus : ça ne peut pas durer!

Ah! enfin!... Le rideau se lève pour eux sur un gouffre noir : la salle. L'espace est à nous! la voilà, la vraie steppe, la seule. Ce n'est pas l'avis du public, qui éclate en applaudissements à l'aspect de ce paysage kalmouk dont guerriers et cavaliers à douze francs ne verront jamais que l'envers. Ce tumulte étonne Caïd qui fait un écart; les autres chevaux détournent de lui leur profil de Juif inquiet. A deux pas de là, le lord milliardaire et sa fille viennent de tomber dans l'embuscade. « A mort! » souffle le régisseur. « A mort! » hurlent les guerriers; les moustaches de Jean-Jacques tombent. Le lord et sa fille expriment leur terreur au moyen de grimaces dérisoires vues de près, mais pathétiques de loin car le public enfantin fait : « Oh! oh! » Les Kalmouks, se sentant impopulaires, redoublent de haine : il ne faut jamais être odieux à demi... « A mort! à mort! » Mais les spectateurs ont déjà compris que le journaliste et la soubrette vont arriver juste à temps pour... — Eh bien, non! les voici qui tombent dans le piège à leur tour. Le public est déçu, mais rassuré : tous les héros prisonniers des Kalmouks, on part pour un grand acte II serré, tassé, débordant.

« A mort! » Jean-Jacques a ramassé et recollé ses moustaches; elles sentent la poussière de danseuses et le crin de cheval. « A mort! » Les acteurs jouent comme s'ils commentaient leur personnage au lieu de le vivre : ils jouent *juste*, hélas! terriblement juste, mais *à côté*. Entre deux répliques terrifiées, l'héroïne et la soubrette échangent à voix basse des recettes de cuisine; le journaliste raconte ses ennuis dentaires au cruel chef qui le ligote. Alain, désenchanté, les observe du haut de Caïd; il voit, là-bas, vers l'orient glacé, quelques machinistes qui traînent leurs pantoufles et un pompier qui fait l'avantageux, indifférents au drame de la steppe. Et aussi deux vieillards têtus, debout près d'un portant, qui sifflent pour le vent, agitent les tôles du tonnerre et tirent des coups de feu sans la moindre passion, tristes comme de bons élèves en train de chahuter. Caïd entend tout cela sans broncher. Alain bâille. Il regrette son fauteuil rouge, là, au septième rang, et le cherche des yeux. D'abord, il ne distingue rien; puis, comme le soir une à une les étoiles, voici qu'il distingue les yeux qui brillent seuls dans cette nuit de la salle. Heureuses spectatrices qui plaignent le journaliste parce qu'on va le fusiller et non parce qu'il souffre des dents! Heureux spectateurs, prêts à voler au secours de l'héroïne sans soupçonner ses talents culinaires!

Soudain, dans cette nuit attentive, éclate un bruit terrible. Est-ce le rideau rouge qui se déchire du haut en bas? le grand lustre qui s'effondre? les cariatides d'avant-scène qui cèdent enfin au poids de quatre balcons? Non, c'est M. Plâtrier qui se mouche, au troisième rang. Les vieillards bruiteurs laissent échapper le vent du nord et les grelots de la troïka; le pompier remet précipitamment son casque; les guerriers se figent, le fusil haut, la bouche grande ouverte. Mais surtout Caïd, affolé, se dresse tout debout sur ses jambes de derrière — Ho là! — fait deux cabrioles, trois sauts de mouton, hennit, couche les oreilles au vent de la terreur. Ho là! D'Artagnan tient si ferme que le public croit que c'est dans la pièce. M. Plâtrier lui-même, qui a déjà vu le spectacle vingt fois, pose son mouchoir pour pouvoir applaudir. « Un nouveau jeu de scène, pense-t-il. Superbe! » Mais Caïd fonce devant lui, dispersant les farouches guerriers, délivrant comme par enchantement les prisonniers, renversant des buissons de carton et ces arbres de papier et de torchis qu'on ne rencontre que dans les steppes kalmoukes. Jeu de scène superbe, en effet, ce cheval blanc emportant malgré lui son mince cavalier! traversant au galop le plus grand plateau de Paris, trouant son chemin à travers un essaim de danseuses criardes et, loin du manège, fonçant vers le jour, la porte entrouverte, la rue!

IX

LE RETOUR DU POULAIN PRODIGUE

Caïd franchit d'un bond les quatre marches qui séparent
de la rue la porte du théâtre, puis il s'arrêta un instant, étonné
de se sentir debout, ou peut-être ivre d'air pur. Non moins
surpris, son cavalier de plume ! « Pas un autre n'eût tenu à
ma place !... » Caïd flaira le vent vivant et reprit son galop, droit
vers la Seine, puis le long du fleuve, à contre-courant. En un
éclair, Alain tenta de se rappeler où la Seine prenait sa source,
pensant sérieusement que, du train où il l'emportait, Caïd
aurait vite fait d'y tremper les naseaux !

Dès le premier tournant, le garçon avait rejeté ses oripeaux.
N'était-il pas déjà assez singulier de galoper sur un cheval
blanc, au cœur de Paris, un samedi après-midi ? Mieux valait
donner en spectacle un collégien français qu'un cosaque
kalmouk ! Il songea avec terreur qu'il aurait pu, comme Hardrier, recevoir l'uniforme complet et non cette cape, cette
toque que le vent avait emportées comme feuilles. Le vent...
Ah ! depuis combien de mois Alain ne l'avait-il pas respiré
ainsi jusqu'au ventre ? Depuis les grandes vacances ! Il eut un
moment d'ivresse nue. Mais Caïd buta contre un pavé, et la
crainte de tomber fit Alain se ressaisir : « Assez ri, maintenant.
Retournons ! » Il tira sur les rênes, d'abord en complice,
ensuite en maître, enfin avec la force têtue d'un marin pesant
sur l'amure. Rêne gauche, rêne droite : il cisailla la bouche du

cheval — rien n'y fit! Caïd ne ralentit même pas l'allure : plus fort que son cavalier, lui savait où il allait.

D'entendre rouler ce tonnerre, les passants se retournaient : d'Artagnan saisissait au vol leur regard admiratif comme, enfant, il savait enfiler la bague tendue vers les chevaux de bois. Caïd allongeait le galop, dépassait les cyclistes apeurés, frôlait les camions; des pavés de pierre il tirait des étincelles, des pavés de bois une musique de timbalier. Aux carrefours, il hennissait comme pour prévenir. Alain fermait les yeux; les voitures freinaient, pestaient, laissaient passer. Sur les boulevards, un agent siffla parce qu'ils avaient brûlé le signal rouge. Caïd poursuivit. L'agent siffla de nouveau, sortit son calepin — mais que noter? un cheval n'a pas de numéro peint sur les fesses!

Pourtant, il avait sifflé le coup d'envoi d'un jeu singulier, car, tout le long du chemin galopant, chaque agent de police, à son tour, siffla Caïd. Aucun, cependant, ne songea un instant à se suspendre à son mors pour l'arrêter, sauf un vieux qui datait du temps des *sergents de ville* et des images d'Épinal. Bientôt, ce ne fut plus Caïd qu'ils sifflèrent, mais ce cavalier qui l'excitait de la voix et du geste. Car Alain, dès qu'il s'était aperçu n'être plus le maître de rien du tout, avait feint de mener le mouvement : bruits de bouche, tapes sur l'encolure et regards ironiques aux agents. Il préférait se rendre odieux que pitoyable : c'est la façon qu'ont les héros de tirer à eux la couverture. « Et puis, quoi! il finira bien par s'arrêter! »

Il s'arrêta, en effet, et si brusquement qu'Alain manqua passer par-dessus sa tête. Il venait de traverser la place de la République à une allure d'épopée quand il s'arrêta net, tourna posément sa grande tête folle vers la gauche; traversa le boulevard avec l'aveugle tranquillité d'un paysan qui passe un gué et descendit vers une bâtisse toute ronde. Alain reconnut alors ce que Caïd avait flairé avant lui : le Cirque d'Hiver.

Ce grand piège à chevaux, ce beau *pudding* de crottin, Caïd en fit le tour en hennissant. Quelques voix lui répondirent des écuries et, sur la piste blonde, l'écuyer de haute école sentit la bête lustrée frémir entre ses cuisses. L'orchestre la vit aussi passer du pas de valse à ce petit galop écumant qui est la seule révolte des chevaux dressés. Caïd fit donc le tour du Cirque d'Hiver et, relancé telle une pierre de fronde par ce mouvement circulaire, fila vers la Bastille. Il repartait sans compagnons, Caïd l'émancipé! toujours au galop, à peine essoufflé, déçu seulement : la prison ronde gardait bien ses captifs... Alain s'aperçut alors qu'il aurait pu, quelques minutes plus tôt, descendre de selle mais que, loin de l'avoir désiré, il s'était senti mal à l'aise tant que son cheval avait marché au pas. « Je suis un vrai chevalier! » pensa-t-il.

Le ballet des voitures, des passants et des agents continua sur une musique à trois temps : le galop de Caïd. Par instants, Alain transposait son équipée dans les plaines du Far West : il lui paraissait plus excitant de s'imaginer galopant dans des déserts plutôt que, le premier depuis le défilé de la Victoire, sur les grands boulevards de Paris. Il en venait à regretter la cape et la toque kalmoukes. D'ailleurs, ayant dépassé les quartiers qu'il connaissait, que lui importait l'endroit qu'il foulait? Était-ce Paris? Orléans? Ottawa? C'était le Châtelet, en tout cas, le vrai!

Soudain, Caïd passa au trot; pas un trot de fatigue, mais un trot annonciateur et attentif. C'est qu'ils parvenaient à la hauteur d'un troupeau lamentable : chevaux qu'on conduisait à l'abattoir tout proche, chevaux boiteux, borgnes, minés de coliques, à l'oreille fendue, aux cuisses à vif, aux jambes dévorées de tumeurs. Ils allaient, la tête basse, l'air honteux, comme s'ils venaient de s'apercevoir qu'ils marchaient nus — et l'on y songeait aussi, pour la première fois, en les voyant. Les brutes qui les conduisaient, trois licols dans une main et un grand bâton de l'autre, sortaient de leur torpeur, car déjà le troupeau des condamnés longeait les grilles de l'abattoir. C'est à ce moment que Caïd fit irruption dans leur existence.

Il exécuta une volte-face qui, cette fois, ne surprit pas son cavalier : centaure, d'Artagnan ne faisait plus qu'un avec sa bête. Caïd se retourna vers ses frères condamnés et hennit. Tous s'arrêtèrent.

« Salauds! » crièrent les hommes en brandissant le gourdin

et en tirant sur les cordes. Leurs chevaux redressèrent la tête,
d'un geste plein de noblesse et de pudeur : ces yeux rouges,
cette haleine vineuse les effrayaient plus que le bâton. Caïd
fonça en hennissant. Plusieurs gardes-chiourme lâchèrent
cordes et cannes; les autres, trop ivres pour réagir, se sus-
pendirent aux licols de leurs prisonniers. Caïd hennit pour la
troisième fois, et ce cri décida de tout : clopin-clopant, les
efflanqués, les tondus, les écorchés s'enfuirent à sa suite.
Il y avait même un vieux barbu qui courait sur trois pattes,
l'ongle de la quatrième effleurant seulement le pavé. Ainsi
escorté, Caïd entraîna d'Artagnan dans la cour même des
abattoirs, hennissant si fort que tout son corps en tremblait.
Quelques chevaux prisonniers sautèrent des barrières, for-
cèrent des portes rouges, se joignirent à la troupe; on vit
aussi paraître des hommes au tablier sanglant et que l'étonnement figeait sur ces seuils maculés. On leur tourna la croupe :
adieu, les hommes! fallait pas laisser les grilles ouvertes!

Mais Caïd, ayant rempli sa mission libératrice, abandonna
à leur sort incertain ses frères trop lents et continua de galoper
vers son secret. Quand Alain s'aperçut qu'ils sortaient de
Paris, il lui sembla que le soir tombait, que l'hiver était pour
demain, que tout était fini. Pour lui, hormis Paris et le pays
des vacances, la France n'était qu'une steppe indistincte. Où
Caïd l'emportait-il à présent? Ah! l'aventure tournait mal!
Ah! il aurait bien aimé mettre pied à terre, le chevalier! Qu'est-
ce que c'était que cette forêt aux portes de la ville? — Pas
le bois de Boulogne. Alors? Oh! savoir la géographie!...
    Ce fut au milieu du bois de Vincennes (qu'il ignorait)
qu'Alain, épuisé, tomba en somnolence; un peu plus loin
que Caïd, épuisé, se mit au petit trot; un peu plus loin enfin
qu'Alain s'endormit tout à fait.

La fraîcheur du soir l'éveilla; Caïd marchait au pas sur
une route étroite parmi des arbres. Sur la droite, la forêt
devint transparente; le garçon vit de vastes champs puis,
au loin, un clocher, des maisons dont fumaient les cheminées : il crut avoir traversé la France. Caïd dut sentir fris-

sonner son cavalier de fortune, car il tourna la tête vers lui, regrettant de ne pouvoir s'expliquer autrement que par ce long regard.

« Ben, mon vieux, nous voilà jolis ! » dit Alain pour s'entendre parler.

« Très jolis, au contraire ! » répondit le regard, et Caïd prit un trot joyeux. Ses sabots résonnaient mat sur la route ; des oiseaux lui répondirent en amis, puis des cloches : l'angélus du soir. « Maman, pensa Alain en qui la nature et la solitude réveillaient le petit garçon, maman va s'inquiéter... » Cette pensée, et d'autres plus grises, Caïd les emporta soudain au galop. Si insolite, si stupide ce galop en rase campagne, que le cavalier désemparé allait, pour la première fois de sa vie, injurier sa bête, quand il se sentit avec elle obliquer vers un chemin creux où il se jeta en aveugle. A Dieu vat ! Menait-il au palais de la Belle au bois, ce sentier où lianes et ronces interdisaient toute lueur ? Non, mais seulement à une belle ferme assise en Dame au cœur de son blond royaume de blés, de seigles et d'avoines. La barrière était ouverte, heureusement ! Sans quoi Caïd l'eût sautée, mais pas Alain ; et le portail de l'écurie était assez haut pour que le cavalier y entrât de front, heureusement !

Et là, enfin, Caïd s'arrêta.

Alain descendit : un pantin disloqué qui, quelques heures plus tôt, était Alain Fauchier-Delmas, descendit. Plusieurs chevaux, déjà couchés sur leur litière, se relevèrent pesamment, tournèrent la tête vers Caïd et parurent reprendre vie. L'écurie se remplit soudain de hennissements, de coups de botte dans les bat-flanc, de grands rires jaunes et de regards blancs qui luisaient dans l'ombre. Caïd courut alors passer son cou sur celui des autres bêtes et frotter ses naseaux contre les leurs. Un petit chien, qui dormait sur une botte de foin, se réveilla en jappant et, ivre de joie, se jeta parmi cette mêlée de pattes comme une boule dans un jeu de quilles. Et soudain, Alain entendit meugler, bêler, piailler, caqueter de l'autre côté d'un vantail de bois : l'arche de Noé cognait là, à grands coups, réclamait le passage avec toutes les voix de la Création. Alain débarra cette porte et se trouva presque renversé par une trombe animale : veaux, vaches, cochons, couvée, chèvres, lapins — toutes les bêtes de la ferme entouraient Caïd, le fêtaient à leur manière : lui cossant, grignotant, picorant, reniflant et léchant les jambes. Lui-même encensait, ne sachant où donner de la langue et du naseau. Arriva enfin un vieil âne sourd (ce qui est bien vexant quand on a de telles oreilles) que l'agitation, sinon le vacarme, attirait à son tour. Quand il en eut compris le motif, il poussa un braiment si perçant que lui-même crut l'entendre et qu'il attira le seul qui manquât à la fête : le fermier.

« Clairon ! »

Tous les animaux s'immobilisèrent à cette voix : on eût dit un jeu pour enfants, « La Ferme Modèle », mais grandeur nature.

« Clairon ! mon bonhomme... »

Alain vit Caïd marcher lentement vers l'homme en sabots qui se tenait sur le seuil; il observa que ses jambes tremblaient un peu et qu'il tenait les yeux baissés. Arrivé à deux pas d'homme du fermier, Caïd s'arrêta et tendit vers lui sa tête aux naseaux frémissants.

« Mon bonhomme, répéta l'autre et, s'avançant à son tour, il lui entoura le cou de ses deux bras. Alors?... Alors?... (Il ne savait que répéter ce mot en donnant à Caïd de grandes claques sur l'épaule.) Alors, Clairon?

— Ce n'est pas Clairon, fit Alain sortant de l'ombre, c'est Caïd.

— Oh! non, dit l'homme, oh! non n'est-ce pas, Clairon? Mais... excusez-moi, monsieur, je ne vous avais pas vu. Ainsi, c'est vous qui nous le ramenez?

— Franchement, c'est plutôt lui qui m'a amené ici!

— Et d'où ça?

— De Paris! Et d'une seule traite? Sacré bonhomme... Mais il doit être éreinté!

— Oui, dit Alain, et moi aussi. »

Le fermier appela son valet et fit préparer une épaisse litière de paille sèche pour Caïd-Clairon. Lui-même prit deux poignées d'avoine qu'il lui tendit sur le plat de la main. Un autre cheval blanc suivait la scène d'un regard étroit et montra les dents quand on tira du foin de son râtelier pour garnir celui du nouveau venu.

« Allons, *Lamoureux!* ne sois pas jaloux, à présent! C'est son frère, expliqua le fermier : bon travailleur, mais mauvais compagnon... Venez à la maison, monsieur; vous nous raconterez.

— Merci, mais je voudrais surtout rentrer à Paris!

— Vous allez souper avec nous, d'abord. Après, on attellera pour vous conduire à Lagny : le train de 20 h 11 vous met à Paris avant neuf heures.

— Ce soir?

— Pas demain matin, bien sûr! Lagny, voyons...

— Ah oui! Lagny... » (« Oh! savoir la géographie. »)

Alain se sentit rassuré, mais vexé. Il se croyait quelque part en France : Combrailles, Camargue, Limagne... Mots magiques, poésie pure pour qui ne connaît pas sa géographie; pour les autres : affluents, altitude, productions et régime des pluies — les malheureux! Il se croyait en Saintonge, Comminges ou Lauraguais; il se trouvait en banlieue : le train de 20 h 11...

Le fermier était rond et rouge, sa femme longue et jaune : c'était le mariage de la pomme et de la banane. Il avait donné deux filles de race abricot.

« Mets un couvert de plus : monsieur nous ramène Clairon, depuis Paris! »

Cette fois, Alain ne le démentit pas (à cause des filles) et il raconta leur équipée d'une manière un peu tendancieuse. On aligna des petits verres cérémonieusement.

« Mais, avant le Châtelet, voyons, que faisait Clairon? »

Ils interrogeaient, semblables aux enfants qui posent à leurs parents des questions insolubles et, comme eux, scandalisés qu'Alain ne pût rien leur répondre. Pourtant, ce que le fermier ne saurait jamais, les chevaux, les moutons, les poussins, les araignées même de sa ferme l'apprenaient, au même instant, des lèvres du poulain prodigue : comment Clairon s'était enfui pour voir du pays, connaître la ville; volé par des bohémiens qui l'échangèrent plus loin contre une vieille « Ford » pour tirer leur roulotte; employé sur les chantiers d'une grande gare, métier salissant pour un cheval blanc...

« Toi qui voulais toujours entrer aux chemins de fer ! » hennit sa mère.

... Cheval de moulin, cheval de halage — ah ! tous les métiers ! Un petit temps de service militaire, puis la fuite...

« Oh ! toi, la discipline !... » hennit son frère.

... Paris ; le manège où on le baptise *Caïd* comme tous les chevaux blancs qui balancent leur cavalier (car il avait pris mauvais caractère, à force !). Enfin le Châtelet, féérie à grand spectacle : le manège souterrain qui aveugle, la rampe qui éblouit, le rideau rouge qui affole...

« Allons, à table ! dit le fermier en finissant son petit verre. Ma femme, qu'est-ce que tu nous as préparé pour fêter le retour de Clairon ?

— Je vous ai mis du veau, dit-elle avec simplicité, mais je vous préviens : il est un peu gras... »

Du haut de « Mont-Sommeilleux », Mollard prophétise. Le reste de la classe, anesthésiée par la douceur nouvelle du printemps, reçoit patiemment ses paroles ; pas comme une manne : comme une pluie importune mais inévitable.

« Mauvaise année pour les pions ! vaticine Mollard. D'abord Barberousse, chassé par la faute de Fauchier-Delmas... Tiens, à propos, il est absent Fauchier-Delmas !... Barberousse disparu, pffut ! Bourdon dit Belle Gueule disparu, pffut ! Meunier-*tu-dors* disparu...

— Pffut ! fait un complaisant.

— Et si ça continue, poursuit Jérémie Mollard, que va faire B.D.B. sans pions ? Et que va décider le proto ?

— Ta gueule, Mollard ! dit Cayrolle sans conviction.

— ... et que trouvera l'autre dans son petit crâne de censeur, hein ? Mais ne vous en faites pas : les pions, c'est comme les cheveux d'Éléonore : « Quand y en a plus y'en a encore !... »

Il dit, et sombre dans son sommeil familier.

Deux bancs plus bas, une place vide entre François Voisin et Jean-Jacques Hardrier : Fauchier-Delmas. Jean-Jacques

jouit d'être le seul à connaître les raisons de son absence :
« Pauvre Alain, pourvu que ce cheval...! Mais quel beau récit
je vais en faire aux autres tout à l'heure! Ah! on m'écoutera
mieux que Mollard! Ta gueule, Mollard! Pauvre Alain, et
son cheval blanc... Où diable peuvent-ils...? Ah! chic! zut!... »

Alain vient d'entrer (à pied) dans la classe, précédant de
peu M. Larive-Aymard.

« Alors, vieux? interroge Rouquinoff. Alors?

— Filenfe, l'imbéfile là-bas! » fait le professeur.

Alain ne répond donc que par un message écrit : « R. V.
BÉT. 10.30 », c'est-à-dire : « Rendez-vous à Bételgeuse à
dix heures et demie. »

« Alors? »

D'Artagnan achève posément d'allumer son cigare, se
verse sans hâte un verre de vin rouge. (Ni porto, ni liqueurs
depuis quelque temps : ils boivent du *gros rouge* dans des
verres à madère.)

« Tu te rappelles que le rideau venait de se lever sur le
second acte de... A propos, tu me raconteras la fin, vieux!
Quand tout à coup...

— Quand, tout à coup, Nimbus se mouche!

— Ah? c'est possible. Sans importance. Mais je sens,
tout à coup que mon cheval va faire des bêtises. Tu n'es
pas cavalier : tu ne peux pas comprendre ça, toi. Mais je
suis sûr que Voisin...

— Horreur des chevaux, dit François, les yeux vagues.

— Tant pis. Je me dis : « Il faut absolument lui faire faire
un tour! Sans ça... »

— Tu n'avais qu'à le ramener au manège!

— Le... ramener... au... manège..., répète d'Artagnan assez
lentement pour se donner le temps de trouver une réponse.
Mais, mon pauvre vieux, n'importe quel cavalier te dira
qu'à ces moments-là un cheval a besoin d'air! Le manège?
Ah! là là! le manège!...

— Bon. Alors?

— Une fois dehors... »

Le récit se poursuit. Il a la chaleur et la force de la lave en fusion : c'est qu'Alain l'invente à mesure. Hardrier le sent bien, mais que peut-il opposer, accablé qu'il est par ce terrible complexe d'infériorité du guerrier par rapport au cavalier kalmouk ? Il se vengera tout à l'heure en assommant François de descriptions féeriques du Châtelet : ses décors, mon vieux, ses danseuses... Tandis que ment d'Artagnan et que Rouquinoff s'apprête à mentir, Athos le Taciturne, les poings aux tempes, rêve.

... « Vous m'avez rendu mon cheval, dit le fermier : prenez cette oie ! — Non. — Ce poulet ? — Non. — Ce jambon, alors ! — Non, non. Trop heureux de vous avoir rendu service... »

Loin de Bételgeuse, loin, plus loin que Lagny, François rêve.

... « En tout cas, Clairon est votre cheval : vous le monterez quand il vous plaira ! vous êtes ici chez vous ! et surtout, etc. »

« Il en met trop ! » pense Hardrier, expert en mensonges.

« Et voilà ! Mais dis donc, Voisin, tu dois avoir, toi aussi, des choses à nous raconter ! Mme Delange...

— Rien, dit François, absolument rien. Oh ! ma cigarette s'est éteinte.

— Oui, et ton verre est plein. Et puis, qu'est-ce que tu as à me regarder comme ça depuis ce matin ? explose Jean-Jacques.

— Moi ? Rien... absolument rien. »

Les autres sentent bien qu'il a un récit à faire, mais aussi que rien ne l'y contraindra. Oh ! *le code !* Oh ! l'amitié des Mousquetaires ! Depuis quand cache-t-on quelque chose aux autres ?

Depuis qu'ils ne sont plus que deux...

Il y avait donc six mois, jour pour jour, que François n'avait pas revu cet immeuble qu'il regardait à présent d'un œil si sec. Un décor... La vraie demeure de Pascal était ce cimetière enneigé dont, une fois, l'autre l'avait chassé. Il y était venu pleurer un cadavre : il y avait donné rendez-vous à ses larmes et les avait trouvées là, complaisantes et conventionnelles, les larmes de tout le monde à imaginer un corps étendu, des paupières creuses, une peau verdie... Eh bien, non! Pascal n'en voulait pas! Et devant cet immeuble, non plus. Trop facile de pleurer les images du temps passé! Pascal absent, ce n'était là qu'une maison de pierre comme une autre, de pierre et de sable : un désert surpeuplé, comme toutes les maisons des villes.

François s'obligea de monter avec indifférence cet escalier dont chaque marche avait eu pour lui son visage; il voulut entendre sans tressaillir cette sonnerie, la même... Mme Delange le fit entrer dans la salle à manger (était-elle aussi sombre, autrefois?) « C'est si gentil à vous... » Mais François s'arrêta sur le seuil : une jeune fille inconnue se tenait debout dans la pièce. Il fut d'abord frappé par sa chevelure : des nattes montées en diadème. « Démodée, pensa-t-il, puis : Non! pas démodée, *personnelle*... » Sous la brune auréole, un visage souriant — mais si sûrement, si gravement qu'on n'imaginait pas qu'il pût jamais cesser de sourire, fût-ce pleurant.

« Vous ne connaissez pas notre cousine Sylvie... Pascal a dû vous parler d'elle?

— Non », répondit-il; mais, sans savoir pourquoi, il regretta ce mot à peine prononcé.

Il y eut un silence assez embarrassé.

« Chérie, Louisa a dû mettre de l'eau à chauffer. (« *Louisa?* la petite Marie les avait donc vraiment quittés. ») Veux-tu nous apporter le thé?

— Oui. »

C'est son premier mot; elle l'a prononcé avec une lenteur attentive : un oui d'épousée, elle a la voix de son visage.

Sans l'entendre — elle est tout silence — François la regarde s'éloigner et remarque alors seulement qu'elle aussi porte le deuil. Pourtant, ses bas sont noirs mais transparents, ceux de Mme Delange tout noirs : pas le même deuil. Dès qu'elle a disparu :

« Vous étiez son meilleur ami, n'est-ce pas? Je ne cesse pas un instant de penser à ce... à cette mort. (Un silence.) Monsieur Voisin, lui connaissiez-vous un sujet de tristesse?

Était-il quelquefois déprimé? Je vous demande cela, ajoute-t-elle vivement, parce que...

— Je sais pourquoi, madame.

— C'est seulement...

— Je sais.

— Vous savez quoi? »

Elle s'est levée, une main blanche sur son corsage noir; ses cils battent très vite : au rythme de son cœur.

« Que Pascal s'est suicidé avec le revolver d'ordonnance.

— Mais... »

Un vacarme les interrompt : sur le seuil de la pièce, Sylvie se penche vers des débris fumants. Elle a laissé tomber le plateau qu'elle portait; plusieurs tasses sont brisées, la théière renversée.

« Oh! Sylvie, dit Mme Delange en s'obligeant à sourire, toi si adroite...

— Je ne sais pas ce qui... J'ai dû buter...

— Aucune importance, ma chérie! A quoi bon toutes ces tasses?

— Je m'excuse, Tatty.

— Mais non! »

La jeune fille disparaît de nouveau.

« Eh bien, reprend la mère de Pascal, puisque vous savez la vérité... Mais pourquoi, pourquoi? Lui, surtout!

— Sans un mot?

— Sans un seul mot. Quand je revois, heure par heure, les derniers jours...

— Cette scène avec le colonel Delange, le soir du 27 septembre...

— Ah! vous savez cela aussi? Mais, ajoute-t-elle brusquement, vous ne croyez pas...?

— Non, je ne le crois plus.

— Peut-être, hasarde-t-elle avec un espoir singulier, ce professeur qui le détestait a-t-il pu...?

— Non, pas cela non plus.

— Un petit enfant, reprend-elle après un silence et comme si François n'était pas là, mon petit enfant à moi... Je lui disais encore, chaque jour : « Fais bien attention en traversant! »

Et voilà... Ce grand garçon, que je croyais transparent, m'a préféré la mort.

— Madame, dit François, j'ai déjà cherché; je trouverai, je vous jure que je trouverai!

— A quoi bon? reprend-elle avec ce même air d'absence. J'ai si peur de changer d'images... Je le vois, au moins, je le vois...

— Moi, je ne le vois plus, dit François d'une voix altérée. Moi, j'ai besoin de comprendre. »

Il se fit du bruit dans la pièce voisine qui était la chambre de Pascal : quelqu'un y marchait-il? Louisa, sans doute... Ils se turent. Cette vie, à nouveau, dans la pièce condamnée... Mais qui? qui marchait là, plus léger qu'un fantôme? Les paupières de Mme Delange battirent encore, comme un cœur. François sentit qu'il allait pleurer : la gorge étroite et cette vague nausée qui montait... Il se leva :

« Madame, je vais vous quitter.

— Quoi, vous prendrez bien, etc. »

Ni l'un ni l'autre n'avait l'esprit à ses paroles, mais la mécanique était bien montée : ils échangèrent les phrases voulues. François baisa cette main trop blanche et sortit en aveugle. Il se heurta presque à Sylvie dans l'antichambre, et bredouilla encore une phrase stupide. Puis il dévala les marches comme celles d'un escalier de secours — oui, comme s'il y avait le feu! et s'interdit de respirer jusqu'au coin de la rue.

Il allait s'accorder de souffler enfin, mais le Sort ne l'entendait pas ainsi : « Quoi, pensa le Sort, 29 mars? Six mois déjà? Ce cas Pascal Delange n'a que trop tardé! Plus aucun répit... En avant! »

« Monsieur François!

— Hein? »

C'était la petite Marie qui l'interpellait. Que faisait-elle donc, un tel jour, dans ce voisinage? Mais peut-être qu'à l'inverse de François, elle ne respirait à l'aise que dans ces parages hantés...

« Il y a si longtemps que je vous cherchais, monsieur François!

— Mais pourquoi ici?

— Parce que... parce que c'est là que je vous ai vu pour la dernière fois. »

François demeura interdit : cette réponse, n'était-ce pas la définition même de la fidélité? naïve, entêtée, toujours victorieuse?

« Je voulais vous montrer le livre où il écrivait tout. Je ne le leur ai pas laissé! J'y avais droit, n'est-ce pas? Tenez! (Elle sortit de son sac un cahier recouvert de moleskine noire et froide, matière de mort.) Allons, mais prenez donc!

— Vous... me le laissez?

— Non! (Elle eut un geste comme pour le reprendre.) Le lire seulement...

— Alors, asseyons-nous sur ce banc.

— Faites, faites! » (Elle s'effaçait, se sentait l'intruse : Pascal et François face à face — voilà tout ce qu'elle voulait.)

Aussitôt, François courut aux dernières pages : les autres ne le regardaient pas. Déjà, celles-ci... Mais savoir, savoir enfin! Il eut un moment d'hébétude devant l'encre verte, l'écriture vivante : vivante et verte comme cet arbre devant lui; la sève courait invisible, parmi ces branches, entre ces lignes. Oh! Pascal...

Il lut. Il comprit mal, d'abord, ces phrases inachevées, ce style haletant. La main de Pascal courait après sa pensée; et l'esprit de François dut les suivre à la piste, ces beaux chiens morts dont les traces restaient chaudes.

26 septembre. Reçu manuscrit poème Hardrier. Mauvais (je crois). Voilà : il se croit un génie. Sûr d'écrire un jour des chefs-d'œuvre. Sans cela, comment supporter le pavillon de banlieue, les parents médiocres? (Oh! le père Hardrier jouant au billard dans cet infâme bistrot... J.-J. tout gêné. Et moi donc!) Écrira des chefs-d'œuvre pour se venger de tout cela; couche avec des femmes pour, déjà, se venger. (Deux sortes de types : ceux qui ont une jeunesse à venger et ceux qui ont une jeunesse à regretter.) Couche aussi pour constituer son expérience de romancier : « L'Art donne tous les droits! » — Alors, demain, une négresse? — Oui, si cela doit enrichir mon horizon. (Je cite.) Assez

furieux quand je lui ai répondu par la prière : « Mettez une
garde à ma bouche, une garde sûre, etc., afin que mon
cœur ne se laisse pas aller à des paroles de malice pour
chercher des excuses à mes péchés! » Grand argument
de J.-J. contre moi, contre nous : — Vous vous tenez à
l'écart de la vie. — Alors la vie, pour toi, c'est la rue de Douai,
le bar du *Moulin Rose* où tu trônes un soir sur deux? La vie
C'est Andrée, Jeannine, etc. et cette rousse « irrésistible »?
Hardrier (à bout d'arguments, le pauvre vieux) : — Et pour
toi, qu'est-ce que c'est que la vie? — Je ne le lui ai pas dit.

Sortir Jean-Jacques de là...

27 septembre. Scène horrible. Mon père m'a traité comme
il n'aurait pas traité un de ses soldats saouls. Ce n'est pas
l'injure, c'est l'injustice qui me tue. Plutôt mourir que vivre
dans un monde d'injustice — je pèse mes mots. J'ai détesté
le prof Couderc, cause de cette scène : détesté surtout parce
qu'il me forçait à détester pour la première fois.

Regardé mon père comme un étranger, brusquement :
« De quel droit ce *monsieur* me traite-t-il ainsi? » Le papil-
lon regarde sa défroque de chenille : Qu'y a-t-il de commun
entre vous et moi? — Détaché... L'instant où le fruit *se
détache*. Honte de ce sentiment. « Age ingrat » : l'âge où l'on
devient ingrat, où l'on croit qu'on ne doit plus rien à son
père. Mais est-ce que j'existe seulement? EST-CE QUE J'EXISTE?

Quatre heures du matin. Le gosse m'appelait à travers
la cloison; la petite Marie est venue me parler derrière la
porte. Rien répondu. C'était du *jeu* puisque cela me faisait
plaisir. Oh! les gestes! le jeu!

Impossible de dormir. Tourne dans la chambre, tourne
dans ma tête : *Est-ce que j'existe?* (L'aube où l'aiglon se jette
hors du nid.) François, j'en suis sûr, ne se pose pas cette
question. C'est un enfant; il croit aux Grandes Personnes;
pas encore besoin de croire en lui. Alain? Alain croit en lui
« de droit divin ». Montera tout seul avec la marée, comme
un bateau qui dort sur le flanc. Jean-Jacques, lui, a trouvé sa
définition pour être quelqu'un : Andrée, Jeannine, *Moulin
Rose,* romancier de génie, etc. Pas permis de douter de soi,

quand on couche dans une chambre de bois blanc! Ou alors on est perdu. La médiocrité n'est pas un abîme : seulement un sentier étroit à flanc de désespoir. Enfin J.-J. se sent exister. Et moi? Quelle définition?

Cinq heures. Voilà : AIMER ET ÊTRE AIMÉ. C'est la condition, celle que je choisis. Le contraire d'Hardrier. Pour mon père, exister c'est commander; et sentir, c'est se faire sentir. Pour maman, c'est souffrir. Trop tard pour elle : elle croit que c'est une vocation, elle en fait de la sainteté. Ne jamais faire de *sainteté négative!* On ne peut parler aux saints que quand ils sont morts.

Je deviens injuste : c'est le danger d'écrire. Ne plus écrire un mot : définition du courage (pour moi). Déjà trop tard : je pense comme on écrit; ne serai-je plus jamais *authentique?*

La phrase de l'abbé : « Exister, c'est être capable de s'oublier; être quelqu'un, c'est pouvoir se mettre entièrement dans la peau des autres, *et là, tenir le coup!* »

Dès que l'angélus aura sonné, je filerai voir l'abbé.

Vide. Vide qui suit la résolution prise.

Mon père dort, lui. M. Couderc dort. « Le sommeil du juste » — stupidité! Le juste veille. Je ne parle pas pour moi, mais pour maman. Elle n'a pas dû dormir après cette scène. Maman, maman chérie, oh maman! Mais comment lui parler?

28 septembre. Si c'était cela exister, alors je n'existe pas! Si c'était cela être quelqu'un, jamais je ne serai quelqu'un. Quelle épreuve! Comment l'abbé le peut-il? Non. Non. NON! « Aimer et être aimé », cela suffit. C'est *ma* condition à moi, ma chance, la seule. A chacun sa définition : peu importe laquelle mais, l'ayant trouvée, y être fidèle.

Alors, au secours! WAGRAM SADOWA SEDAN...

Le manuscrit s'achevait sur ces lignes si singulières, tracées d'une écriture altérée.

François, la bouche sèche, referma le cahier de moleskine, le rendit à la petite Marie.

« Alors? Son père, n'est-ce pas? demanda-t-elle anxieusement.

— Mais non! Vous n'avez pas compris. »

Tout ce qu'il venait de lire lui paraissait si vivant, si tiède encore, qu'il lui semblait que, s'il l'avait su six mois plus tôt, il aurait pu... je ne sais pas, moi! Il se tourna, furieux, désespéré vers la petite forme noire tassée à son côté :

« Mais enfin, après avoir lu ça, pourquoi ne m'en avez-vous pas parlé tout de suite, voyons? tout de suite!

— Lu cela?

— Bien sûr!

— Je ne sais pas lire », dit-elle avec une noblesse humble, en cachant le cahier dans son sac.

Le second trimestre mourut une semaine plus tard et, jusqu'au dernier jour, ce fut la fièvre des compositions, la surprise des résultats. En Seconde A 3, Fieschi venait en tête, Fieschi le Mystérieux dont les yeux marrons riaient sans cesse, dont les lèvres luisantes s'ouvraient si rarement. A qui avait-il vraiment parlé durant ces trois mois? Et qui avait parlé de lui? Au centre de la classe, il siégeait, silencieux et fermé, pareil au noyau d'un fruit. On devait se retourner de toutes parts pour le voir; on le fit désormais à chaque lecture de palmarès.

« Il n'a pas seulement pris la place de Pascal Delange, il a pris aussi *ses* places! remarqua amèrement Lévêque, le bon élève.

— Pris sa place? son banc, c'est tout!

— Oh! ça va, Voisin! Qui est-ce qui a dépanné Fauchier-Delmas dans la bagarre contre les A 2, hein?

— Et qui s'est fait punir à la place d'Hardrier pour le chahut de la Saint-Charl', sans blague?

— C'est leur affaire, dit François assombri, mais moi... moi, je m'en fous de votre Fieschi!

— Oh! quel râleur!

— « Cet animal n'est pas méchant, commença Mollard : quand on l'attaque... »

— Ta gueule, Mollard! »

Mollard haussa ses larges épaules et roula jusqu'à la boutique du concierge acheter de ces gaufrettes fourrées qu'il mangeait, comme un ours croque des rayons de miel : baveur et les yeux clos. La récréation se poursuivait dans un tumulte étale. Cette cour faisait penser à un aquarium : des cadets venus de l'autre cour s'y infiltraient parfois, reconnaissables à ce qu'eux seuls y couraient, petits poissons frétillants parmi ces groupes d'une lenteur sournoise. Plus redoutables encore, embusqués dans les coins comme des brochets, les « Grands », coiffés de calots de couleurs, les Grands toujours prêts à happer une victime au passage, bourreaux immobiles...

« Le photographe ! »

La rumeur courut de groupe en groupe. « Quoi ! le photographe, déjà ? » Eh oui, c'était son époque : après les marronniers et avant les platanes... Déjà pch pch pch et deux aides s'affairaient à dresser bancs et tréteaux contre le gymnase; et le photographe, sosie de Dieu le Père, dépliait les pieds de son appareil, déployait un voile noir, s'en couvrait le visage : la veuve Victor Hugo !

Dès lors, chaque classe ne vécut plus que pour cette minute annuelle. On paria sur quel professeur cela tomberait; en A 3, cela tomba sur M. Giglio dit Nez-Rouge. Quand le concierge vint le lui annoncer, il en éprouva tant de confusion que lui aussi se mit à faire *pch pch pch* en devenant plus rouge que son nez. Les A 3 réclamèrent, avec une insistance bruyante mais affectueuse, la présence de M. Plâtrier aux côtés de M. Giglio, et Nimbus en fut si ému qu'il dut se moucher en dehors de ses heures habituelles.

Dieu le Père disposa son monde artistement, en levant un petit doigt dont l'ongle était long et fort jaune. Élève de Nadar, officier d'académie et médaille d'or de l'Exposition de 1900, il opérait lui-même. Les deux professeurs se trouvaient assis, côte à côte, au pied de cet espalier d'élèves que le soleil mûrissait à vue d'œil.

Au moment du « Ne bougeons plus ! » chacun des maîtres tourna la tête vers le second : l'un et l'autre tenaient à montrer leur meilleur profil, et ce n'était pas le même...

Dieu le Père arracha son voile d'un geste tragique et les

fit changer de chaise. Mais alors ils paraissaient se détourner l'un de l'autre — impossible! Enfin, M. Plâtrier (les plus grands doivent se montrer les plus raisonnables), consentit à confier à l'objectif, à léguer à la postérité, la verrue de l'aile droite de son nez.

Il fallut encore déplacer Cayrolle qui faisait les cornes derrière le crâne de M. Giglio. On l'assit en tailleur devant les prof, suprême humiliation! Les trois Mousquetaires siégeaient en haut à gauche, comme l'année dernière; et Fieschi au premier rang.

« Alors quoi, est-ce qu'on allait en sortir? C'était aveuglant à la fin, de fixer le soleil! »

Mais Dieu le Père sortit ébouriffé de sous son drap noir, se défricha la barbe un moment et dit :

« Ça ne peut pas aller! ça ne peut pas aller!... Vous, tenez! Là, le bouclé...

— Moi? demanda Fieschi.

— Oui, vous n'êtes pas à votre place : montez là-haut, parmi les grands... Non! à gauche... Bien! »

Fieschi vint donc, sur la seule image qui témoignerait de toute cette année, se placer au côté de François furieux : Dieu le Père en avait ainsi décidé. Le barbu replongea sous son voile; l'appareil lui servait de tête : on aurait dit un cyclope monstrueux.

« Ne bougeons plus! »

Il pressa sur la poire, puis réclama de nouveau l'immobilité; les sourires tournaient à la grimace. Il fit coulisser quelque chose qui se coinça dans l'appareil; il força; on entendit un bruit de verre brisé. Il jura « Nom de Dieu! » (établissant ainsi qu'il ne L'était pas), parla de *châssis,* de *cliché,* de malchance et recommença tout. Mollard dormait debout; les autres transpiraient à grosses gouttes, et ces larmes de sueur encadraient un sourire crispé.

Ainsi mourut ce trimestre, et le printemps l'embauma aussitôt.

Alain Fauchier-Delmas partit pour la campagne, sans ses parents. Jean-Jacques Hardrier échafauda une histoire de fausse invitation chez de prétendus amis, et personne ne sut jamais où il avait passé ses vacances de Pâques. François Voisin resta à Paris : son frère aîné préparait le bachot, non sans inquiétude; lui-même, toujours trop consciencieux, redoutait l'examen de passage — et qui pourrait étudier à la campagne, en avril?

Il demeura donc dans la ville grise, verte et bleu ciel, travaillant peu, dormant mal, mangeant en silence — hanté par le mystère de Pascal. « Le 28 septembre... l'Abbé... l'Épreuve... WAGRAM SADOWA SEDAN... »

Quand il s'aperçut que, de cette tragédie, il faisait un roman policier et qu'il ne lui manquait plus que la pipe, la loupe et une certaine façon de dire aux chauffeurs de taxi : « Quai des Orfèvres, en vitesse! » Athos entra dans sa pire colère et se traita de Sherlock Holmes de banlieue.

« Assez joué! C'est bien simple : d'abord retrouver « l'abbé ». C'est évidemment celui du cimetière, avec sa tonsure en forme de France. Bon, mais où le retrouver? »

Alors, cette parole de la petite Marie, qu'il avait tant admirée, lui revint en mémoire : « ... parce que c'était là que je vous avais vu pour la dernière fois! » Ce fut un trait de lumière :

« Demain je retournerai au cimetière, décida-t-il, et le Ciel s'occupera du reste! »

Or, c'était la veille de Pâques.

De grand matin, ce jour-là, François descendit dans le métro. Il s'aperçut, pour la première fois, que c'était le lieu le plus tempéré de Paris : chaud en hiver et frais en été. Mais il rangea cette petite découverte au secret, avec toutes celles dont il ne savait pas si elles constituaient des traits de génie ou des évidences — et comment l'apprendre sans risquer la moquerie?

Quand il resurgit, marche après marche, dans le printemps éblouissant, il pensa s'être trompé. Il ne reconnaissait plus la grille qui servait de porte à Paris : un serpent de glycine en épousait les barreaux, vaporeuse et parfumée comme ces fourrures boas des femmes pour qui se battaient les cow-boys au cinéma « Parisiana ». Pourtant, en écartant deux grappes

mauves, François put lire la plaque : PORTE DE CHATILLON —
c'était bien là. Mais pas le moindre loueur de parapluies,
aujourd'hui. Pourquoi ne faisait-il pas marché d'ombrelles
dès la belle saison? Un cortège d'enterrement portant ombrelles
de couleurs, éventails et canotiers, quelle consolation! Mais
il n'y avait pas d'enterrements non plus, un jour pareil. Tant
pis! Tant mieux! François trouverait seul son chemin, cette
fois. Il le revoyait si bien : murs gris, montées tristes, usines
désertes, maisons abandonnées. « La première neige, mimosa
des morts... »

Mais, ce matin de Pâques, il lui fallut moins de temps
encore qu'en décembre dernier pour se croire complètement
égaré. Où donc étaient passés les murs nus et délabrés?
Il voyait ceux-ci couverts d'affiches éclatantes : « Bal du
Printemps », « Grande Fête aquatique », « Le seul vrai
cirque Pinder (sans prénom)! » Et, s'ils semblaient succomber
par endroits, c'était seulement sous le débordement des
lilas, des glycines, ou pour laisser passer la branche indiscrète
d'un marronnier. Ils contenaient mal des jardins exubérants,
des arbres gros comme des nuages et bourrés d'oiseaux.
De « montées tristes », plus une trace! François gravissait
des chemins de campagne où les réverbères avaient poussé
parmi les aubépines; il piétinait un tapis rouge et blanc fait
de fleurs de marronniers. Il y eut aussi une moquette blonde
de chatons de platanes, crottin soyeux qu'un vent espiègle,
soudain, dispersa.

Ravi mais désorienté, François s'arrêta, cherchant du
regard les usines, les maisons mortes. Rien! A moins que
cette haute cheminée envahie de chèvrefeuille, ce château
d'eau lointain qu'assiégeaient des liserons... Mais non! Et
toutes les maisons de décembre ne jouaient pas à cache-cache
derrière des rideaux d'arbres! D'ailleurs, ces ormes bouillon-
nants, ces légers acacias, ces trembles tout frémissants ne
pouvaient être les sentinelles pathétiques de l'hiver dernier.
Ils étaient morts, ceux-là! gelés, fendus, le cœur ouvert, tout
envahis de fourmis à présent! refuge des corbeaux et non de
ces martinets qui coupaient si vivement l'étoffe bleue du ciel au-
dessus de sa tête. François s'était trompé de chemin, voilà tout!

Il allait repartir, quand il s'aperçut qu'il avait déjà plu des fleurs blanches sur ses souliers un instant immobiles. Le printemps voulait donc le retenir prisonnier, comme autrefois la neige? Il secoua cette pluie vivante et repartit, plein de méfiance. Quoi! était-ce l'ancien bistrot misérable, cette guinguette aux buis taillés? cette charmille, ces tonnelles fleuries? « *Au rendez-vous des pêcheurs* » — le même nom... Mais n'en existait-il pas cent le long de la Seine, tout autour de Paris? D'ailleurs, on traversait sur une passerelle squelettique et rouillée un fleuve immobile, borné comme un lac; et voici qu'aujourd'hui un pont d'opéra s'ouvrait devant François : ourlé, doublé, débordant de lianes fleuries, laissant, par endroits, pendre jusqu'à l'eau courante et claire un rideau vert, filet à pêcher les oiseaux... Ce pont, François l'inaugura ce matin puisqu'il dut briser de son visage, de ses paupières closes, vingt fils de la Vierge qui en barraient l'accès et, libres, s'envolèrent, brillant dans le soleil.

Il n'alla pas jusqu'au bout de la passerelle — à quoi bon? Fausse route, temps perdu, pays trop joyeux pour sa mission... Comment imaginer un cimetière dans ce vert paradis? Et puis, on aurait vu d'ici le chemin de fer : les liserons ne poussent pas sur les rails, tout de même! Et puis... et puis...

(Et puis le Petit Poucet était plus avisé que toi, François! Si seulement tu grimpais, comme lui, sur ce grand frêne, tu verrais les rails à deux pas d'ici, chemin de soleil; et, à cent pas, le cimetière... Tu verrais la pierre basse, couleur de chair : la tombe de Pascal, tu ne verrais plus qu'elle!)

Il retourna sur son chemin, furieux et seul. Mais, comme il approchait des portes de Paris dont les tristes maisons montraient déjà leur faîte au-dessus des arbres, il aperçut un jeune homme, vêtu de blanc, qui flânait, une raquette de tennis à la main. Il crut bien reconnaître cette silhouette, et la curiosité lui fit presser le pas.

Quand il se trouva à la hauteur du passant, il se tourna vers lui et fut presque soulagé de reconnaître que c'était bien Fieschi.

X

« ... EST DESCENDU AUX ENFERS,
EST MONTÉ AUX CIEUX... »

« Tiens, Voisin! fit Fieschi sans surprise apparente.
Comment vas-tu?

— Et toi? Tu... tu joues au tennis?

— Oui, un club un peu plus loin, par là. Tu as dû passer devant.

— Je ne suis passé devant rien », dit François rageusement.
Ils marchèrent en silence quelques instants.

« Voisin, tu es mécontent de m'avoir rencontré, n'est-ce
pas?

— Pourquoi mécontent? Et pourquoi me demandes-tu ça?

— Parce que tu dois penser que... Écoute! le jour de la
photo, ce n'est pas moi qui me suis placé près de toi; et le
jour de la Rentrée, non plus.

— Toi ou un autre!

— Je me moque des autres, dit Fieschi aussi sèchement;
il s'agit de toi et de moi. Tu étais l'ami de Pascal Delange,
n'est-ce pas?

— Et alors?

— Alors, je pense qu'il t'est désagréable de voir un autre...
n'importe quel autre, ajouta-t-il en souriant, prendre sa
place, voilà tout!

— Bien, dit François, n'en parlons plus! Un autre n'y
aurait pas pensé. J'imagine que je dois te remercier.

— Je n'ai pas d'amis, moi, mais il me semble... Ah! comment peut-on avoir plusieurs amis? changer d'amis?

— Tu es très exigeant! Pascal avait bien plusieurs amis.

— Il en préférait un, sûrement!

— Je crois qu'il en préférait un », dit François.

Fieschi s'arrêta pour sentir une grappe de lilas. « Je n'ai même pas respiré le premier muguet, songea l'autre. Quelle année! » Et il prit peur, soudain, grand-peur de n'avoir plus jamais l'idée ni le goût de sentir le muguet, de guetter le premier marron. Pascal avait donc tout emporté? Et que lui restait-il? Rien. Devenir comme les autres...

« J'aurais aimé connaître Pascal Delange.

— Oh! fit vivement François, vous ne vous seriez pas entendus.

— Et pourquoi? »

Voisin rougit de cette jalousie posthume. Il y eut un silence. Enfin :

« Bigloteux te dira qu'en électricité deux pôles positifs se repoussent...

— J'imagine, dit Fieschi le parodiant, que je dois te remercier. »

Des cloches se mirent à tinter dans Paris si proche : elles croyaient sonner à toute volée, comme les enfants des villes croient galoper de toutes leurs forces. Qu'ils courent, qu'elles volent à la campagne seulement un jour!... François regarda l'heure à son poignet.

« Tu es pressé?

— Je ne suis pas encore allé à la messe.

— Ah! »

Ils passaient devant un fourré d'aubépines. Auprès du costume blanc de Fieschi, elles paraissaient grises : voile de mariée la veille et le lendemain des noces.

« Heureux Pascal! murmura-t-il soudain.

— Comment peux-tu...? »

François le dévisagea avec colère.

« Quoi? Tu es de ceux qui disent *pauvres* chaque fois qu'ils parlent des morts? Quand ma pauvre maman vivait, ajouta-t-il d'une voix chevrotante, mon pauvre papa disait toujours...

— Non, mais je n'aime pas qu'on parle des miens, c'est tout.

— Les morts sont à tout le monde, Voisin.

— Et pourquoi « Heureux Pascal »? demanda François après un instant.

— Parce qu'il *sait*. »

Un vent inattendu révolta quelques arbres, inquiéta des oiseaux et porta aux garçons les cloches plus distinctes. Fieschi sourit de ses yeux d'automne, de ses lèvres luisantes, de tout son visage.

« Par exemple, reprit-il, Delange sait s'il vaut mieux aller à la messe ou jouer au tennis.

— Il vaut mieux... les deux !

— Il faut toujours choisir, Voisin! tôt ou tard, mais toujours! Choisir ses amis, notamment.

— Qu'est-ce que tu as contre *mes* amis?

— Fauchier-Delmas et Hardrier? Ils ne m'intéressent pas. Toi non plus, d'ailleurs!

— Je ne t'intéresse pas? Merci!

— Non : toi non plus, ils ne t'intéressent pas. Chacun de vous, par un côté, s'accordait avec Pascal Delange : lui seul vous accordait tous les trois. A présent... »

François sentit son cœur battre, comme les cloches; il crut que c'était la colère.

« Psychologue de génie, hein? Comme Hardrier? Mes compliments! Tout ça est très bien imaginé.

— Non pas imaginé, dit Fieschi avec douceur : trouvé seulement.

— En tout cas, tiens-nous au courant de tes... trouvailles, c'est passionnant!

— Inutile, continua l'autre calmement : maintenant que je t'ai dit cela, tu trouveras le reste à mesure, tout seul. Il suffit d'une graine...

— Merci pour la graine de discorde!

— Non, non! graine de clairvoyance. On ne peut être que le meilleur ami de son meilleur ami, Voisin! Sinon...

— Tu peux la garder, ta clairvoyance!

— *Ma* clairvoyance? Mais ce n'est pas un « objet à usage

personnel »! Pas plus que la liberté... C'est curieux, reprit-il, j'aurais pensé que Delange, lui aussi, aimait la clairvoyance par-dessus tout.

— Et après? Pourquoi toujours cette comparaison entre vous?

— Ce n'est pas ma faute. Qui a parlé de « pôles positifs »? En tout cas, il y a un point commun entre Pascal Delange et moi!

— Lequel?

— Je té le dirai plus tard, si nous nous revoyons.

— Si nous...

— Je ne parle pas du lycée, bien sûr!

— Ah bon! tu es aussi de ceux qui pensent que la vie n'existe qu'en dehors du lycée? »

Il songeait à Hardrier; mais l'autre :

« Pourquoi « aussi »? Est-ce que Delange...?

— Ce n'est pas à lui que je pensais! » cria presque François.

Pourtant il savait bien que Fieschi avait raison : le cahier de moleskine ne devait pas mentionner souvent le lycée... La colère le prit : ce Fieschi, de quel droit parlait-il de Pascal? De Pascal qui s'éloignait, chaque fois que Fieschi prononçait son nom? qui s'éloignait de François, prenait le parti de l'autre — quel était ce sortilège?

« Oh! et puis assez parlé de Delange comme ça!

— Tu n'aimes pas parler de lui?

— Non. C'est mon affaire, je suppose!

— Tes morts sont... fragiles?

— J'ai ma fidélité à moi.

— Alors oui, « pauvres » morts...

— Tais-toi! cria François. Je me fous de ta fidélité, et de ta liberté, et de ta clairvoyance! J'aime mieux avoir tort à ma façon qu'avoir raison à la... à la façon d'un autre!

— Qu'avoir raison à la mienne? Bravo! dit Fieschi en le prenant par les épaules, tu me plais comme ça!

— ... et je me fous de te plaire, comme ça ou autrement! fit Athos en se dégageant.

— J'envie ta colère. C'est mon grand défaut : incapable de me mettre en colère. Toi, sans elle, tu ne serais qu'un enfant...

— ... qui croit aux Grandes Personnes, je sais! Mais ça ne durera pas, rassure-toi. Au revoir... »

Il s'éloigna à grandes enjambées; il était furieux; à chaque pas il disait : « Merde!... merde!... merde!... » entre ses dents.

Sa colère tomba quand il franchit la porte de Paris : était-ce donc une denrée qui ne passait pas l'octroi? Il se retourna : il vit, derrière la grille, Fieschi tout blanc qui s'éloignait dans le soleil, et il se sentit en prison — prison de la ville, du lycée, de l'enfance. Fieschi s'éloignait vers Pascal que lui n'avait pas su trouver. Il descendit dans le métro, seul comme un mort.

Frais le métro, en été ? Allons donc ! plus froid qu'un tombeau.

François décida d'aller entendre la messe dans cette paroisse où le corps de Pascal, l'octobre précédent... Il remontait ainsi le cours du fleuve Temps : « Si je n'ai pas su retrouver le cimetière, l'église, du moins, ne m'échappera pas. » Il la retrouva en effet, inchangée, parfaitement indifférente. « On devrait tout détruire derrière soi! La terre brûlée... »

La messe était commencée; un grand prêtre à la barbe grise vociférait en chaire. François s'accota fermement contre un pilier avant de se laisser aller à sa tristesse et à son amertume. C'était, d'y sombrer, une telle douceur qu'il en voulait presque à ce prêcheur dont les éclats de voix portaient, jusqu'au fond de son naufrage, des épaves de sermon :

« ... Son aspect était comme un éclair et son vêtement blanc comme la neige... Or, il leur dit : « Pourquoi cherchez-vous parmi les morts celui qui est vivant?... Il est ressuscité, il n'est pas ici... Venez, voyez la place où on l'avait déposé... »

« Quoi? »

Le mouvement de François inquiète ses voisins. *« ... Et son vêtement était blanc comme la neige... »* Quel est, pensent les voisins, ce garçon qui semblait dormir et soudain se réveille? *« ... Venez, voyez la place où on l'avait déposé... »* Et pourquoi dévisage-t-il l'abbé avec des yeux d'halluciné?

« ... *Il est ressuscité, il n'est pas ici...* » N'a-t-il donc jamais entendu l'Évangile de Pâques? « *Pourquoi cherchez-vous parmi les morts celui qui est vivant?* »...

« Ah ! »

François ne s'est pas aperçu qu'il a parlé haut ni que trente fidèles scandalisés le dévisagent... « Ainsi soit-il ! » Le prêtre a terminé, il se retourne pour descendre de la chaire.

« Lui ! »

Cette fois, c'est la moitié de l'assistance qui murmure, mais qu'importe à François? Déjà, sans un regard pour les autres, il se fraie un chemin jusqu'à la sacristie : c'est que l'abbé qui vient d'y pénétrer porte une singulière tonsure en forme de France.

François referme l'épaisse porte entre eux et ce peuple qui, à présent, chante le *Credo;* les voici seuls, le prêtre et lui.

« Pascal Delange ! »

Il a lancé ce nom très haut, comme une pièce : pile ou face ! Si l'abbé répond calmement : « Pardon? », il ne reste qu'à s'enfuir tel un gamin tireur de sonnettes. Mais si c'est bien l'abbé du cimetière...

« Pourquoi ce nom? (Le grand homme noir marche sur lui.) Qui êtes-vous?

— Son meilleur ami. »

L'abbé lui prend la main.

« Vous savez quelque chose?

— Non, se récrie François vivement. (Il vient de se rappeler que le suicide est la suprême offense.)

— Si, dit l'abbé, vous savez quelque chose! Pascal a... cherché cet accident, n'est-ce pas?

— Pourquoi l'aurait-il fait?

— Voilà ce que je me demande depuis six mois — non! six mois et demi maintenant. »

Cette précision touche François au cœur. L'abbé plonge dans ses yeux un regard à la fois exigeant et humble: sa main chaude n'a pas libéré la sienne.

« Vous devez parler, mon petit : je ne peux pas garder cette plaie. Je n'ai rien dit, lors de l'enterrement; j'aurais dû peut-être... J'ai pris sur moi... »

Il redresse son buste, carrant ses épaules d'athlète. Ah!
il est de taille, l'abbé, à « prendre sur lui »! prendre sur lui
le corps inerte et mince, le transporter vers les neiges éternelles!

« Dans la nuit du 27 au 28 septembre, Pascal Delange
a soutenu une scène terrible contre son père. Le 28 il est
venu vous parler, monsieur l'abbé...

— C'est la dernière fois que je l'ai vu.

— Où l'avez-vous emmené?

— Lui-même m'a proposé de m'aider dans mon œuvre
d'Auteuil. Je l'avais prévenu que ce serait une épreuve. Si
j'avais su que, la veille, son père...

— Il a passé tout l'après-midi là-bas, monsieur l'abbé?

— Je ne sais pas. Quand je suis revenu le chercher, vers
six heures, il avait disparu. Et ce ne sont pas les enfants qui
ont pu me renseigner!

— Pourquoi? »

L'abbé ne répond pas; mais, le dévisageant soudain, il
demande à François :

« Mon petit, que faites-vous, cet après-midi?

— Rien.

— Alors venez avec moi!

— Où, monsieur l'abbé? demande François pour gagner
du temps.

— Vous le savez, répond l'abbé qui, lui, sait déjà que
l'autre accepte. *Votre comportement rendra témoignage.* Je com-
prendrai peut-être... Passez me prendre ici à deux heures
juste. »

L'abbé marchait d'un grand pas de paysan; François
devait faire d'immenses enjambées pour rester à sa hauteur,
et il n'eût pas été si surpris de trouver, en se retournant, le
sol labouré derrière eux.

Ces grands immeubles d'Auteuil cachaient des rues entières
de villas désuètes, comme on voit des bourgeois parisiens
traîner derrière eux, sans fierté, une vieille petite paysanne,
leur mère. A deux heures de l'après-midi, ce jour de Pâques,
on ne trouvait presque personne dehors; mais, dans les mai-

sons, c'étaient dessert, liqueurs et cigares à chaque étage, sans doute! – et cela rendait François un peu triste.

« Mon petit, dit l'abbé dont la pensée suivait un tout autre chemin, chaque homme porte une blessure particulière. Et c'est le jour où il la reçoit, ce jour-là seulement, qu'il devient un homme. A six ans quelquefois; ou peut-être à l'avant-veille de sa mort... Et cette blessure, que le monde vous inflige, ou bien vous mettez tout en œuvre pour l'oublier; ou bien vous ne ressentirez plus qu'elle, vous gardant rancune de cesser d'y penser un seul instant. Ainsi y a-t-il deux façons de vivre — ou plutôt trois : celle de l'enfant intact, celle de l'homme qui vit avec sa blessure, celle de l'homme qui la nie. Mais cet homme-là fait l'enfant, à sa manière, qui est odieuse et lâche. »

« Derrière chacune de ces fenêtres, songe François avec amertume, il y a des gens qui somnolent d'avoir trop bien déjeuné. Tous ces buveurs d'anisette, ces fumeurs de cigare, que font-ils de leur « blessure »? C'est triste une soutane au soleil... »

« Ma blessure à moi, poursuit l'abbé, c'est l'âme... *Tous ces corps ont une âme :* le jour où j'ai brusquement pensé cela, c'en était fait de ma tranquillité. Plus un instant de répit! Cet ivrogne, ce clochard qui se gratte, cette vieille prostituée ont une âme... Les nègres, les deux cent mille Chinois que là famine ou les tremblements de terre tueront cette année ont une âme... Cela vous paraît évident, n'est-ce pas? bien enfantin? Pour moi, ce fut un éclair. J'avais douze ans... La foudre tombait, aussitôt suivie de cette voix de tonnerre : « Tu en es responsable, puisque toi tu le sais! » Voilà. Il y a quarante ans de cela, et la blessure est toujours à vif. »

« Quelle est ma blessure à moi? se demande François troublé. Les morts?... Oui, les morts. Ou peut-être n'est-il pas encore d'endroit par où le monde me blesse. « Un enfant intact »... Et la blessure de Pascal? La voici : *« Est-ce que j'existe? »* Il l'a donc seulement reçue dans la nuit du 27 au 28, sa blessure. »

« Alors, continue l'abbé, me faire missionnaire? Oui, bien sûr. Mais partir au loin c'est encore se divertir : c'est l'aventure, Buffalo Bill... Il y a mieux : il y a pire. A notre porte même, des âmes captives, des âmes qui s'ignorent... Insauvables? — Pourquoi? Qui sait si, à force de patience — non! à force d'amour, je ne les délivrerai pas, mes petits prisonniers? Si Dieu le veut... Pas moi, mais Lui! Lui seul, toujours... »

Il allongea encore le pas. François se rappela le temps où il lui fallait courir après les Grands : « Attendez-moi! Attendez-moi! »

« Mais, monsieur l'abbé, qui sont vos...? »

Il n'a pas le temps d'achever : une grande clameur s'est élevée au fond de l'avenue, et une étrange armée s'ébranle à leur rencontre. François ne distingue d'abord que des petites voitures qui dévalent la voie déserte dans un nuage de poussière, voitures d'infirmes qu'actionnent des bras maigres, des pattes d'oiseaux crispées sur le volant noir.

« Joyeuses Pâques, monsieur l'abbé! »

Mais, derrière, vient le bataillon squelettique de ceux qui ne peuvent pas faire marcher leur voiture parce qu'ils n'ont pas de bras, ou alors des bras inertes, raides, atrophiés. Ceux qui, d'une seule main, les poussent, leur autre manche flotte au vent. Et, derrière encore, voici des piétons, béquillards, pilonneurs, pieds bots, genoux soudés, ou pattes d'éléphants comme M. Plâtrier — mais les plus vieux sont âgés de quinze ans et certains n'ont pas neuf ans malgré leur tête d'homme.

François sent sa gorge se serrer; il a honte de ses jambes, de ses mains, de ses joues.

« Joyeuses Pâques, monsieur l'abbé! »

L'abbé les dépasse tous du buste, il étend ses longs bras sur la maigre couvée.

« Bonjour, mes petits. Christ est ressuscité!

— Christ est ressuscité! reprennent-ils d'une seule voix.

— Rentrons, mes enfants! »

La troupe se remet en marche, clopin-clopant, vers une bâtisse, loin parmi les arbres : Auteuil cache bien son secret. François retient l'abbé par sa manche noire :

« Monsieur l'abbé, qu'est-ce que je peux faire pour eux?

— Pour ceux-ci? Mais rien, bien sûr! Sourire...

— Alors?

— Alors, attendez... »

Voici la maison. Ils traversent des cours, des préaux, des couloirs, où des religieuses les saluent silencieusement au passage. Depuis quelques instants, François croit entendre, tend l'oreille, entend bien à présent une rumeur assourdie mais aiguë, une clameur animale qui le met mal à l'aise. Il se tourne, indécis, vers l'abbé; le grand homme s'arrête, il respire très fort, ses lèvres tremblent un peu.

« Monsieur l'abbé...?

— Il y a des années, dit-il sourdement, des années que je viens ici presque chaque jour, jamais je n'ai pu m'accoutumer à cette approche. Mais, si je n'y étais plus sensible, que pourrais-je pour eux?... Allons! »

Ils parcourent encore quelques mètres; l'abbé a perdu son pas assuré de paysan; sa démarche est nerveuse, indécise : le cheval bronche. Il s'arrête une dernière fois :

« Écoutez, mon petit, je vais m'occuper des pires — je veux dire : des moins humains. Vous, prenez ceux-ci en charge : éveillez-les! amusez-les avec des histoires, des gestes surtout! Tâchez de les faire sourire : c'est le plus sûr chemin... Et n'oubliez jamais, mon petit : ils ont une âme... Ah! je vous jure qu'ils ont une âme! »

L'abbé lui serre la main, ouvre devant lui deux portes capitonnées; une infirmière salue, s'efface, disparaît; la rumeur singulière s'est tue d'un seul coup. François, qui regardait encore l'abbé, se retrouve seul, se retourne — son cœur s'arrête.

Ils sont dix ou douze devant lui, immobiles mais vivants. Des êtres humains? sûrement : ils ont des bras, des jambes, une tête — enfin une masse de chair fendue à la place des yeux, de la bouche, des oreilles.

« Ah non! n'approchez pas! »

Ils n'approchent pas : ils balancent seulement sur place, tels des serpents. Certains tendent vers François une main boudinée, la tendent si lentement qu'il les voit à peine remuer.

Tous les yeux cillent, comme offensés par la lumière : des yeux rouges de lapin, presque pas fendus et bordés de cils blancs. Les bouches sont ouvertes sur des langues trop grosses pour s'y loger entières. Il y en a un, près de la fenêtre, qui sans cesse remue la tête de bas en haut comme font certains jouets d'enfants, et un filet de bave relie au sol sa grosse lèvre.

François s'est ressaisi. « Ils ont une âme, se répète-t-il, une âme comme moi, comme l'abbé... » Il s'avance, sourit presque mais n'ose pas encore, dompteur novice, s'asseoir au milieu d'eux. Il tend la main au plus proche. L'être accroupi se déplace vers lui à la manière d'un crabe, lui jette un long regard d'insecte et tend enfin l'extrémité de son bras gauche. François serre cette masse turgide et moite; il y sent des griffes se rétracter en restant vigilantes. « Une âme... » Un autre, en se traînant comme un phoque sur ses genoux soudés, s'approche jusqu'aux pieds de François, mais soudain s'enfuit sans raison en glapissant. Il sème la panique dans le troupeau qui reflue vers les coins de la pièce en se culbutant puis demeure là, masse entremêlée, haletante, qui fixe François de ses yeux rouges et geint d'une seule voix. Spectacle si ridicule et si pitoyable que le garçon sent monter dans sa gorge un rire et un sanglot – mais c'est le rire qui l'emporte. Il rit, les yeux brouillés de larmes; il rit, et le troupeau offensé se tasse davantage encore, suspend sa plainte, balance ses têtes aux yeux clignotants. C'est une hydre blessée, c'est une pieuvre pourpre; François, brusquement anxieux, attend qu'elle lui jette il ne sait quel venin; et son rire lui fait honte.

« Écoutez... »

Oh! ils l'écoutent, avec l'attention menaçante des grottes et des puits. François parle : ses paroles l'étonnent lui-même, comme d'une langue inconnue; il parle du soleil, des arbres, des choses simples qui se voient, s'entendent, se mangent. Mais les mots butent contre ces cerveaux endormis, contre ce tas d'épais cailloux qui respire devant lui.

François s'assied au milieu de la pièce, mesure ses gestes, sourit. Le monstre charmé se détend : un à un, les êtres se traînent sur le sol, sans quitter des yeux le parleur. Ils paraissent hypnotisés par ses lèvres : sa langue de serpent fascine-t-elle ces pauvres têtes d'oiseaux? Avec une patience d'alluvion, ils ferment le cercle autour de François qui les voit s'apprivoiser avec plus d'horreur que de satisfaction.

Soudain, deux cris déchirent le silence de la cour. Des prisonniers, des fous, des fauves se précipiteraient aux barreaux de leur cage; ceux-là se contentent de tourner lentement la tête vers la baie, avec un éclair de curiosité cruelle dans le regard. François les voit alors *de profil* et frémit. Car certains ont le crâne pointu et la nuque plate, comme si la hache du bourreau avait dévié; et d'autres la tête ronde, plus usée qu'un caillou, et recouverte, par plaques, d'un lichen gris. Non! un rêve... un mauvais rêve... et c'est François qui divague! Il n'existe pas, cet enfant dont le crâne est moins gros que son poing violet! Ni son voisin, qui soutient à deux mains sa tête énorme mais légère, légère! Et celui-là! pas trace d'oreille sur son profil gauche... François ne peut détacher son regard de cette chair lisse. « Pourtant, c'est l'oreille humaine qui est compliquée, stupéfiante. Mais l'absence d'oreille...? » Le petit se retourne lentement : rien non plus, sur l'autre profil, pas même une fente! François se lève brusquement, pris de nausée. De nouveau, le troupeau se fige, attentif, inquiet. Ce cercle, tout autour de lui, ce monstrueux investissement... Dans ses cauchemars enfantins il s'est vu, parfois, assiégé ainsi par d'énormes grenouilles, des rats qui l'observaient, un tribunal de crapauds...

« Écartez-vous! Écartez-vous derrière moi! »

Les enfants se bousculent en grognant; ils se font mal, de crainte que lui, l'étranger, leur fasse du mal. Quand le chemin redevient libre entre la porte et lui, François respire enfin, se reprend tout honteux : « Je les ai encore offensés. Que vont-ils penser? — Mais pensent-ils seulement?... Bien sûr, puisqu'ils ont une âme! »

Il leur parle de nouveau, très lentement, avec des gestes sûrs et simples, comme on parle aux étrangers. « Si Fieschi m'entendait... » Les petits reprennent confiance. François leur raconte un des films de « Parisiana » : deux maçons qui se jetaient à la tête des auges remplies de plâtre liquide et dont les échelles s'effondraient. « Alors le type se dit : Tiens, si je lui vidais son pot de peinture sur le crâne!... Alors, il prend le pot qui est plein de peinture... Alors... » Les autres écoutent gravement. « Tâchez de les faire sourire », a conseillé l'abbé. François trouve le moyen : rire lui-même; les petits rient de le voir rire. Ils montrent des dents écartées et trop pointues; l'enfant sans oreilles se tord; bientôt c'est un déchaînement, une tempête... Il faudrait peu de chose pour transformer ce rire en terreur panique : suffirait que François changeât de visage. Il le sent et s'en garde bien. Le voici donc condamné aux histoires de tarte à la crème tout l'après-midi? Non, car l'un des enfants s'étrangle de rire et tourne au violet. Les autres l'observent sans un geste, avec ce mélange d'indifférence et de curiosité dont témoignent entre eux les grands malades et les condamnés à mort. « Il faut que je fasse quelque chose, pense François, je ne peux pas le laisser s'étouffer! » Mais l'idée de toucher ce corps lui fait peur : exactement la même crainte que d'approcher certaines bêtes à la campagne. « Je vais appeler l'infirmière... » Il se lève, mais l'enfant s'arrête de tousser. François en est soulagé, bien sûr! Pourtant la présence de l'infirmière...

Ah, et puis non! assez de lâcheté! Il s'oblige à prendre deux enfants par la main, à les conduire devant la fenêtre; il va leur parler des nuages, du ciel, du Christ peut-être. Le reste du troupeau geint déjà derrière lui; il se retourne, exaspéré, mais surprend dans les yeux une telle expression de jalousie qu'il en reste interdit. Quoi! ils l'aiment donc déjà? « Ah! l'abbé a raison : ils ont une âme. Et je riais d'eux tout à l'heure! » Le voici bouleversé; il voudrait les embrasser tous : c'est saint Louis baisant les lépreux...

Il doit même pleurer un peu, car les yeux rouges s'humectent à leur tour. Mais quelles écluses ne vient-il pas d'ouvrir! Endormis dans des corps qui les trahissent, ces cœurs intacts se réveillent. Les enfants se précipitent sur le garçon sans défense : ils voudraient lui parler, lui dire, lui dire... — mais comment? Ils pleurent de ne pas le pouvoir; ils poussent ces cris inimitables : la plainte de l'animal blessé par son maître. Comment François a-t-il pu les croire inhumains, ces yeux où passent à présent l'amour, le désespoir, la révolte, la jalousie ? Oh ! plus éloquents que toute parole ! oh ! plus insupportables que toute supplication ! Il y a là douze secrets que personne ne saura jamais, douze prisonniers à vie, prisonniers dans leur fausse peau d'homme ! Et c'est cela que François, soudain, ne peut plus supporter. Les monstres, la cage, c'était encore Buffalo Bill ! mais les âmes captives, muettes, condamnées... Il se lève. Les petites griffes s'accrochent à ses vêtements. Reste, François ! car le plus dur est fait. C'est le dégel : demain la source coulera librement. Avec un peu de patience et d'amour tu les délivreras — mais ne pars pas... comme Pascal !

Il part, comme Pascal.

Pour la seconde fois, les voici rejetés, enfermés à double tour dans leur prison de chair, rendus au Démon. François sort ivre de chagrin, de honte, de dégoût.

« Et l'abbé, monsieur ? (Une sœur l'arrête au passage.) Dois-je aller le chercher ?

— Non, non ! Vous... tenez, vous lui remettrez ce mot. Merci, ma sœur. »

Il a griffonné sur un papier qu'il plie : « Pardon. Je n'ai pas pu. » Mais il ne s'est pas éloigné de trois pas qu'il revient. — Vous permettez ? — reprend le papier, ajoute : « ... pas pu *moi non plus !* »

Il court dans le jardin, dans le préau, dans l'avenue : inutile ! on ne se fuit pas soi-même. Il ne reprendra son souffle et l'allure hypocrite d'un promeneur de Pâques qu'en croisant deux agents cyclistes qui, dans la rue ensoleillée, se donnent une peine inouïe pour conserver la lenteur réglementaire.

François promena longtemps dans Auteuil son sourire de convalescent. Il était parvenu à chasser l'enfer de son ciel. Tous ces gosses à deux jambes, ces *Dédé,* ces *Mimi* qui fourraient des doigts normaux dans des nez intacts, ou pleuraient pour des histoires de sucettes — quel repos ! Il regardait ce ciel uni, innocent : bonne usine, en somme, peu de malfaçons !... L'abbé... Mon Dieu, l'abbé était un spécialiste : n'en fallait-il pas dans un monde si bien organisé ?

Ces pensées et quelques autres non moins rassurantes, flot-
taient depuis cent ans dans l'air d'Auteuil. Air trop léger des
VIIIe et XVIe arrondissements, air dangereux pour le cœur :
François le respirait pour la première fois et s'en grisait, le
rénégat.

Comme il flânait, la conscience presque tranquille, il tomba
en arrêt devant une affiche qui hurlait parmi les autres comme
un perroquet dans un poulailler : « Cavalerie, vingt-huit
tableaux, Corps de Ballets », etc. — Le Châtelet, tiens, pourquoi pas? Justement il n'y était jamais allé, de toute son
enfance! Quelle heure?... Hum, cinq heures déjà! Mais sans
doute le spectacle était-il permanent, comme au « Parisiana ».
Les danseuses, les Indiens, les chevaux (les danseuses surtout) :
toute cette féerie dont Hardrier l'avait ébloui, voilà ce qu'il
lui fallait. Et « l'orchestre de quarante exécutants » parvien-
drait sûrement à lui faire oublier certaine clameur... Il s'enfonça dans le métro, direction Châtelet.

Malheureusement, passé le portillon, Pâques devenait la
Toussaint : on ne rencontrait plus que des hommes mal
rasés, des yeux rouges dans des visages gris; un peuple de
taupes suivait ces cheminements ténébreux. Au-dessus, les
autobus, navires tout pavoisés de publicité, croisaient joyeusement dans le soleil; mais aucun d'eux ne menait au Châtelet. François retrouva donc sous terre ses hontes et ses
tristesses. A la station Duroc, il songeait sérieusement à
retourner vers l'œuvre d'Auteuil; à Émile-Zola, les danseuses
l'emportèrent dans son cœur sur les martyrs : telle est la
condition humaine... Il résolut alors (Sèvres-Babylone) de
se priver de Châtelet : de *faire du métro* toute la journée,
comme Fauchier-Delmas. Il l'appelait Fauchier-Delmas et
non plus Alain, et il pensait à lui sans tendresse depuis ce
matin : « La graine de discorde »... Fieschi pouvait être satisfait! Ces pensées amères le conduisirent jusqu'à Châtelet.
Là parvenu, il n'eut point le courage de ne pas descendre
de wagon.

Cinq heures vingt. Une longue file de gens attendait devant
le trottoir, serpent pris au piège par la tête. « Une seconde
représentation, c'est bien ce que je disais! » Il suivit les

autres, paya (le moins cher possible), entra et prit un escalier qui perdait, à chaque étage, un élément de sa splendeur : buste, marbre ou tapis.

Ah! SECONDES GALERIES... Il était temps : on en venait à la rampe de fer, aux marches creusées, à la brique apparente. Son billet mauve lui donnait droit à un nid d'aigle au bord du vide. Au Châtelet, les spectateurs des secondes galeries courent une aventure plus risquée que Michel Strogoff; et la Cordillère des Andes, annoncée pour le quinzième tableau, on la trouve dans la salle avant le lever du rideau. François, maîtrisant son vertige, gagna son rang avec la prudence et la ténacité d'une chèvre des Alpes. On se poussa fraternellement afin de lui faire une place. Singulier public pour une féerie à grand spectacle! Faux prof, femmes en deuil, jeunes gens graves, filles trop bien élevées... La scène, gueule grande ouverte prête à avaler toute chair fraîche, semblait figée par la déception : pas un seul enfant dans la salle!

Derrière ce rideau, François imaginait des chevaux impatients, des danseuses à la barre : toute une imagerie inspirée de Medrano et de Degas. Une chose l'inquiétait pourtant : ce trou béant, entre scène et salle, où ne se voyait aucun des quarante musiciens. A moins qu'ils ne se fussent cachés dans les coins ombreux de la fosse, comme des fauves en été!

François attendait, d'une seconde à l'autre, les ténèbres dans la salle, le flamboiement soudain du rideau et son envol devant le décor du premier tableau : « Une salle du *Travellers Club* à Londres. » Mais il ne se fit qu'une demi-obscurité, et le rideau se leva sans majesté sur un terne décor de colonnes et de lyres et sur un parterre de noirs messieurs assis sur des chaises.

François ne parlait pas l'anglais; pourtant il eut la certitude que ces hommes ne ressemblaient pas à des *Travellers*. Saisi d'un pressentiment sinistre, il acheta le programme et lut : « Association des Concerts Colonne, 779e concert public au Théâtre du Châtelet, à 17 h 30 (après la matinée). »

« Ah! les vaches! »

C'était tout le monde : les Faux-Travellers, les cariatides dorées, la vendeuse de billets mauves, Hardrier le hâbleur —

tout le monde, des vaches! Il tourna les pages du programme, espérant y trouver des attractions, des chanteurs, enfin quelque nom connu de lui, qui n'avait jamais mis les pieds au concert ni entendu d'autre musique que les crincrins des brasseries ou les chansons du phonographe — mais non! Franck, Ravel, Mozart... Ah! les vaches!

Il se demanda s'il allait partir sur-le-champ ou bien... — mais ils s'étaient si gentiment tassés pour lui, les amateurs de musique, ses voisins! Race grise et grave, il se mit à l'observer avec la curiosité un peu méfiante du curé pour le pasteur, du Parisien de la rive droite pour celui de la rive gauche. Ces gens, aux yeux si clairs, souriaient tous mais tristement, comme... comme qui donc? François se sentit *pauvre* au milieu d'eux; sensation déplaisante, dont il se consola en jouant aux ressemblances avec les musiciens. Le flûtiste, là, c'était le frère de Joffre; ce violoniste : Napoléon III; et ce type, qui soufflait dans des intestins de cuivre, c'était la couturière Émilie (moins les moustaches, car lui n'en portait pas.)

Le chef d'orchestre entra en scène et salua gravement. Il avait le nez rouge et le cheveu filasse : il eût fait un comique passable, n'eût été la jaquette qui n'était pas assez ridicule. « Bon, se dit François, je vais roupiller un bon moment et puis, après quelques morceaux, *pffffut!* comme dirait Mollard : je disparais. »

Le chef leva sa baguette, non pour commander la musique aux messieurs noirs mais seulement pour imposer le silence aux spectateurs. Trois mille personnes retinrent leur souffle : l'homme en jaquette fut Dieu durant cette seconde, puis il fit un autre geste et ce fut la Musique...

Depuis l'enfance, voici quel était l'un des rêves familiers de François. Une piscine claire et tiède : il y nageait tout seul, sans aucun effort; descendait au fond de l'eau sans étouffer; se réveillait enfin, blessé de nostalgie pour toute la journée et le corps triste... Eh bien! dans sa quinzième année, le jour de Pâques, à cinq heures trente de l'aprèsmidi, François Voisin vécut son rêve.

L'océan avait envahi la scène par la gauche. Oui, c'était

là-bas que le tumulte avait commencé : le vent grondait dans ces grottes obscures, et François s'arrêta net de penser, l'oreille douloureusement tendue. « La barbe! se dit-il, dormons, puisque je l'ai décidé... » Mais la marée monta, plus vite que l'esprit au galop, à l'assaut de ce rocher et l'entoura, le déborda, le culbuta. Puis, tel le vent, le chant des violons s'éleva. François frissonnait mais résistait encore. Alors, le chef fit signe aux génies impassibles et la tempête se leva. La terre entière, forêts, villes, navires, tremblait dans ces bois, ces cordes et ces cuivres, tremblait, de la mine au cratère. Le monde entier tenait, frémissant, dans le creux d'une poitrine. Un peuple suffoquait, ne respirait plus qu'à coups d'archets; des voix déchirantes s'élevaient, d'autres répondaient, pathétiques; la foudre crevait les nuages...

François avait fermé les yeux pour mieux entendre. Par instants, il ne savait plus si cette musique venait à lui ou naissait de lui : si l'orchestre n'allait pas se taire d'un seul coup, si lui-même cessait un moment de le soutenir. A la fin, il prit peur et rouvrit les yeux, s'agrippa des deux mains au rebord du balcon et regarda la scène. Il les jugea tous un peu ridicules : le chef qui dansait sur place, l'acharnement de ceux qui jouaient, et la distraction des autres, le timbalier qui s'affairait à sa cuisine, réglant ses gros réchauds de cuivre. Toute cette machinerie de cordes, de bois et de métal lui rappela Bigloteux et la classe de physique. Ce navire à l'équipage besogneux... Quoi! ils devaient tourner chaque page? ils ne créaient donc pas à mesure? François, déçu, se renversa en arrière et referma ses yeux; mais, de nouveau, ce fut la piscine et le rêve... Il avait l'impression de vivre doublement, de vivre pour deux, pour mille. Le temps n'existait plus — et pourtant si! chaque instant se marquait en lui avec douleur : « Plus jamais! plus jamais cette seconde-là ne reviendra... » L'an dernier, François s'était, pour la première fois, un peu enivré : il ne sentait plus son corps et sa tête flottait, ballon à peine captif. Et ce soir, de nouveau, il balançait en plein ciel, mais si lucide!... Un moment, son esprit inventa des histoires sur cette musique : une chasse, un naufrage, une chevauchée dans la nuit. Puis il renonça à ce jeu, brisa ces

barrières : plus d'images! la musique seule. Car c'était, infor-
mulée, la réponse à son cœur qu'à chaque instant elle lui
apportait.

Malheureusement, elle s'arrêta sur quelques accords défi-
nitifs. François applaudit avec vigueur sans s'apercevoir que
personne d'autre ne... – de toutes parts on cria « Chut! »

La musique reprit, lente et grave cette fois, implacable.
François ne put la supporter seul et regarda la salle. Il lui
fallut un moment pour distinguer les yeux qui brillaient
dans l'obscurité, telle une constellation. Il n'y avait plus
là qu'un seul spectateur, un seul cœur auquel le chef imposait son rythme : la salle n'était, en ses profonds dédales, qu'une
immense oreille qui écoutait. Qu'il était doux de se fondre
parmi les autres, d'admirer avec eux! François aurait aimé
embrasser tous ces gens aux yeux clairs, et ce monsieur
Franck aussi, et ce monsieur Ravel. Il se rappela la Messe
de minuit, quand tous s'aiment et chantent d'une seule voix,
et que clignotent les lumières devant les yeux brouillés de
larmes... Mon Dieu, est-ce que ce n'était pas seulement cela,
mourir? Si la musique besogneuse des hommes vous trans-
perçait, transportait, transfigurait ainsi, que serait-ce de la
musique de Dieu? Le ciel, c'était la musique — la mort, c'était
la musique... Pascal! Pascal!... Il sentit que son propre visage
avait pris aussi, depuis tout à l'heure, ce sourire grave qui
était celui de Pascal, celui de ses voisins, celui de... de qui
encore? Quelle autre figure, presque inconnue mais familière, venait de loin, passait et se déformait devant lui tel un
nuage?

La musique avait changé de rythme, à présent, et François ne pouvait plus résister aux images : c'était une ronde
en avril, à l'heure fraîche, sur l'herbe nouvelle; c'étaient
des jeunes filles en organdi, fragiles et sûres. *« A mesure
qu'elle chantait, l'ombre descendait des grands arbres... Elle se
tut et personne n'osa rompre le silence... »* SYLVIE! le petit livre
que M. Meunier cachait sur son cœur. Celui que François
lisait en se bouchant les oreilles, pour fuir Cayrolle et les
aventures de Nick Carter : SYLVIE! Oui, le tendre récit et
cette musique ne faisaient qu'un. Mais c'était aussi *l'autre*

Sylvie, la vraie, la jeune fille au sourire triste, aperçue une
fois chez Mme Delange, le visage qui rôdait autour de lui
depuis tout à l'heure... « Je suis seul! pensa soudain François avec désespoir. Personne ici n'est seul, que moi... »
Il regarda ses voisins. Il y avait là, contre une colonne, un
jeune homme et une jeune fille qui tenaient leurs yeux clos et
souriaient du même sourire. « Seul! répéta François et ses
yeux s'embuèrent. Oh, Pascal! Oh, Sylvie!... »

La musique lui traversait la tête, comme l'eau une pierre
poreuse; elle donnait la mesure de ce vide immense en
lui, de cette grotte où, goutte à goutte, elle coulait, comptant
le temps perdu : « Plus jamais... Plus jamais... » Il y eut un
geste dans l'ombre, un frôlement : le jeune homme avait
posé sa main sur celle de la jeune fille... Pascal! Sylvie!

François sortit sur-le-champ, bousculant ses voisins. La
vérité est explosive : cette salle close n'aurait pu la contenir.
La musique le poursuivit encore dans les couloirs déserts
où dormaient les ouvreuses; elle l'attendait à chaque palier...

Dehors, il s'arrêta pour respirer longuement. Il voulait
s'empêcher encore un moment de penser, comme on s'interdit de pleurer avant d'être au secret. Tout continuait de chanter
autour de lui — ces arbres, ce fleuve : tout était musique.
Ces gens qui passaient, insignifiants, il les aima encore : son
cœur demeurait ouvert, ouvert mais non blessé. Enfin, il
fonça devant lui, se laissant penser, mais parlant tout haut
afin de penser moins vite, de dis-til-ler la vérité. Et il la ponc-
tuait d'injures contre lui-même, lui le lourd, lui l'aveugle, lui
l'enfant!

« Imbécile! avec tes histoires de prof, de curé, de parents!
Est-ce qu'on se tue pour un bulletin trimestriel ou pour des
gosses infirmes? Imbécile! Tu n'as pas remarqué le deuil de
Sylvie? et sa confusion quand tu es allé dire, comme un imbécile, que jamais Pascal ne t'avait parlé d'elle? Si Sylvie était
son secret, cela ne signifiait-il pas...? Et le plateau! le plateau
qu'elle a laissé échapper de ses mains en entendant que Pascal
s'était suicidé! Elle l'ignorait et c'est toi, imbécile, qui le lui as
appris!... Mon Dieu! (Il dut s'arrêter, porter la main à son

cœur, comme un personnage de comédie.) Ce bruit, dans la chambre de Pascal, cette personne qui y marchait, c'était Sylvie... Qu'y cherchait-elle? Ses yeux rouges, quand tu l'as croisée dans l'antichambre... »

Il s'arrêta de parler : ce qu'il pensait, il n'osait plus le dire haut : « Pascal aimait, aimait Sylvie. Elle seule sait donc pourquoi Pascal s'est tué... »

Il traversait les rues sans lever le nez. L'injure d'un chauffeur le ramena sur terre, loin de Franck, de Ravel, de Pascal. Alors, son humeur injurieuse prit une autre forme : il douta. « C'est un roman que tu bâtis, un roman à la Fieschi, à la Hardrier. On ne joue pas avec ça. Une preuve, imbécile, une seule preuve! » Il marcha encore quelques pas, puis il s'arrêta, le souffle coupé : la lumière fulgurante lui traversait l'esprit. Une preuve? — « *Wagram Sadowa Sedan!* »

Et ces dates, qu'il n'eût pas retrouvées un jour d'examen, lui revinrent aussitôt : Sadowa 1866, Sedan 1870. Wagram 66-70! « Si j'appelle ce numéro et si c'est Sylvie qui répond...»

Il entra dans le premier café :

« Jeton de téléphone, s'il vous plaît. »

Elle n'était pas pressée, la patronne qui épinglait par dix ses billets sales : « Une seconde! » Pas pressés, le garçon aux pieds plats, ni ses clients, gros ventres pleins de bière! « Une seconde! » Ils ne se doutaient pas qu'une seconde dure un siècle, pour qui attend aux portes de la Mort ou de la Vérité. François les détesta, ces hommes qu'il aurait embrassés cinq minutes plus tôt, du temps de Mozart. Enfin, la caissière poussa un profond soupir en baissant ses paupières violettes : c'est si dur de compter son argent, n'est-ce pas? son ignoble profit du jour de Pâques... « Christ est ressuscité! » Ah! les salauds!

« Mon jeton, s'il vous plaît.

— Oui, oui, voilà! »

« Pourvu qu'il fonctionne, leur sale appareil! » François était bien sûr qu'il serait en dérangement; ou que cela sonnerait *pas libre;* ou une erreur, tiens! ou bien encore que personne ne répondrait...

Mais tout fonctionna et l'on répondit là-bas, à l'autre

bout de Paris : un *oui* attentif, un *oui* d'épousée. François n'eut pas besoin d'entendre un autre mot pour savoir que Sylvie était au bout du fil.

*

Tout le temps qu'il a parlé, François s'est tenu debout devant la fenêtre, regardant cet arbre de feu que glorifie le dernier soleil. Il n'ose pas se retourner vers la jeune fille : si pâle, si maigrie depuis l'autre semaine qu'il ne l'aurait pas reconnue, n'eussent été sa coiffure et ce sourire navré. François, debout, raconte ce qu'il sait : la scène entre Pascal et son père dans la nuit du 27 au 28, la journée des infirmes, et cet appel au secours sur quoi s'arrête le cahier noir.

« Voilà : c'est le 28 septembre après-midi. Après, je ne sais plus rien. »

Sylvie demeure si longtemps silencieuse que le garçon surpris se tourne vers elle. Le couchant ensanglante la moitié de son visage, l'autre est livide : c'est Œdipe, et c'est le Sphinx. « Mais qu'elle parle, enfin! qu'elle parle! » Elle parle :

« Pascal m'a appelée. Il était cinq heures dix. Il voulait, il devait absolument me voir... « Impossible, je dois sortir! » Il insistait. « Mais pourquoi ce soir? » Si! ce soir justement, il le fallait... « Bien! » Il est venu... »

Elle se lève; elle marche, le regard fixé au plancher.

« Comment pouvais-je deviner?... Mais si! aimer c'est deviner! Ou alors...

— Il est venu... reprend doucement François.

— Il me parut un peu hors de lui-même. Et c'est cela que j'acceptai mal, moi l'égoïste. Lui si solide, lui toute la sûreté du monde, il n'avait pas le droit! C'est pour cela que...

— Mais vous n'avez rien à vous reprocher, n'est-ce pas? demande François éperdu. (S'il lui faut détester Sylvie, à présent, rester seul !...)

— *J'ai joué,* dit-elle à voix basse, après un silence. Je l'ai découragé, par jeu.

— Mais vous l'aimiez? »

Il a presque crié. Elle va répondre d'une voix sourde, en marchant sur lui en le regardant droit pour la première fois.

« Écoutez! Samedi, quand vous m'avez appris... cela, je suis allée dans sa chambre : j'y cherchais la même arme, afin de mourir au même endroit.

— Non, Sylvie! Vous ne...

— Il n'y avait plus d'arme. Et depuis, c'est moi qui n'ai plus le courage. »

Sylvie se tient debout devant la fenêtre, à son tour. Il la voit, auréolée de sang; il l'entend, mais à qui parle-t-elle?

« J'ai joué... « Sylvie, j'ai besoin de savoir... Ce soir « il faut vous décider... — Vous savez bien que je suis « plus âgée que vous, Pascal. Cet engagement serait enfantin... » Il regardait l'arbre, comme je le fais. Moi je souriais, si sûre de lui, de moi, de tout!... Oh! revivre! donner dix ans, vingt ans, tout le reste pour revivre une certaine seconde! »

« Elle a oublié ma présence, pense François pris de panique, elle va trop parler! »

« Le poids d'une parole... Il regardait l'arbre... Oh! rendez-le-moi! rendez-le-moi! »

Elle s'affaisse contre la croisée, se retenant de ses bras crucifiés aux rideaux sombres. François voit frémir ces épaules, cette nuque blanche que Pascal aimait; il n'ose pas s'approcher.

Il est de trop, ce soir encore. Au cimetière! ici! partout, de trop! « Tout seul... Seul au bout de son chemin à lui... Et à chacun son chemin : c'est la leçon de tout... »

Le mystère Pascal est clos. François sort, sur la pointe des pieds, vers les vivants.

Dehors, la nuit tombe, l'arbre est tout noir.

NAUFRAGE DE BÉTELGEUSE

Avec juin, Bételgeuse devint fraîche comme un fruit. La cour était un Sahara et le moindre courant d'air un sirocco. Dans les rues, les passants longeaient l'ombre des maisons, transpiraient, se masquaient les yeux : se conduisaient en assassins. Mais les vieux murs du lycée, aussi lents à s'émouvoir que l'océan, gardaient la fraîcheur des semaines passées, et Bételgeuse en était le cœur profondément enfoui.

Chaque jour, l'un des trois amis était « de corvée de cassades » : chargé de rapporter une dizaine de tranches, de chez le glacier sicilien de la rue d'Amsterdam. Affalés sur le divan aux fourrures étoilées, ils les mangeaient en silence pendant les récréations. François jetait sur les autres Mousquetaires des regards d'étranger : la conversation avec Fieschi lui empoisonnait ces instants; *l'arbre de la Clairvoyance* poussait, ombrageant leur amitié. Hardrier, inquiet, l'observait. Seul Alain ne s'en souciait pas, tout à ses inquiétudes scolaires : on venait d'instaurer des examens de passage et ses chances y étaient légères.

« Qui est de corvée de cassades demain?

— Moi, dit François.

— Prends-en trois de plus : le baromètre monte encore. »

Ils avaient tendu des bandes de toile claire devant les soupiraux; elles arrêtaient la chaleur, mais pas le bruit des galoches enfantines courant sur les cailloux brûlants, dérapant sur les dalles torrides — et ce seul bruit donnait chaud.

« Ce qu'il faut être gosse pour courir par un temps pareil! »
dit Alain avec une ombre de regret dans la voix.

Dans la cour des Grands, on ne courait pas. Troupeau
dispersé, les élèves allaient, tête basse, ou faisaient queue
devant la fontaine pour boire dans le creux de leur main, sans
même trouver la force d'asperger les autres.

A l'ombre du seul arbre, leurs bergers parlaient prudemment et sans geste excessif, dans l'atmosphère de renfermé
qu'exhalaient leurs habits. Car ils venaient de sortir leurs
affaires d'été : M. Larive-Aymard son pantalon de nankin
couleur crème, M. Jacob son canotier cendré et M. Giglio
sa veste d'alpaga d'un gris clair assorti au pourpre de son nez.
Ses pieds de mammouth, dont la chaleur redoublait le martyre, M. Plâtrier les emmaillotait à présent dans des espadrilles de géant; et M. Gautreau, l'ancienne idole de Bigloteux, portait un lorgnon de verres fumés. Seul le professeur
de culture physique, désertant l'oasis de l'arbre, dorait au
soleil son visage stupide. Comme il avait banni le col dur
en hiver, il supprimait, dès juin, la cravate, au grand scandale
des autres maîtres.

B. D. B. traversa la cour, un papier vert à la main. Il portait un chapeau de paille spécialement aménagé, comme
ceux des chevaux, pour laisser passer ses oreilles immenses.
Il croisa le concierge qui le salua : on vit luire trois grosses
gouttes de sueur sous l'écrin de sa casquette carrée.

« Pch pch pch pch, fit le concierge.

— Entendu! répondit B. D. B. qui n'avait rien écouté.
Bonsoir! »

Le concierge voulait dire : « L'horloge retarde : elle va
faire son *coup de folie!* » Une fois par an, aux chaleurs, elle
se déréglait, sonnant vingt-quatre heures de suite — ce qui,
avec les quarts et les demies, faisait quatre cent quarante-
quatre coups.

Le concierge roula son tambour mollement; plus mollement encore, les élèves se dirigèrent vers les classes; mais
les maîtres demeurèrent à l'ombre. Rien ne les pressait :
le programme scolaire était achevé; bientôt, on passerait
les classes de latin à lire des poèmes que le prof attribuerait

à Horace mais qui seraient de lui, celles de français à découvrir Claudel, Giraudoux et toux ceux qui n'auraient accès aux manuels qu'après leur mort.

Les A 3 haletaient derrière les stores baissés. Seul Vigerie le nègre, heureux comme une plante grasse dans une serre, mâchait ses papiers en cherchant des rimes, car le soleil lui inspirait des poèmes, d'ailleurs détestables. Figaro-Cayrolle n'avait plus le courage de chanter, ni Lévêque celui de remonter ses lunettes sur un nez tout luisant. Le gros Mollard entrait dans son sommeil d'été : au moment où tous les serpents, tortues et marmottes de la terre s'éveillaient en bâillant, Mollard, bâillant aussi, retrouvait sa torpeur de juin passé. Il ruminait à mi-voix ses vieilles histoires, et personne ne faisait plus l'effort de lui dire « Ta gueule! »

« ... un cigare et une surprise. Et la surprise, c'est qu'il n'y a pas de cigare!... »

Le concierge entra, sa casquette sous le bras; il la remit sur son crâne en voyant que les garçons étaient seuls :

« Il n'est pas là, Nimbuche? Je poje cha là pour lui, hein!

— Qu'est-ce que c'est? demanda Cayrolle avec un sans-gêne naïf.

— Le provijeur les réunit touch à quatre heures, cha va barder! »

On attendit à peine qu'il eût quitté la classe pour lire la note à haute voix :

« En raison des fraudes qui ont entaché les premiers examens de passage, M. le surveillant général des études voudra bien organiser les épreuves de telle sorte que les élèves d'une même classe soient systématiquement séparés... » la suite, sans intérêt.

— Cha va barder, bouffonna Mollard, pch pch pch!

— *« Pour régler les détails, réunion de tous les professeurs et surveillants, aujourd'hui à seize heures, dans la salle du Conseil de discipline. »*

— Dites donc, fit Cayrolle, ça me donne une idée. Pour tous ceux qui viennent au lycée à bicyclette, réunion à seize heures au garage des vélos. Fauchier-Delmas, viens aussi : tu feras l'arbitre à l'arrivée.

— Non, dit Alain, fous-moi la paix! »

Vélos? arbitre à l'arrivée? il en était bien question! Son dernier espoir de réussir l'examen venait de s'effondrer. Assis entre François et Jean-Jacques, copiant par ici, louchant par là, échangeant les brouillons, il aurait pu s'en tirer! Mais placé entre deux inconnus...

« Et si, à seize heures, on enfermait tous les prof dans la salle de réunion? » proposa Brèche-Dent en rougissant.

C'était la première fois de sa vie qu'il lui venait une idée de chahut : il s'en sentait fier et honteux, comme le jour où les autres l'avaient « dessalé »...

« C'est une idée à la Morel, dit quelqu'un avec mépris, une plaisanterie pour les A 2, pas pour nous! »

La course de seize heures, l'épreuve Cayrolle, consistait à descendre à bicyclette l'escalier du proto depuis le second étage. Quand le règlement leur en fut révélé, la plupart des possesseurs de vélos se désistèrent : leurs pneus étaient fissurés, leurs freins déréglés, etc.

« C'est vos fesses qui sont trop serrées, bandes de dégonflards! » fit Cayrolle.

Il ne restait plus en ligne que lui, Mollard, Gros Genoux et Darseval, toujours volontaire (« Pour Dieu, pour le Roy, pour la Patrie! ») — et pas d'arbitre à l'arrivée, puisque Fauchier-Delmas se désintéressait de l'épreuve.

Ils prirent le départ, freins serrés, dents serrées. Mollard trouva cependant la force de plaisanter :

« Chez nous, ça va vite mais faut pas être pressé! »

Avant le premier palier, Darseval était à terre, l'arcade sourcilière saignante :

« Pas de mal! » cria-t-il d'une voix qui muait d'émotion.

Gros Genoux, qui s'était par deux fois accroché à la rampe, se vit disqualifié. De plus, manque d'habitude, il avait fait un accroc à son premier pantalon long qui datait de la veille. Tu parles d'une poisse!

Peu après, on entendit un craquement : les câbles de freins de Mollard venaient de péter, ne pouvant supporter à la fois la pente de l'escalier et le poids du garçon.

Un *Meeeerde!* prolongé, angoissé, montant déjà du fond de l'abîme fut la dernière parole qu'on entendit du gros.

Cayrolle se déclara vainqueur par élimination, descendit de vélo, non sans soulagement, et partit, suivi de dix curieux, à la recherche des restes du malheureux Mollard. Hélas! on n'en retrouva rien. Gros Genoux, horrifié, pensait que déjà les vautours, peut-être... Mais Cayrolle conclut :

« Tant mieux ! Il n'a pas de mal et il est reparti sans nous attendre ! Vous venez ? »

Et les garçons disparurent, le cœur léger, tandis que deux étages plus bas...

Mollard n'avait dû son salut qu'à sa torpeur. Un nerveux se fût accroché au guidon, eût tenté des manœuvres; le gros garçon se laissa porter. Et sa machine, de palier en palier, le conduisit jusqu'au sous-sol à une vitesse sans cesse croissante et dont Bigloteux eût aisément calculé la formule. Là, elle se jeta en bélier contre la porte même de Bételgeuse qu'il ouvrit avec son crâne avant de bouler, inanimé, sur le divan.

Mollard reprit ses sens aussitôt — mais comment l'aurait-il cru? Il venait d'un escalier gris, d'un noir corridor; il se retrouvait sur un sofa oriental, devant un narguilé, une bouteille de calvados, une boîte de cigares...

Il n'avait pas lu assez de romans médiocres pour savoir que l'on doit, dans ce cas, se pincer, dire tout haut : « Suis-je éveillé? » Il entra donc de plain-pied dans son rêve : but, fuma, rota, vomit dans son rêve, jusqu'à ce qu'ivre d'émotion et de calvados, il s'endormît dans son rêve.

C'est dans cet état que le trouvèrent les trois Mousquetaires, quelques minutes plus tard, auprès d'une bicyclette brisée et d'une bouteille presque vide. Sans un mot, d'Artagnan prit Mollard sous les aisselles et Rouquinoff le saisit par les pieds. François passa devant, tenant les restes du vélo et servant d'éclaireur. Ils portèrent sans encombres le seul vrai gagnant de l'épreuve, Cayrolle, et sa malheureuse machine jusqu'à la cour de l'infirmerie où personne ne passait jamais.

« L'air lui fera du bien. Il est saoul comme un samedi soir!

— Heureusement! Quand il se réveillera, ce sera comme

le fils Couderc : il aura complètement oublié Bételgeuse.

— A propos, il va falloir nettoyer le canapé : il a vomi sur le châle espagnol, ce salaud !

— Pas étonnant ! Regardez, il a encore le cigare au bec.

— *... et la surprise, c'est qu'il y avait un cigare !* »

Le gros commençait à s'agiter, à cligner ses yeux sous le soleil. Les trois s'éclipsèrent, sans songer à lui retirer le cigare de la bouche — grave erreur...

*

Samedi, six heures. François travaille à préparer son examen. Il est attablé, face à la fenêtre dont il a clos les persiennes de fer contre l'incendie de l'été. Il n'envie pas ces passants, qui vont et viennent librement dans la fournaise. Il entend leurs pas, leur souffle, leurs soupirs, car l'appartement de ses parents est au rez-de-chaussée — « au raz de marée », disait Pascal, en y écoutant la foule des dimanches couler sur le trottoir.

Pascal... Sylvie... — François soupire et s'oblige à replonger dans la géographie des cinq grands continents. Mais, bientôt, il relève la tête et va se laver les mains, pour la septième fois depuis deux heures. Il se voit au miroir : cet épi rebelle dans ses cheveux... Un enfant ! n'être qu'un enfant... Savoir le nom d'un atoll dans le Pacifique, celui d'un archiduc autrichien du XVIIe siècle, la formule du tétrachlorure de méthane, et ne pas même savoir pourquoi on a le cœur gros... — Pascal ? Eh bien quoi, Pascal ? Tout est clair à présent ! Et Sylvie ? Ça aussi, c'est clair : il ne la reverra jamais. « Plus jamais... » Et puis après ? Il est furieux : il se sent rejeté vers l'enfance, la solitude ; désespéré mais furieux. Il n'y a pas qu'elle au monde ! Il y a Jean-Jacques... Alain... (Il pense à eux sans joie.) Fieschi... Pourquoi Fieschi ? Ils ne se sont pas reparlé depuis le matin de Pâques. « Si nous nous revoyons... », avait-il dit. Fieschi, tiens, en voilà un qui ne travaille pas, en ce moment ! Pascal non plus n'aurait pas eu besoin de reviser. En ce moment, même Lévêque *boulonne*, Darseval *bosse*, Vigerie *gratte*, Mollard *chiade*, Cayrolle *rupine* — chacun son mot familier! Mais Fieschi nage ou joue au tennis, Hardrier se dispose à passer sa soirée au MOULIN ROSE, et Fauchier-Delmas *fait du métro,* probablement.

On sonne. C'est Alain justement! Il porte sur son bras, avec le respect dû à une cape d'archevêque, un veston gris assez usé.

« Sauvé, mon vieux! J'ai la Veste.

— Quelle veste?

— La Veste d'Exam', la vraie. Un type de première B 2 me l'a vendue. Regarde! »

Il la montre avec précautions sous toutes ses coutures : partout des poches, des fentes, des goussets, des cachettes...

« Et alors?

— Toutes les poches sont spécialisées : physique, chimie, géométrie, his' nat', tout! Dans chacune, des petits rouleaux de papier pelure avec les formules, les dates, les théorèmes, les figures... Tu n'avais jamais entendu parler de la Veste?

— Si, mais je croyais que c'était une blague. Tu l'as payée cher?

— Cent cinquante. Morel était dessus; j'ai dit au type : « Je ne sais pas ce que Morel t'en donne, mais moi je t'offre « le double! » Et encore, il m'a fait une réduction de vingt francs parce qu'il avait perdu le *schéma...*

— Quel schéma?

— Le dessin de la Veste avec la nomenclature de toutes les poches, pour s'y reconnaître le jour de l'examen.

— Comment vas-tu faire, alors?

— Il faut que tu m'aides à le reconstituer.

— Volontiers », dit François amèrement.

Il a été sur le point de répondre : « Tu te moques de moi? » Mais, depuis la conversation avec Fieschi, il traite Alain et leur amitié avec des égards suspects qu'on n'accorde qu'aux grands malades ignorant leur état.

« Comment va-t-on s'y prendre?

— Écoute, je vais... non! toi, tu vas enfiler la veste, tirer les papiers à mesure et me dicter ce que c'est. Moi, je vais m'installer... euh... là, sur la cheminée.

— Mais tu me tournes le dos! »

— Eh bien, je te regarderai dans la glace pour dessiner.

— Mettre une veste par une chaleur pareille! Il faut... (Il allait dire « Il faut que je t'aime! » mais se retint.) Allons-y!

— Attends, j'achève le dessin de la veste. Bon. Commence!

François posa la main sur la plus haute poche, près de son cœur, tira les papiers, les déplia :

« Cas d'égalité des triangles quelconques...

— ... quelconques.

— Cas d'égalité des triangles rectangles...

— ... rectangles.

— Somme des angles d'un triangle...

— ... triangle. »

L'opération dura une grande heure. A mesure qu'il parlait, François se désolait d'avoir tant de questions à reviser, Alain jubilait d'en être dispensé. A la fin, c'était le monde renversé : le cancre se sentait bon élève, et l'autre, atterré. Quand il retira la Veste, François transpirait d'angoisse; il voulut faire croire que c'était de chaleur.

« Les examens ont toujours lieu en été : ils devraient fabriquer une veste légère, tes faux-monnayeurs!

— Et la doublure alors! Tu as vu ce qui tenait dans la doublure? Toute la littérature française et latine, soixante citations! C'est du beau boulot!

— Du très beau boulot, répondit le porte-veste écœuré.

— Tu as chaud, ma pauvre vieille. Tiens, j'ai de la *bibérine* dans une des poches...

— Dans une des poches? Ce n'est pourtant pas dans le programme! »

Ils prirent de cette poudre acide, que l'étiquette qualifiait de « désaltérant hygiénique idéal » et qui les enchantait quand ils en avalaient en classe, à la sauvette. Ici, elle leur parut immonde; aucun n'osa le dire.

« Allez, merci vieux... et bon courage! » dit Alain en toute sincérité.

François regarda tristement cette veste qu'emportait l'autre. Il pressentit qu'il existait des « vestes » et des tricheurs pour toutes les épreuves de la vie, et cela l'accabla.

Le dîner vit François et Robert, son frère aîné, silencieusement assis face à face, un livre d'études calé contre la carafe.
Leurs parents étaient sortis.

« Travaillé tout l'après-midi ? questionna Robert.

— Oui. Cette sacrée physique et chimie...

— De la rigolade ! Moi, c'est cette saloperie de littérature.

— Tu en as de la chance !

— J'en ai surtout marre. »

Ils repiquèrent en silence à leurs tourments respectifs.

« Dis donc, demanda François après les épinards, tu
n'es pas malade ? Je t'ai entendu aller au moins huit fois aux
cabinets.

— Non, c'est ma récré : quand je me barbe trop je vais
pisser.

— Moi, je vais me laver les mains.

— Quelle crétinerie, ces examens ! explosa l'aîné en jetant
sa serviette sur la table.

— Il y a des types qui ont une veste pleine de petits papiers...
Qu'est-ce que tu en penses ?

— D'abord, c'est toujours dégoûtant de tricher. Et puis,
ils seront bien avancés : dans la vie, il n'y a pas de vestes pour
réussir ! »

« Quel naïf, ce pauvre Robert », pensa François qui tenait
à son amertume.

Ils retournent sans un mot vers leurs chambres étouf-
fantes. Robert passe par les cabinets et François par la salle
de bains, pour laver des mains qui n'ont jamais été aussi
propres depuis l'été dernier.

Il retrouve ses livres ouverts à la bonne page. Leur fidélité et sa propre conscience l'exaspèrent : sa main connaît en
aveugle l'épaisseur de chacun et le grain de sa couverture;
et son œil sait la disposition, la *tache* de chaque page.

CHAPITRE XXII — L'AVÈNEMENT DE LA IIIe RÉPUBLIQUE. François
roule son stylo entre ses doigts et le considère rêveusement;
il en aime la matière, l'agrafe dédorée, la trace de ses propres
dents sur le capuchon; il connaît ses défauts : c'est un copain.
CHAPITRE XXII — L'AVÈNEMENT DE LA IIIe... Sa montre aussi,
dont le bracelet de cuir prend, avec la transpiration, la teinte

de son poignet bruni, il peut compter sur elle : c'est une amie. S'il mourait, on la laisserait à son avant-bras! S'il mourait... François rêve. Il noircit d'encre les grains de beauté de cet avant-bras : voilà huit ans qu'il fait cela quand il s'ennuie trop — comme Duquesnoy dessinait des petites figures sur ses ongles. Duquesnoy... En voilà un qui n'a rien à reviser, une fois sorti de son enfer! Il envie Duquesnoy...

CHAPITRE XXII — L'AVÈNEMENT DE... La rumeur a changé derrière les persiennes de sa prison. Samedi soir : dans la nuit chaude, la foule délivrée de sa semaine monte vers l'avenue de Wagram et ses violents plaisirs. Le tramway 31 freine en grinçant et s'arrête juste devant la porte de l'immeuble, comme pour provoquer François. Ding! il repart avec une plainte qui n'en finit pas. Il emporte, vers le fleuve de lumières, sa cargaison de soldats rigolards et tondus, de garçons coiffeurs *gominés,* de garçons bouchers frisés, de dactylos dont les accroche-cœurs tiennent avec de l'eau sucrée, de petites bonnes qui, derrière chaque oreille, ont déposé une goutte de mauvais parfum. « Un bon orage pour doucher tout ce monde-là, hein? » L'ennui rend François méchant...

CHAPITRE XXII — L'AVÈNEMENT... Allons bon! déjà un autre tramway s'arrête, fait son plein, ding! Il a laissé du monde en rade; on se crie : « Rendez-vous au Lutetia!... Hé, les gars, attendez-nous au Royal Wagram!... Devant le Prado!... Non, devant l'Empire plutôt!... » La dernière est une voix de femme. François imagine la blouse légère, la poitrine qui tremble, la jupe trop collante. Et il faudrait s'intéresser à l'impératrice Eugénie? aux princesses de Piémont, squelettes sous trois robes de brocart?... Ding! Ding! Ding! les trams se succèdent. CHAPITRE XXII... François n'a pas lu une seule page :

« Je vais me laver les mains! » décide-t-il exaspéré.

Ouvrir le robinet lui rappelle qu'il n'a pas entendu fonctionner la chasse d'eau depuis le dîner. « Cher Robert, comme il travaille sérieusement, lui! Allons lui rendre une petite visite... » Mais la chambre est vide et les livres fermés : Robert est sorti! les parents sont sortis! tout Paris est dehors, dans la nuit tiède qui sent la sève des arbres. « Tout Paris, sauf moi! Zut, à la fin!... » Il ferme livres et cahiers avec violence, rebouche son stylo avec douceur. Devant lui, sur un carton, il a dressé son programme de revision, jour par jour et matière par matière. Hier, avant-hier, à minuit passé, il en a (seule joie de la soirée) barré de grandes croix bleues les premières colonnes. Et maintenant il va falloir tout recommencer, répartir sur des jours L'AVÈNEMENT DE LA IIIe RÉPUBLIQUE? — Crac! François déchire la feuille en deux, prend sa veste sur l'épaule et sort. Oh! le bruit de la porte claquée, pareil à une gifle : celle qu'il voudrait tant donner, ce soir, à Lévêque, le fort-en-thème!

Le voici dans la rue, de l'autre côté des persiennes. C'est lui qui, du plus loin, fait signe au tramway de stopper et tire la bobinette : ding! Aucune chevillette ne cherra, mais le carrosse de Cendrillon l'emporte jusqu'à minuit. Le trolley effleure, en dansant, les fils électriques cachés parmi les arbres; il en tire de longues étincelles bleues sous les frondaisons endormies. François a gagné la plage arrière du vieux navire de bois : de là on voit luire son sillage de fer et le port gris s'éloigner. Adieu persiennes! et mains lavées! Adieu L'AVÈNEMENT DE LA IIIe RÉPUBLIQUE! C'est l'embarquement pour Cythère...

Place de l'Étoile, les passagers mettent pied à terre et se fondent au fleuve humain qui coule sur un seul côté de l'avenue de Wagram. Tous les cafés s'affalent sur ce trottoir, comme Mollard sur sa table. Le long de la chaussée, les marchandes de glaces ont aligné leurs petites voitures, train d'enfant dont les wagons s'appellent « A la belle vanille » ou « Spécialité de pistache ». Les marchands de tapis, épuisés par leur fardeau, n'ont plus la force de marchander : leur regard seul discute encore. Le Lutetia-Cinéma annonce Tom Mix et son célèbre cheval *Tony*. C'est une bête qui vous dégringole son ravin de Californie tout comme un cheval de deux ans! Et pourtant, ils datent presque de l'invention du cinéma, lui et le fameux chien *Rin-tin-tin*. Au Royal-Wagram, c'est Douglas Fairbanks, son masque noir, sa cape, son épée souple... Hé, hé, François! Douglas Fairbanks?

« Penses-tu, c'est un vieux : il a au moins quarante ans! »

Les deux filles, qui viennent de juger ainsi l'éternel Zorro, s'éloignent du cinéma en riant trop fort. François, tout fier de ses quinze ans, leur emboîte le pas. Les Folies-Wagram, le Prado, l'Empire se livrent une guerre aveuglante et assourdissante d'affiches, d'enseignes lumineuses et de sonneries, dont leurs éblouissants portiers sont les généraux. « Promenoir à cinq francs! N'hésitez pas! On commence à l'instant! » Oh! François! C'est la vie qui commence à l'instant...

Les filles hésitent devant l'Empire — et puis non! c'est trop cher. Naïvement rassuré quant aux vingt francs qu'il a en poche, François pénètre derrière elles dans la Kermesse Wagram. Penchés sur des phonos muets, leurs yeux clos par le ravissement, des marins et des petites bonnes écoutent cinquante chansons d'amour, les oreilles collées aux cornets d'un appareil semblable à celui dont se servent les médecins pour entendre battre un cœur. Un grand roux vise au pistolet la cible qui, s'il fait mouche, prendra de lui la photo méconnaissable d'un visage contracté par l'effort. On fait queue devant les balances automatiques pour savoir si l'on a maigri depuis samedi dernier. Des briquets et des pendulettes nagent dans un océan de bonbons verts où plonge en vain la grue automatique. Un Chinois a posé sa petite main sur une plaque de métal et son regard sur une boule bleue, et il attend son destin qui s'imprime en ce moment même, car il a mis cinq sous dans une fente; on fait cercle respectueusement. François se défend de regarder dans les petits cinémas « très suggestifs » : *Le déshabillé de la Parisienne, Dessous et fanfreluches,* INTERDIT AUX ENFANTS et qui n'attire qu'eux. Il attend, sans trop oser la chercher, l'occasion de faire connaissance avec les deux filles dont une seule, naturellement, lui plaît : une brune, qui marche en se déhanchant et porte une blouse transparente. Il ne peut s'empêcher de penser que c'est elle qui criait, tout à l'heure, derrière sa persienne close. Être là, lui parler, quelle revanche! Et puis, elle ressemble à cette fille qu'il avait suivie depuis la place Saint-Augustin, la veille de la Rentrée : le jour où, dans la foule, ce cochon d'Hardrier, collé contre une blonde dont il revoit encore la poitrine... —

François y a souvent repensé, cette année. Mais, cette fois, s'agit pas de tourner bride en sifflotant pour cacher sa honte. Il faut... D'ailleurs, elle s'est bien aperçue que François la suivait. Tiens, les voici arrêtées devant l'appareil *Mesurez votre force!* Pas la statue de boxeur dont le ventre de cuir attend vos coups de poing, ni le petit wagon de fer qu'on croit envoyer dans le lune et qui redescend à mi-pente – non! le vrai : *l'électrique.* « Saisissez la poignée dans la main gauche et tournez la manette avec la main droite jusqu'à votre limite de résistance. » François met cinq sous (la foule s'assemble, au premier rang les filles) il saisit de la gauche, tourne de la droite, bien décidé à... – Aïe! une décharge électrique le parcourt des semelles aux cheveux. Il insiste. Le courant aussi, et d'autant plus fort que le garçon a les mains moites. François saute en l'air, pousse un cri, lâche tout; la foule rit, la fille brune aussi. Un nègre s'approche, met cinq sous, tourne la manette jusqu'au bout : l'aiguille marque 100. Les connaisseurs applaudissent, et les deux filles s'approchent du nègre en roulant les hanches. François sent la colère monter en lui, plus vite que le petit wagon, plus haut que l'aiguille rouge. Mais quoi! il ne peut pas briser la machine, boxer le nègre, violer la fille? D'abord, il ne saurait pas! Il sort donc en bousculant tous ces gens heureux, la rage aux dents, persuadé que la brune est déjà entre les bras du noir et qu'ils écoutent, joue à joue (chacun un cornet) « Rien qu'un soir près de toi... » ou « Quand tes grands bras me serrent... »

Il sort et traverse l'avenue, gagne cet autre trottoir toujours désert dont les immeubles hautains assistent, depuis dix ans, à la déchéance de leurs frères impairs et essaient en vain de dormir chaque samedi soir. Sa propre colère réconcilie un peu François avec lui-même. « Sans elle, tu ne serais qu'un enfant! » a dit Fieschi. Ah! tout sauf un enfant! Que faire? Retourner à la IIIe RÉPUBLIQUE? – Jamais! Un tramway 30 descend en dansant l'avenue. Où mène-t-il? Place Clichy. C'est le chemin de ce bar du *Moulin Rose* où Hardrier trône un soir sur deux, dit le cahier noir de Pascal. François saute dans le 30.

Il n'a ni la même odeur, ni la même plainte, ni le même *ding* que l'autre tram, et son receveur ne parle pas avec le même accent. Pour un habitué du 31, c'est déjà l'Aventure. Le 30 joint l'avenue de Wagram à la place Clichy : Sodome à Gomorrhe, et son passage scandaleux est une blessure au cœur de la respectable plaine Monceau.

Grise est la traversée; mais, brusquement, on débouche en plein cirque éblouissant : la place Clichy a drainé toute la lumière du quartier. Au milieu de la piste, le général Moncey, qui a défendu la barrière de Clichy contre les Russes, les Autrichiens et les Prussiens, assiste, avec l'impuissance grandiose des statues, à son envahissement par les bistrots, les souteneurs, les prostituées. Étagés à flanc de coteau, les morts du cimetière Montmartre regardent en silence le manège des vivants. François, qui a gagné les rues obscures, est sans cesse accosté par des femmes dont les visages lui rappellent le musée Grévin et qui lui font, avec lassitude, des propositions obscènes. On le siffle de l'autre trottoir; il presse le pas; l'ignoble *Moulin Rose,* dont il va pousser la porte, devient pour lui un havre de sécurité. Et si Hardrier ne s'y trouvait pas ce soir? n'y allait plus jamais?

Mais il est là, assis à côté de sa blonde (celle de septembre), et tout effaré de voir entrer François :

« Voisin, qu'est-ce que tu...?

— Te faire une petite visite.

— Mais comment...? Oh! pardon! Vous ne vous connaissez pas? Jeannine, François Voisin.

— Enchanté, mademoiselle.

— Comment savais-tu que je venais ici... quelquefois?

— Pascal me l'avait dit.

— Pascal? (Pourquoi pâlit-il?) Oh! remarque, c'est un endroit idiot mais j'y retrouve des amis, tu sais ce que c'est!

— J'aime mieux Bételgeuse, murmure François qui sait très bien que l'autre va se moquer de lui. Et pourtant non :

— Moi aussi, fait vivement Hardrier.

— Bételgeuse? Qui est-ce? » demande Jeannine en fronçant le sourcil.

François regarde autour de lui : le bar, bouteilles et petits drapeaux, les murs couverts de moulins roses, les tables

basses — oui vraiment, « un endroit idiot ». Mais, par les
hublots d'une porte rouge, au fond, on voit la scène du petit
music-hall dont cette pièce n'est que le foyer : des danseuses
nues, éblouies de lumière, et dont les seins tombent quand
elles baissent les bras. Ces deux hublots, c'est un énorme
cinéma « très suggestif » INTERDIT AUX ENFANTS, comme à
la Kermesse Wagram — et François se défend, cette fois encore,
d'y regarder.

« Qu'est-ce que tu prends ?

— Une orangeade : je n'ai que vingt francs. »

Jeannine sourit. François s'en moque : il ne tient pas à
l'estime de Jeannine. La voir de si près, cette fille à laquelle
il a tant pensé cette année, c'est comme s'il la voyait nue,
et il se sent mal à l'aise. Hardrier aussi :

« Allons-nous-en ! On étouffe ici...

— Oh non ! » dit Jeannine.

Hardrier hésite, puis reste; il le regrettera toute sa vie.
« Votre orangeade, monsieur. »

Long silence, comme si la mise en scène était mal réglée.
Les trois acteurs se tiennent immobiles, attendent celui qui
n'entre pas. Dans une comédie, on peut allumer une cigarette,
aller ouvrir une fenêtre : gagner du temps — pas dans une
tragédie.

Et brusquement, Elle entre. Jean-Jacques, depuis un instant,
l'attendait; tel le condamné, au petit matin, avant même
d'entendre les pas.

« Bonjour, mes agneaux ! »

C'est une rousse « irrésistible », pense François malgré
lui. Sa chevelure est une torche enflammée qui fait pâlir le
décor : la porte du fond paraît rose et, sur les murs, les moulins d'un blanc sale; Rouquinoff lui-même est vaguement
filasse, et son visage blême, si blême...

« Tiens, tu nous as amené un de tes copains ? Bonjour !

— Bonjour. »

Elle éclate de rire. (Des dents parfaites : « C'est pour mieux
te manger, mon enfant... »)

« Est-ce qu'il faut le *consoler,* lui aussi ? Dis donc, mais
tu t'es fait une spécialité d'amis tristes ! Il est gentil, d'ailleurs...

— Qu'est-ce que tu prends? demande Jean-Jacques faiblement.

— A propos, je ne l'ai jamais revu, ton grand blond de septembre dernier. C'est un peu humiliant, au fond! Et tu ne m'as jamais donné de ses nouvelles. Comment s'appelait-il, déjà?

— Pascal, dit lentement François.

— C'est ça. Qu'est-ce qu'il...?

— Sortons! » crie Hardrier en se levant.

Il empoigne François par le bras; les voici dehors, dans la nuit suffocante.

« Hardrier, pourquoi...?

— Tais-toi! pas ici! »

Il l'entraîne trop vite jusqu'à l'orée du boulevard des Batignolles, jusqu'aux arbres. Voilà, ils ont franchi la frontière, quitté l'ignoble quartier. Jean-Jacques desserre enfin son étreinte qui blessait François.

« Il fallait que tu l'apprennes, d'une façon ou d'une autre, un jour ou l'autre. Maintenant c'est fait. Je suis délivré...

— Tu l'as jeté dans les bras de cette femme, Hardrier, toi! Et ce soir-là, justement!

— Enfin, Voisin, je ne pouvais pas deviner l'état où il se trouvait, ni cette scène avec son père! »

François le regarde stupéfait : les infirmes, Sylvie... Sylvie surtout! Mais Hardrier ne sait rien de tout cela : il n'a été qu'un bourreau aveugle, la brute du Destin. François l'Injuste lui en veut davantage : ne le déteste pas, le méprise seulement.

« Où vas-tu?... Réponds-moi, Voisin!... Dis-moi que tu... Enfin, quoi! ce n'est pas ma faute! N'importe qui, à ma place...

— Non, dit François sèchement. A demain. »

Et il s'éloigne à grands pas.

Mais demain, c'est dimanche et ils ne se verront pas. Plus jamais ils ne se verront. Finis pour lui, les mystères Hardrier.

François ne dormit pas une minute. Il avait cru, d'abord, pouvoir mettre en ordre ses idées et s'endormir, d'un paisible sommeil de soldat, au pied de ce paquetage. Impossible,

Dieu merci! Pascal l'habitait, Pascal découvert, désarmé. Il vécut la nuit de Pascal... Comment dormir? Ses propres impuretés le brûlaient, mille épines dans son corps et qui étaient toutes ses faiblesses. « Vienne minuit, sonne l'heure! » Il pleura.

Le jour parut. Les cris blessants des martinets donnaient la mesure du matin. Voici l'heure où Pascal, vide de larmes, s'était glissé dans le bureau du colonel, avait ouvert un tiroir, pris le revolver d'ordonnance. Pascal, Pascal jamais si proche...

« Il ne me reste plus qu'à délivrer Sylvie, pensa François. Elle se croit directement coupable : quel soulagement quand elle saura... »

Désertes à cette heure, les rues appartenaient encore aux chats aventuriers, aux chiens avides, aux moineaux audacieux; une voiture de laitier, toute brimbalante, les mit en fuite. François l'entendait encore sonner sur le pavé lointain, quand il parvint sur cette place ronde, si naïvement parfaite, avec son kiosque à journaux, son avertisseur d'incendie, son édicule, son réverbère, sa fontaine Wallace, son tas de sable. Au centre du terre-plein, une statue confuse montrait l'un des pionniers de l'Automobile, penché sur le guidon de sa machine infernale, et franchissant à trente à l'heure la ligne d'arrivée parmi les vivats d'une foule que la pierre avait surprise en plein enthousiasme, canotiers hauts et ombrelles brandies. Chaque jour, cinq cents voitures, tournant autour de la place, rendaient cruellement témoignage du ridicule des précurseurs; mais, à cette heure, le pionnier barbu battait encore tous les records. Il y avait aussi un banc sur cette place modèle, un seul, où dormait un clochard.

« Commençons fraternellement cette journée », pensa François et il glissa cinq francs dans la main ouverte.

« Oh non! pas vous, monsieur Voisin, fit l'homme en souriant.

— Monsieur... (C'était l'ancien pion renvoyé après le chahut de la Saint-Charl'.)

— Ne cherchez pas mon nom! Vous ne vous rappelez

que mon surnom : « Barberousse. » Plus mérité que jamais, n'est-ce pas ? »

La barbe avait, en effet, envahi ce visage où brillait le même regard derrière des lunettes de fer à présent raccommodées avec du fil.

« Je m'excuse, monsieur : je ne...

— C'est moi, mon petit, qui m'excuse. Je savais que j'étais un... clochard, je ne croyais pas avoir l'air d'un mendiant.

— Non, dit très fermement François, vous n'en avez pas l'air dès que vos yeux sont ouverts. C'est moi qui, comme un imbécile, voulais commencer ce dimanche par une « bonne action ».

— Alors faites-en une : asseyez-vous ici et parlez-moi de là-bas. Quoi de neuf au lycée ? »

François raconta le départ de M. Meunier, celui de *Louis XIX*.

« Mauvaise année pour les pions ! remarqua Barberousse. Mais ceux-là, du moins, sont partis de leur propre gré...

— Fauchier-Delmas regrette infiniment ce qui s'est passé, vous savez !

— Sûrement pas, fit doucement le vagabond. Et c'est pourquoi, si pénible pour moi que cela vous paraisse, dites-lui dans quel état vous m'avez rencontré. Dites-lui, ajouta-t-il à voix très basse, que je n'ai même plus de quoi garder un chien.

— Mais, monsieur, reprit François pour rompre un silence trop proche des larmes, pourquoi n'avez-vous pas repris un emploi dans un autre lycée ? Ou encore...

— Pas d'emploi pour un surveillant renvoyé, Voisin ! Et que pourrais-je entreprendre d'autre dans la vie ? Ce métier que tant d'hommes exercent à contrecœur, je l'aimais, moi. Dites cela à Fauchier-Delmas. Lui qui prend son orgueil pour de la fierté et n'accepte de leçons de personne, je crois qu'il recevra celle-ci et qu'elle le sauvera peut-être. Et Hardrier ?

— Oh ! Hardrier...

— Cette amitié, continua Barberousse comme s'il pensait tout haut, ne pouvait survivre à la mort de Delange. La mort, non ! Le suicide, n'est-ce pas ?

— Comment avez-vous deviné ?

— On devient très... intelligent, Voisin, quand on aime sans que les autres vous aiment. Maintenant, voulez-vous me dire toute la vérité sur Pascal Delange ? »

François la lui dit, entière, heureux de se soulager d'un secret qu'il avait porté seul toute une nuit. Il raconta comment il avait cru que Pascal s'était tué à cause de son père, à cause d'un prof, à cause des infirmes, à cause de Sylvie ; comment enfin, hier soir...

« Mais il s'est tué *pour tout cela,* mon petit ! Quand la falaise s'écroule, chaque vague a joué son rôle. Et il en fallait plus d'une pour miner cette falaise de marbre ! Ce sont les grands qui se détruisent pour un seul tourment, pour un seul être ; mais les petits se laissent assiéger. Le petit Pascal Delange... »

Il s'arrêta et François vit ses yeux se remplir de larmes.

« Eh bien, heureusement ! reprit-il avec une sorte de colère, heureusement que j'ai quitté le lycée et tous ces petits qui veulent jouer aux grands et pour lesquels on ne peut rien ! Savoir les choses mais n'être cru par personne, parce qu'on vous appelle « Barberousse » et qu'on se moque de vos pieds plats ou de votre accent — ah ! c'est trop bête, à la fin ! Ou alors ne pas les aimer... Oui, peut-être est-ce en ne les aimant pas qu'on peut les sauver... C'est dérisoire. Trop tard pour moi, de toute façon, trop tard ! »

Il parlait comme un homme habitué au monologue. François lui prit la main :

« Je vous crois, moi, monsieur.

— Alors, à nous deux, Voisin ! Le Ciel m'a placé sur votre chemin pour vous barrer celui-ci : rentrez chez vous, mon petit.

— Mais Sylvie...

— Ne lui dites jamais ce que vous avez appris hier ! Qu'elle garde sa blessure, *puisqu'elle n'en est pas morte.* Elle croit que Pascal s'est tué pour elle...

— Mais c'est vrai !

— Pas comme elle l'entend. Le remède serait pire que

le mal; laissez-lui son mal : il est pur. Pascal aussi, dans son esprit, est pur.

— Vous avez raison, dit François après un moment. C'était enfantin de ma part.

— Non, pas enfantin : les enfants gardent les secrets; c'était un geste de Grande Personne, au contraire. Voisin, méfiez-vous des Grandes Personnes, et méfiez-vous des gestes !

— Pourtant, vous m'avez dit de parler à Fauchier-Delmas !

— Oui, lui, blessez-le ! Quant à Hardrier...

— J'aurais dû le rassurer hier.

— Non pas ! Jamais un mot sur Sylvie : qu'il continue de croire qu'il est responsable de cette mort...

— C'est cruel !

— Il est cruel, le sauveteur qui commence par assommer l'homme qui se noie? Hardrier ne retournera jamais au *Moulin Rose*. En ce moment même, il quitte cette Jeannine et les autres; il ne les verra plus; il est sauvé.

— J'ai donc trois missions, dont deux de silence.

— Ce ne seront pas les plus faciles !

— Tout est-il en ordre à présent? demanda François gravement.

— Non, fit l'autre avec douceur : vous ne m'avez pas parlé de Fieschi.

— Mais...

— Pour tous les autres, il est le successeur de Pascal Delange. C'est si simple... Et pour vous? »

François garda d'abord le silence. Il aurait voulu mettre de l'ordre dans ses propres sentiments; il n'y pouvait parvenir. Alors, il livra tout en vrac à ce vieux bonhomme dont l'œil ne semblait s'intéresser qu'à la poursuite de deux martinets dans le ciel vide. Quand il eut achevé :

« Voilà, dit Barberousse : Pascal disparaît et, le jour même, apparaît un autre Pascal.

— Non ! cria François.

— Un autre Pascal, le jour même. Quel piège terrible !

— Monsieur, dit le garçon après un silence, j'ai confiance en vous : que dois-je faire?

— Et comment le saurais-je ? Quelle est la vraie fidélité aux morts ? N'est-ce pas de les rechercher parmi les vivants ?... Fieschi sera votre seul ami : votre ange ou votre démon. Un jour, vous aurez oublié Pascal...

— Jamais !

— ... ou bien vous l'appellerez au secours. Si le ciel vous aime, prenez garde ! il vous éprouve : Fieschi sera votre démon. Vous jouez votre âme.

— Mais je ne suis pas de taille, moi, monsieur ! Je suis seul !

— C'est un grand jour, celui où l'on apprend qu'on est seul. Bon courage, mon petit ! Je ne puis plus rien pour vous, vous le sentez bien. Adieu.

— Non, non, monsieur ! Où pourrais-je vous retrouver ? » demanda François avec angoisse en se levant aussi.

Barberousse haussa les épaules en souriant; mais il vit le garçon si désorienté qu'il répondit, sans y croire :

« J'aime cette place, le matin surtout. Adieu, mon petit. »

François le regarda partir avec un vague remords. C'était le fantôme de Nimbus, de Nez-Rouge, de B. D. B. : de tous les prof qu'il avait chahutés, qui s'éloignait en loques. Cet épouvantail aimé des oiseaux, n'était-ce pas le fantôme de son enfance ?

*

« Et je vous autorise à ôter votre veston si vous avez trop chaud », conclut B. D. B. avant de quitter la salle d'examen.

Tous les candidats s'empressent de le faire, tous sauf Fauchier-Delmas, affublé aujourd'hui d'une méchante veste grise que personne ne lui connaît.

« Maintenant que B. D. B. est sorti, allons-y ! Voyons le schéma... GÉOMÉTRIE : côté droit. *Cas d'égalité des triangles :* pochette du haut, bon !... Quoi ? *La loi de la pesanteur ?*... Ce n'est pas le bon rouleau. Alors, la poche intérieure, peut-être !... Hein ? *Fécondation des fougères !*... Allons bon, deux rouleaux égarés... Enfin, ne perdons pas de temps : prenons le sujet de LITTÉRATURE : « Victor Hugo et la préface de Cromwell. » Romantisme, ça, j'ai l'impression... Donc, poche intérieure droite, tout en haut... Là!... *Miroirs concaves et convexes!* Ce n'est pas possible! La poche du dessous, alors?... *Les États généraux et la Monarchie!* Mais qu'est-ce qui se passe?... »

Alain s'affole, telle une souris cernée. Ce garçon, qui se tâte de toutes parts, finit par attirer l'attention du surveillant.

« Je cherchais mon mouchoir, monsieur!

— Mais ôtez donc votre veste : vous êtes en sueur...

— Non, monsieur, non : c'est comme ça qu'on attrape du mal. »

« Il m'aura à l'œil, c'est malin! Faisons semblant d'écrire... Oui, mais quoi?... Ah! il a repris son bouquin!... CHIMIE : « La formule du sulfate d'ammonium. » Voyons le schéma... CHIMIE : poche de basque gauche... Zut! il me regarde! Écrivons n'importe quoi... Alors, ce rouleau de papier? *« To be or not to be »*... Mais c'est fou, tout est faux! Allons bon, une goutte de sueur sur ma copie! et je n'ai pas de buvard... »

« Dis donc, vieux, passe-moi ton buvard!... Mais non, crétin, ça n'est pas pour copier!... — Rien, monsieur, je lui demandais l'heure... Deux heures et demie? Merci, monsieur. »

Jusqu'à quatre heures durera ce supplice. Alain ne retrouve plus rien : le schéma est à la fois précis et faux, comme un mauvais billet de banque. Le garçon finit par recopier n'importe quels rouleaux sur sa copie. Là aussi, tout sera exact : dates, chiffres et formules — exact, mais parfaitement à côté de la question. C'est un puzzle démantelé; un trousseau de clefs aussi énorme que celui d'Hardrier : chacune commande une porte, mais c'est la serrure voisine qu'il s'agissait d'ouvrir.

Et, cinq minutes avant la fin, à l'heure où les bons élèves relisent en ajoutant des virgules puis rangent soigneusement leurs compas compliqués, à l'heure où les cancres remettent ostensiblement une copie blanche au surveillant qui lève un sourcil — brusquement Alain comprend tout...

« Imbécile! abruti! triple crétin! roi des... — tous ses mots y passent. *La glace*... Tu regardais Voisin dans la glace de la cheminée en dessinant le schéma. Les objets sont inversés, dans une glace! On a le cœur à droite, dans une glace!... »

Il retrouve tout, à présent : Victor Hugo, les cas d'égalité des triangles, le sulfate d'ammonium — tout sauf le temps perdu. Il barre et remplace, au petit bonheur, et remet enfin, le dernier de tous, au pion sourcilleux, une feuille immonde, pleine de repentirs.

« C'est votre brouillon, je suppose?

— Non, monsieur, c'est mon *propre*. »

C'est surtout la copie modèle du tricheur — pire! du tricheur stupide.

Alain sort, balançant furieusement la bouteille d'encre au bout de sa ficelle, éraflant sa règle contre les murs. François l'attend sans amitié :

« Alors, tu peux la revendre à présent, ta veste?

— Non, je la garde.

— Quoi? »

Il raconte son martyre, son châtiment : « La glace, mon vieux! Nous n'avions pas... je n'avais pas pensé à la glace! » Comme il parle encore, une rumeur *Au feu!* s'élève dans la cour des petits; tous les élèves s'y précipitent.

« Tu viens?

— Non, dit fermement François : j'ai à te parler.

— Mais, s'il y a le feu...

— Je m'en fous! Ce que je dois te dire est autrement plus important. »

Il l'entraîne à l'écart et, les yeux dans les yeux, lui raconte lentement Barberousse. D'Artagnan (mais où est le fier d'Artagnan?) reste atterré. Il vient d'éprouver que le ciel n'aime pas les tricheurs; il apprend, à présent, qu'on peut détruire un homme rien qu'en jouant. Ne plus jouer, ne jamais plus tricher, d'Artagnan, jamais!

« Écoute, dit-il enfin, au retour des grandes vacances je ramènerai mon chien à moi, et je le donnerai à Barberousse. (Le chien d'Alain : le compagnon de chasse qui devait vieillir à ses côtés, ou peut-être mourir de chagrin au cimetière, couché au pied de son seigneur, comme sur les tombeaux du Moyen Age...) Je le donnerai à Barberousse. C'est le plus que je puisse faire, Voisin, tu sais !

— C'est le moins que tu puisses faire », dit François.

A ce moment, éclate dans la rue l'appel des pompiers. Pin-pon, pin-pon!... La grande porte s'ouvre à deux battants sur un fouillis de voitures rouges, d'échelles immenses, d'hommes casqués de soleil, bottés de cendre et qui déroulent des tuyaux sans fin. Et soudain, comme une vieille dame qui choisit l'instant critique pour tomber en crise de nerfs, l'horloge fait son « coup de folie » annuel et se met à sonner interminablement. Pin-pon, pin-pon! Bang, bang, bang!... Cette fois, le lycée entier est assemblé dans la cour des petits. On y va ?

« Que se passe-t-il ?

— Le feu !

— Où ça ?

— Dans les caves !

— Dans les... » Alain et François se regardent : « Bételgeuse ! » et fendent la foule.

« Mais comment est-ce que... ?

— On ne sait pas ! »

Personne ne saura jamais — personne sauf Mollard qui, depuis des jours, recherche au sous-sol le paradis oriental où son vélo l'avait transporté. Un rêve? Allons donc! Et ce cigare qu'il a retrouvé entre ses dents, était-ce un rêve?

Le gros a visité toutes les caves, toutes sauf la bonne, dont les Mousquetaires ont camouflé l'entrée. Celle où l'on conserve les tables et les bancs hors d'usage, et il y a lu, à la lumière de sa torche électrique, de vieilles phrases gravées au couteau : *Poincaré sera recalé! Hugo se croit malin! Gide André est un cochon!*... La cave où l'on garde les instruments de physique démodés : les épaves du monde Bigloteux... Celle où s'entassent les vieilles copies d'examen... Et c'est là que sa lampe s'est éteinte et qu'il a commencé de frotter des allumettes qu'il jetait à terre, une fois consumées. Consumées ?

— Hum! il paraît que non !

La grosse boîte d'allumettes pèse, à présent, dans la poche de Mollard, plus lourd qu'une bombe. Il la jettera tout à l'heure, furtivement, dans une bouche d'égout; mais demain, il se vantera d'en savoir long sur l'incendie des caves — oui, mon vieux!

Pin-pon! Bang, bang, bang!... Allons, ne marchez pas sur les tuyaux!... Bang, bang, bang!... Écartez-vous, la lance va vous éclabousser!... Bang, bang, bang!... Alors quoi, on ne peut pas l'arrêter, cette sacrée pendule?

« Hein? vous dites? (C'est M. Marion, qui met sa main en pavillon contre l'oreille.)

— L'horloge!

— Hé bien quoi, l'horloge? »

Heureux les sourds! Ils peuvent garder tout leur calme. Au milieu d'un tumulte bien peu réglementaire, on noie les caves. Les entrailles du lycée boivent profondément : une soif qui n'avait pas été désaltérée depuis l'inondation de 1910... En ce moment, la table de Clemenceau, le banc de Zola s'ébranlent après soixante ans d'immobilité; la copie de Concours général de Bergson, les compositions françaises de Giraudoux ne forment déjà plus qu'une bouillie blanchâtre...

Au premier rang des jeunes spectateurs, Alain et François regardent fixement l'entrée des caves et leur escalier clandestin que mille paires d'yeux contemplent aujourd'hui. Hardrier n'est pas là : absent depuis ce matin, sans raison; et ce naufrage lui sera épargné. Debout avec tout son état-major sur les premiers degrés de son domaine, le proviseur, capitaine investi, regarde l'eau saccager son château fort et gravir, marche après marche, avec la majesté d'une traîne royale, l'escalier de la cave.

Mais soudain, l'œil bleu du proviseur s'agrandit, sa barbe blanche frémit, sa longue main pâle désigne un objet, puis deux, puis trois que le courant dépose à ses pieds. B. D. B. ajuste ses lunettes; l'économe arque ses faux sourcils; le censeur commet l'imprudence de soulever son chapeau melon pour gratter son absence de crâne; et M. Marion tend l'oreille, quoiqu'il n'y ait rien à entendre — rien que le « Ah! »

stupéfait, puis l'explosion de joie des élèves. Car voici qu'appa-
raissent, doucement balancés par le flot sale, un narguilé, des
fourrures trouées, des coussins turcs, des sagaies et des
flèches africaines, des bouteilles de calvados vides de liqueur
et vides de messages, des cigares enfin! toute une flottille de
patriotas...

L'apparition des cigares porte à son comble l'indignation de
l'état-major. Le proviseur se tourne vers le censeur, qui toise
de bas en haut B. D. B., lequel foudroie M. Marion. C'est une
cascade de sourcils levés. Mille élèves se tordent de rire, sauf
deux : Alain et François baissent la tête et, sans un mot, se
fraient un chemin et s'éloignent de la foule. Ils marchent en
silence vers cette arcade qui sépare la cour des Petits de celle
des Grands.

« C'est réussi! dit enfin d'Artagnan. A la Rentrée, plus
de Bételgeuse. Vous, vous serez en première, moi je redou-
blerai.

— Ton ami B. D. B. ne peut pas te tirer d'affaire?

— Non, tout de même pas! Je lui demanderai seulement
de m'inscrire dans une autre classe que Morel; car il sera
recalé lui aussi : je l'ai vu remettre une copie blanche.

— Tu vas me rendre un grand service, dit François en
s'arrêtant. Demande à B. D. B., s'il te plaît, de ne pas me mettre
dans la même classe qu'Hardrier.

— Ah?... (« La Veste, Barberousse, le naufrage de Bételgeuse et, maintenant, la fin des Mousquetaires... Quelle
journée! ») Et avec quels types veux-tu être, alors? »

Il va répondre : « Avec Fieschi », mais il désire épargner
Alain. Et puis quoi! le Ciel n'a qu'à prendre ses responsa-
bilités. *« Il sera votre ange ou votre démon... »* Laissons faire le
hasard!

Il ne sait pas qu'en ce moment même, la secrétaire de B. D. B.
dresse des listes de prévision et qu'elle vient d'écrire son nom
à côté de celui de Fieschi. Il ne le sait pas et se sent seul, tout
d'un coup, plus seul que samedi soir, et qu'au concert, et même
que le jour de la disparition de Pascal — définitivement seul...
Derrière lui, c'est la cour des Petits, et les copains qui rigolent
devant les épaves de son enfance; devant lui, la grande cour

vide, écrasée de soleil. L'horloge s'est enfin arrêtée de sonner; elle marque midi, ou minuit : une heure juste, en tout
cas! une heure de départ... François regarde ce carré de désert
torride à traverser, pareil à son avenir, et qui lui fait peur.

Mais une ombre s'est détachée du bâtiment, un garçon
se dirige à grands pas vers la grille et la rue : Robert, son
frère aîné. Depuis combien de semaines ne l'a-t-il pas croisé
dans le lycée, depuis combien de mois?

« Robert! »

S'entendre appeler par son prénom, ici où ne comptent
que les noms de famille ou les surnoms méchants... Le grand
garçon se retourne en souriant, il hésite un instant dans
l'éblouissement du soleil, puis reconnaît le petit, caché dans
l'ombre, et lui fait un signe de la main. François a envie de
pleurer.

« Robert! crie-t-il de toutes ses forces, attends-moi,
Robert! Attends-moi! »

ADIEU DONC
ENFANTS DE MON CŒUR...
Juin 1947

IMPRIMÉ EN FRANCE PAR BRODARD ET TAUPIN
6, place d'Alleray - Paris.
Usine de La Flèche, le 10-04-1969.
6093-5 - Dépôt légal n° 8365, 2e trimestre 1969.
1er Dépôt : 2e trimestre 1954.
LE LIVRE DE POCHE - 6, avenue Pierre Ier de Serbie - Paris.
30 - 11 - 0100 - 15

Le Livre de Poche historique
(Histoire, biographies)